有爱的青春陪伴者

你是朝朝暮暮

◇

NISHI
ZHAOZHAO
MUMU

杨清霖

著

天津出版传媒集团

天津人民出版社

图书在版编目（CIP）数据

你是朝朝暮暮 / 杨清霖著. -- 天津 : 天津人民出版社, 2022.2
ISBN 978-7-201-17835-6

Ⅰ. ①你… Ⅱ. ①杨… Ⅲ. ①中篇小说—中国—当代 Ⅳ. ①I247.5

中国版本图书馆CIP数据核字(2021)第234695号

你是朝朝暮暮
NI SHI ZHAOZHAOMUMU
杨清霖 著

出　　版　天津人民出版社
出 版 人　刘　庆
地　　址　天津市和平区西康路35号康岳大厦
邮政编码　300051
邮购电话　（022）23332469
电子信箱　reader@tjrmcbs.com

责任编辑　玮丽斯
特约编辑　欧雅婷
装帧设计　刘　艳　cain酱
责任校对　周　萍

制版印刷　长沙鸿发印务实业有限公司
经　　销　新华书店
开　　本　880毫米×1230毫米　1/32
印　　张　9
字　　数　181千字
版次印次　2022年2月第1版　2022年2月第1次印刷
定　　价　39.80元

目录

目录

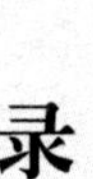

第一章

「八年不见，久别重逢。」

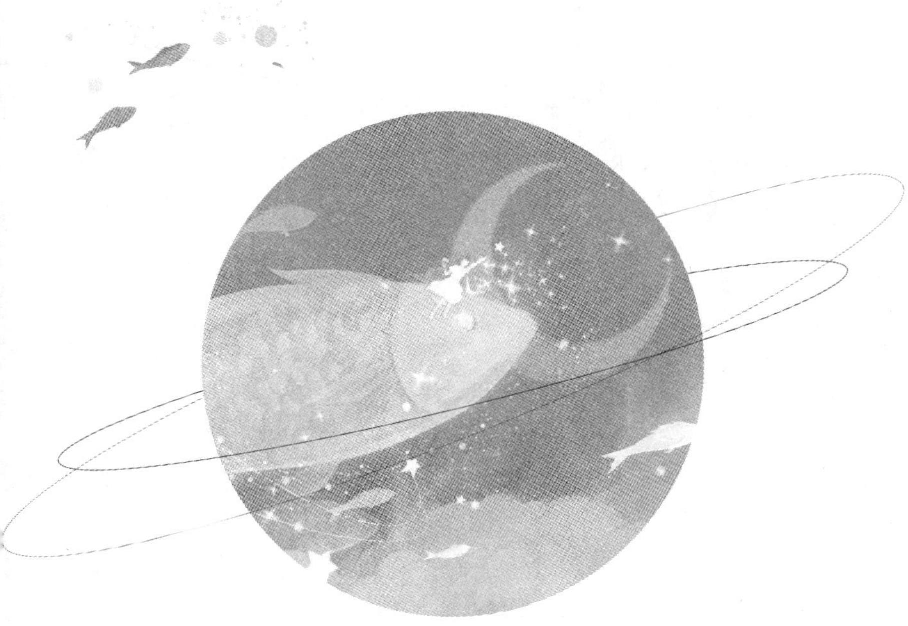

N I S H I Z H A O Z H A O M U M U

（1）

周怀若失去亿万家产，被银行相关人员从豪宅赶出来那天，正巧是庄鹤鸣收到八位数拆迁款，正式晋升“拆二代”那天。

他垂目将银行账户余额的数位数了几遍，而后淡淡地看了一眼正忙于给线香装盒的助手薯仔，扔出三个字：“送客吧。”

薯仔明白他话里的意思，起身时瞥了一眼动作几乎同步的庄老板，问：“你上哪儿去？”

庄鹤鸣挑挑眉：“像所有一夜暴富的拆迁户那样，去消费。”

薯仔露出一个极不信任的表情，庄鹤鸣勾勾嘴角道：“老肖家那块奇楠木，我可馋了很久了。”

果然，说什么暴发户，到头来还是拿钱买木头去了。薯仔望着自家老板施然离去的颀长身影，略一回想，愣住：老肖家的奇楠木不是开价八位数吗？他该不会一下就把钱全挥霍完了吧？

但事实证明，庄鹤鸣在花钱这方面确实没多少天赋，在肖家香阁磨了半天也没谈拢，正望着那块宝贝木头发呆之际，突然接到薯仔的电话，那头绝望道：“老板，我又被请到派出所喝茶了。”

他只觉额角青筋凸起，问道："让你请一位租约到期的房客搬走，你也能请到派出所去？"

薯仔急得几近口吃，说："不是，哥，要是那家伙倒还好说，可眼下住在那儿的不知什么时候变成了个疯婆娘！"

这话里的信息量恐怕不是一通电话就能弄明白的，无奈，庄鹤鸣只得告别他心爱的小木头，火急火燎地往派出所赶过去。

十一月三十日，下午四点三十分的莞城派出所。

周怀若自信满满地坐在值班办公室里，自以为稳操胜券，在瞥到推门而入的庄鹤鸣时，一口热茶在嘴里险些要喷出来。幸而良好的教养适时地封住了她的嘴，无处可去的茶水却猛地倒灌进气管，她连忙扭过头去，猛烈地咳嗽起来。

庄鹤鸣将身份证递交给值班的警官，踱步至薯仔身旁坐下时扫了一眼背对他正咳嗽的周怀若，她发颤的身子骨既瘦又单薄，似乎下一秒就能咳散了架。

这种毫无攻击力的小姑娘，怎就成了霸占他旧屋的疯婆子？

世纪般漫长的两分钟后，周怀若终于在喉间的剧痛中缓过劲儿来，在艰难的呼吸中再次瞟向将她吓成这样的罪魁祸首，脑海里第一个念头是：我完了。

今时今日，她之所以如此狼狈地坐在这里，首要原因是那个叫薯仔的花臂硬汉突然闯进她的出租屋里，不由分说地要求她搬走。几个小时前才交了房租搬进那间破旧房子的周怀若当然不服气，掏出电话打给房东没通，就直接报了警，声称被陌生人进屋骚扰，成功地将事情闹到了派出所。原本她的设想是，只要那位收了她钱的房东大叔及时现身，说明白她是交了租金名正言顺的租客，那个花臂男的谎言自然就不攻自破。却不料，此房东非彼房东就算了，来者竟然还是庄鹤鸣。

庄鹤鸣何许人也？

是当年名满莞城的风云人物，即使不发一言也能够做到翻手为云，覆手为雨的传奇。

是常年占据所有光荣榜榜首的天才级学霸，是八中建校百年首位同时被三所常青藤高校录取的神一样的存在。

是那时使得无数少女暗自憧憬，却永远长在高岭之巅，不可触及的天之骄子。

是十七岁的周怀若那转瞬即逝的青春悸动里，唯一追逐过的流星。

而事到如今，时隔八年，昔日孤傲学霸忽从天降成了她出租屋的大房东，而且是没有收过她租金的房东——也就是说，她成了年少暗恋对象的非法转租客？

想到这里，周怀若已经出了一身冷汗。

警官用口音相当浓重的普通话将她拉回现实，问道：“周怀若小姐，你说那个收了你房租的人，是他吗？”

周怀若这才敢光明正大地抬起头，顺着警官的指示朝庄鹤鸣望去。

此时他一身宽松清爽的白衣黑裤，容貌与记忆中的英俊倒是相差

无几，只是昔日浑身的少年灵气已然转化成锋利沉稳的青年气质，漠然中又带几分凉薄，倒像是从国画中走出的仙人。

她嘴巴张了又合，合了又张，望着庄鹤鸣那双潭水一般深不可测的眼，最后只能艰难地摇一摇头，当作回答。何止不是，眼前这个人和那位收走她两个月租金的房东大叔简直差了好几个银河系。

她在乱成糨糊的大脑里反复检索了数次，那个被她雪藏在潜意识的冰山下将近八年的名字随着警官的询问再次被提起——

“那，庄鹤鸣先生，你见过这位小姐吗？”

周怀若见庄鹤鸣眯起了眼睛，原本澄澈的凤眼变得狭长，锐利的眼神犹如一个巨大的透明气泡将她深深凝住。她竟下意识地屏住了呼吸。

“没见过。”轻飘飘的三个字，短促的发音，冰凉的嗓音。

周怀若竟觉得松了一口气，释然盖过了失落。果然那段痴迷只是她一个人的事，八年前她早已知道。也幸好如此，眼下她再没有什么丢脸不丢脸的担忧，只需要直接面对现实，将他也当作一个萍水相逢的陌生人就好了。

此时警官又指了指庄鹤鸣身旁的薯仔，问庄鹤鸣：“那这位先生你认识吗？”

“当然。他是我的助手，平时帮我打理房产以及工作室的一些琐事，名叫范蜀。”

居然敢招一个一眼看过去以为是黑社会老大的人当助手，这人行

事也真够独树一帜的。周怀若暗自腹诽。

那边的警官甚是满意地点头，滚动了几下鼠标，结案陈词一般地说：“那现在的情况就是，周怀若小姐报警，声称范蜀先生未经同意私闯民宅，并且非常无理地要求她搬离她刚租下不足一天的房子。但范蜀先生这边呢……”警官的目光又移去对面，“他坚称自己是房东先生的助理，周小姐所居住的民宅本是出租给另一位男性租客，且一周前租约就到期未续，而房东这边也不存在另租他人的情况。”

庄鹤鸣闻言点头，警官同志摸着下巴做思考状，又道：“但是周小姐刚才也说了，她已经向房东交纳过两个月的房租，只是还未来得及签租房合同。庄先生，你这边怎么解释？”

庄鹤鸣不答反问，道：“周小姐所说的房东，是不是一个年纪大约四十岁、长发、络腮胡、常穿一件发旧黑色皮夹克的男人？”

周怀若在那一瞬仿佛看到了希望，捣蒜般点头。庄鹤鸣的语气却更凉了，说：“那个男人姓严，曾是我的租客。但我与他的租约早已到期，我也已经按照合同正式通知过他搬离。眼下他不知所终，周小姐的租金交给了他，本质上与我毫无干系。”

周怀若愣在原地，他这种毫无感情色彩的语气和措辞强烈地提醒着她一个事实——对庄鹤鸣而言，她不仅是陌生人，更是站在与他有着直接利益冲突的对立面的陌生人。

但转念想想，她虽然不及母亲那样纵横商场，但好歹也见过世面，怎么能就这样吃瘪？缓了几秒后，她捏紧拳头，傲慢地抬头质问道：

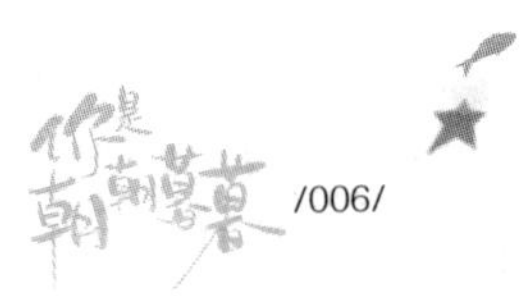

“这也只是你的片面之词，我怎么知道你是不是和那个大叔合伙一起骗我的租金？”

庄鹤鸣那双清亮的眼睛再次微眯，不怒反笑，问道：“你交了多少房租？”

周怀若瞬间心虚，说：“两、两千三……”这还是她低价转卖了自己的名牌包后，好不容易凑出来的钱……

“首先，我与严先生交集不多，互不了解，联手骗钱的概率很低。你若不信，可以请警官先生调查我与他的通话记录，近三个月我俩几乎零交流。其次，我的房子地理位置不算优越，租金不高，为了你两千三百块的租金犯法，我还不至于。”

警官听完点点头，附和道：“也是，听说你们那片就要拆迁了，光是拆迁款就够花一辈子了，何必骗这几千块钱？”

庄鹤鸣只是客气地微笑，周怀若却再次愣住：敢情这个庄鹤鸣撞大运，又多了层富豪光环。

反观她自己，光是刚过去的八个小时就过得足够悲惨——

上午九点，银行前来查封别墅，她只被允许带几件生活必需品走。她仓皇地拖着行李箱鼠窜一般离开豪宅，只想逃到一个再也不会遇见那群趾高气扬的“上流人”的地方。好巧不巧地，她在地铁口茫然徘徊时被那个自称有空房可以短租的大叔逮住，将信将疑地跟着他看了房。一栋专门用来出租的七层旧房，多年叠加的生活痕迹叫人分不清是新是旧，那时她也没有心情去观察是否还有其他租客。她的房间在一层最左边，算不上宽敞，但胜在租金低廉，还能即刻入住，房子破点旧点她也忍了。尤其是那个邋遢大叔说不必交押金、明儿就能签合同时，她还相当庆幸，天真地以为自己遇上了好人。结果行李箱都还没来得及打开，那个叫范蜀的就上赶着来了，直接破门而入，勒令她搬走。

就这八小时，她从身价千万的名媛千金沦落成身无分文的落魄女孩儿，又发现从前家境普通的暗恋对象升级成了“拆二代”，这是什么剧情？八年不见，人生互换吗？

她无奈地扶额，企图厘清现状，问道：“那现在是什么意思？要我搬？”

庄鹤鸣神色寡淡，答：“根据我国《民法典》第七百一十六条，承租人未经出租人同意转租，出租人有权解除合同。更何况，在我与严先生、严先生与你之间，并不存在任何有效合同。”

周怀若听出他的回答就是一个“是”，却不甘心，咬牙硬挺，说：“要是我不搬呢？”

“周小姐的租赁未经我的同意，本身就属于非法转租。退一万步讲，哪怕你是合法承租，在出租人与次承租人之间，次承租人的租赁权也不能对抗出租人，因此在出租人终止租赁关系时，我可以直接向次承租人请求返还租赁物。如果你不搬……周小姐，那你就是在与法律为敌了。”

她生长在富商之家，自小耳濡目染太多经商处世的规则，其中最

为重要的一条便是：千万别直接和法律硬碰硬。

眼前庄鹤鸣一口一个法条说得她哑口无言，高中时代便传闻他立志于从事法律行业，想必是梦想成真了吧。

硬来怕是行不通，她身上那种商业谈判的锐气登时挫败，声音也软下来许多："可我也是受害者……"

庄鹤鸣扫了周怀若一眼，神情未变，眼神却柔和了许多。他说："但在座各位，无一不是受害者。"

周怀若觉得示弱牌似乎奏效了，目光紧紧地锁定庄鹤鸣，将能表现出来的无助、柔弱和希冀全部往眼睛里堆砌，说："可是那个大叔拿走了我所有现金，我没钱了，眼下也没有别的地方可以去……"

"没钱？"一旁的范蜀终于憋不住了，指指她的首饰、裙子、高跟鞋和包包，一一数来，"哪一样不顶我们好几个月房租？"

周怀若神色微窘，说："这些都是我还没破产时买的，现在也没别的衣物穿……"

破产？这个一般只在新闻和电视剧里出现的词汇从她嘴里说出，范蜀想起最近似乎确实在新闻上看到一些有关本地首富周氏破产的消息，但他觉得这些人离自己太远，压根儿没留心关注。他反复地端详周怀若的脸，将信将疑地问道："你难道是周氏集团的……"

周怀若有些为难地看了一眼值班警察，发觉对方也是一脸想听八卦的表情，只得点头，哑声承认："我母亲……是周氏集团的董事长。"

同时，也是现如今占满全国各类媒体头版头条的经济罪犯。

范蜀闻言，有些惊叹：“那……你可是亿万富翁啊！”

周怀若低声更正道：“曾经是。”

范蜀反而来劲了，问道：“那你们家族会不会经常为了继承权争得头破血流？”

“那倒没有。我是独生女，唯一的继承人。”

她对答如流，明明是在和薯仔说话，眼神却只落在毫无表情的庄鹤鸣脸上。最后她目光哀切地说道：“但这些全都没有了。我母亲被检举，几个月前就被警察带走，我名下的资金全部拿去打官司和还债了。眼下我家的房子和银行账户又全部被查封，我被赶了出来……”

庄鹤鸣被周怀若那样看着，心里有根弦险些就断了。但想起旧屋的破旧光景，他稳住心神，摇头道：“周小姐，即便我留你，那房子也很快会被拆除，你继续租住，反而有安全隐患。我顶多再让你住几天，你想办法筹点钱，另寻他处吧。”

他真是一位出色的律师。周怀若想，明明是借陈述行拒绝之实，却又说得那样善解人意，叫人觉得这就是天经地义之事，恨都恨不到他身上去。

她无言地望着庄鹤鸣的侧脸，白色光线强烈地照在他锋利的面部轮廓上，恍惚间与八年前无数个他重合起来。

这么多年光景，她与他之间仍如此遥远，她最终也仍是要面对无家可归的惨况。

不过这个世界本就是这样，有人一夜暴富，有人破产潦倒，一切

都是守恒的。

（2）

这次报警最终被调解，以严姓大叔诈骗租金备案，公安机关受理调查。离开派出所时，天还未完全黑下来，寒风呼啸着刮过，周怀若冻得一缩。

范蜀率先小跑出去取车，周怀若和庄鹤鸣一前一后无言地往铁栅大门走去。倒也不是同行，只是因为通向大门的只有这么一条路。周怀若低头盯着自己的高跟鞋，恍惚间想起自己并不认识回去的路，又想起自己可以打车，再想起一分钱都没有，于是只能叫住眼神都不分一个过来的庄鹤鸣，询问："那个，庄先生，请问回去的路怎么走？"

他闻声回过头来，略一思索后用食指在空气中划了几下，说："这样，这样然后这样吧……"

周怀若有些无语。

"旧屋还是挺好找的，就在一棵樟树后面。"他说得一本正经，但那表情，同为路痴的周怀若可谓相当熟悉。

她无奈地看着他，说："你根本不认识路，对吧？"

庄鹤鸣岿然不动，回道："不是不认识，只是暂时想不起来。"

周怀若无奈，掏出手机打开导航软件，一边跺着脚想驱散些寒意一边道："那麻烦你告诉我地址吧，我跟导航走……"

“我送你吧。”

周怀若有些愕然，抬眸看到暮色里庄鹤鸣淡然的神色，听到他补充道：“顺路。”说完，似乎他自己都无法信服，再次补充，“薯仔顺路。”

话音刚落，薯仔开着车停在几米外的铁栅前，一辆深灰色本田。

庄鹤鸣率先迈步走过去，周怀若想追上去说声谢谢，但无奈不及他腿长，他都坐上后座了，她还落在几米开外。

刚迈过派出所的铁栅大门时，周怀若眼前蓦地白光一闪，是熟悉的相机闪光灯，随之而来的是此起彼伏的按快门声响。周怀若下意识地捂住刺痛的眼睛，几个扛着摄像机、收音话筒的记者霎时间蜂拥而上，将她团团围住。

“周小姐，你这次出入警局，是否与周氏集团非法集资事件有关呢？”

“周小姐，你一直被看作是周氏集团唯一继承人，这次周氏破产你却能全身而退，有传闻说你是出卖家族换取自由，对此你有什么看法呢？”

“周小姐，听说你已经搬离了别墅，在身无分文的情况下，是否会流落街头呢？”

……

场面就此混乱起来，周怀若起初还故作镇定地回答几句“无可奉告”，但对方来势汹汹，似乎打定了主意要把这件事爆出去，好将她

生吞活剥。她的气势就这样弱了下来，整个人吓得面色铁青，站在人群中央无助地抬手挡住脸，无力地应对他们抛出的各种问题。

说实话，由小到大她经历过无数次被闪光灯包围的场面，从最初的私生女传闻到后来母亲的每一次绯闻，她都注定成为媒体瞄准的枪靶之一，无所遁形。她习惯了独自面对，练就的功夫无非是沉默，然后看准时间钻空子就跑，只是不知为何，今日尤其觉得疲倦和无助。

正当周怀若瞅准一个空当，准备发力突围时，领头的那个记者突然被一只强有力的手拉开，不知疲倦的闪光灯终于停下。

她听到庄鹤鸣如往常般漠然的声音："周小姐因个人私事前往警局办事，没有向任何人说明的义务，眼下更没有接受任何采访的意愿。您是听不懂人话？"

那记者气得咬牙道："这家伙说什么？"

"果然听不懂。"

庄鹤鸣扫了一眼话筒上的报社字样，往前走了一步，不着痕迹地将周怀若往身后一护。而后，他示意那名记者往正举着手机拍摄的范蜀那边看去，冷静道："刚才的所作所为，我方已经完成取证。在这里我可以提前向你透露一下我方未来的提告内容：首先，散布谣言罪。公然侮辱他人或者捏造事实诽谤他人，依据《治安管理处罚法》等规定，可以给予拘留、罚款等行政处罚。第二，妨害名誉罪。实施了以侮辱、诽谤、宣扬他人隐私等方式诋毁他人名誉的行为，若传播后直接造成受害人社会声誉降低，即构成对周小姐名誉权的侵犯，周小姐有权要求赔偿。第三，侵害肖像权。周小姐并非公众人物，今晚你们未经她同意拍摄的视频和照片，若是在未来用于商业盈利，当肖像权人要求赔偿时，你作为侵权人，必须承担赔偿责任。”

那记者显然心虚了，但还是硬着头皮装无所谓，冷笑道：“律师我见得多了，你当我吓大的？”

“不信？警察就在后面，需要我请他们出来，当面再复述一遍吗？”

记者吓得退了几步，说：“那、那倒不用这么麻烦……”

庄鹤鸣这才看向身后的周怀若，伸手扶住她微颤的肩，一同穿过包围，走向车门。周怀若此刻又冷又虚，每走一步似乎都要用尽全力。她感觉到左肩上那只宽大手掌的温度，它的主人声音冰凉却笃定——

“不用怕。你没有做错的事，不需要为此付出代价。”

（3）

车子平稳地驶出市中心，周怀若在车内暖气的温暖下逐渐恢复了正常思维。这一天她所受的打击实在是太多，压得她难以喘息。

范蜀安静地开着车，庄鹤鸣无言地划着手机屏幕，她想起上车前庄鹤鸣的那句话，小心翼翼地瞟了一眼坐在身侧的他，轻声道：“谢谢。”

庄鹤鸣眼眸都没抬，淡然处之，说：“举手之劳。”

确实是举手之劳，周怀若抬手轻轻摸了一下方才庄鹤鸣碰过的右肩，那片皮肤似乎仍在发烫。过了这么久，她好像仍然会因为他一个

眼神、一个动作而感到悸动不已。

周怀若支吾了片刻，终于问出口：“你……是不是记得？”

他答得很干脆：“不记得。”

周怀若更奇怪了，说：“你怎么都不问一下我说的是记得什么……”

他目光微闪，这才顺着她的话问下去：“记得什么？”

周怀若尴尬得想咬舌头，这完全就是坑自己。这个时候应该怎么自我介绍？难道说：我高中和你同校？

她憋了半天只憋出一句：“我以前是八中的……”

他似乎并不惊讶，只是停住了划手机屏幕的手指，说：“八中的学生很多。”

“是啊，但我不一样。”周怀若脱口而出。

庄鹤鸣侧头，似笑非笑地看向她，问：“有什么不一样？”

周怀若忽然心虚，一句话都答不上。

他做认真思考状，说：“你这话，是说你认识我？不只是知道我名字的程度？”

她微不可闻地“嗯”了一声，庄鹤鸣忽然笑了，道：“虽然我这么说有些奇怪……但高中时代我似乎是挺受欢迎的。你该不会也是……那些人的其中之一吧？”

他若是换个别的问法，周怀若兴许还能硬着头皮“嗯”一声，年少懵懂的心动又没什么好羞于启齿的。但他偏偏要将她和别人混为一谈，她虽不敢自称事事拔尖，但最讨厌的就是做“其中之一”。

她二十三年人生中唯一在喜欢的人面前变得勇敢的一次，可她对他来说却只是无数追求者中，不足一提的“其中之一”。

周怀若有些小情绪了，往车门挪了挪，说：“我不是什么其中之一。”

庄鹤鸣发觉她不对劲，蓦地靠近了些，仔细地端详起她的模样来。

狭小的车内，周怀若无处可逃，鼻尖嗅到他身上淡淡的木质香味，一颗心跳得比刚才被记者围堵还要快。

他慢悠悠地道：“我还想着说，如果你真的喜欢过我，我倒是想得起来有这么一号人物，跟你长得有点儿像。”

这是在给她下套！这家伙是趁阎罗王打盹儿，偷了张人皮出来混是不是？

“不……不记得就算了！”她连忙在心跳骤停之前投降，“反正也是以前的事了。”

他嘴角的笑带些玩味，说：“什么是以前的事？认识我，还是喜欢我？”

这时候还要纠结她说的是现在进行时还是过去完成时吗？她蓦地想起他从前是校学生会干部，当值时那叫一个铁面无私，忙不迭找了个借口糊弄他道：“我就是以前迟到被你逮住了，扣我操行分就算了，还罚我扫了一个星期校道，我恨到现在都意难平，不可以吗？”

“说谎。”

“什么？”

他坐回原位，说：“我怎么可能罚你扫一个星期校道？”抬眸看见车子已经驶近旧屋，“一般直接罚一个月的。”

周怀若莫名觉得后脖颈发凉……

他又意味不明地一笑，继续道：“况且，‘恨’这个词，感情色彩未免过于浓烈了，其程度不亚于‘爱’。”他淡淡地看过来，一双眼睛深得仿佛能把她湮没，“强烈的否定就等于强烈的肯定，你说对吗，周小姐？”

“当然不、不对！”说完，她立马意识到自己这句话完全是他所说的强烈的否定，摇摇头想找个别的事例反驳，却发现大脑一片空白，只听得到自己如雷的心跳声。

八年了，自从当年庄鹤鸣销声匿迹之后八年了，她一度以为自己心里那只鹿已经撞死在那棵叫庄鹤鸣的树上了，却没想到这么多年后，又复活了……

“你连说了两个‘不’，看来真的挺喜欢我呢，周小姐。”

此时车子在旧屋门前稳稳停下，周怀若望着庄鹤鸣那张浓眉深目的脸，一把火直接从脖子烧上脸颊。她连忙伸手去摸车门把手，这时庄鹤鸣的手机屏幕倏忽亮起，是一个同城来电，备注名为“小龚”，名字后面还加了颗粉色爱心，她看得一清二楚。

周怀若仓皇地下车，庄鹤鸣倒不急着接电话，反而瞧着周怀若轻笑，她正疑惑，目光相接时，他说：“你这个舍不得的眼神，我倒是记得呢，二排五座。”

他真的记得？

周怀若心中一惊，手就脱了力，直接将车门甩上。范蜀踩下油门离去，凛冽的寒风吹散了一些燥热，她这才在迷乱中找回一点理智，仍是吃不准庄鹤鸣的意思，这是记得她，还是只单纯地调侃她？还有，“二排五座”是什么意思？那个小龚又是谁？备注上还加一颗爱心，难道……是他女朋友吗？

（4）

驶出旧屋小区，范蜀这才掉头往香舍开。派出所在市中心，旧屋和香舍虽都在城南，但旧屋显然更远一些，送周怀若回来，无论如何都说不上“顺路”。

庄鹤鸣接完小龚叮嘱他明早接机的电话，又点开熟识的律师朋友的对话框，将方才在派出所门前取证的内容和报社名称发了过去。

清理这种小喽啰，甚至都花费不了多少力气，一张顶级律所的律师函就够他们受的了。小报小刊的，有权有势的人物他们半个不敢惹，净逮着一个家里破产几乎一无所有的小姑娘欺负，实在讨厌。

一直假装专心开车的范蜀终于按捺不住，问道：“老板，你和那周大小姐真是高中同学？”

庄鹤鸣答道：“我比她大两岁，怎么称得上是同学？”

“那她也算是你同校的小学妹嘛。你们俩应该是认识的吧？你没看到你说不记得她时，她一副意难平的样子。”

庄鹤鸣不语，只抓住“意难平”三个字：她方才，也说了“意难平”。

叹人间，美中不足今方信。纵然是齐眉举案，到底意难平。

他再次轻笑起来，意难平也不错。

“她记得我，这就很好。”

第二章

「我以为你说喜欢我呢。」

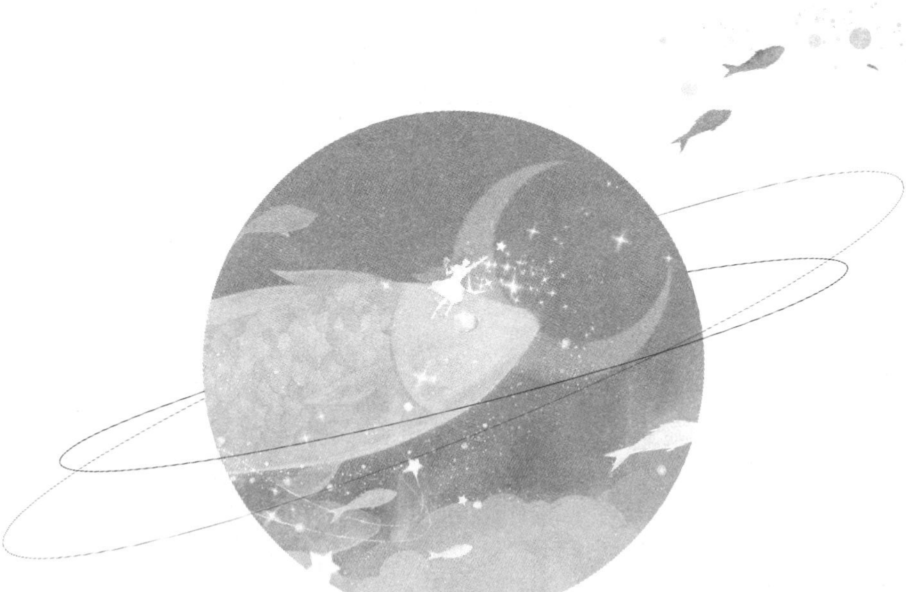

NISHIZHAOZHAOMUMU

（1）

十二月，天空拥有最为澄澈的湛蓝。树与树的枝丫间变得愈来愈安静，落在地上的厚厚一层金黄树叶被风吹得四处翻滚，空气中的寒意逐渐加重。

庄鹤鸣起早准备去机场时，发觉备在车上的小龚专属软糖已被薯仔尽数解决，怕待会儿小龚闹起来不肯善罢甘休，到家又要和薯仔“天人大战”，他可懒得当和事佬，只得驱车到最近的一家便利店，准备再给她补些货。

只听到熟悉的迎宾铃声，早班店员的热情问候却没响起。他径直往零食货架走去，拿了几包小龚喜欢的口味后，听到冷藏柜处传来店长阿姨的呵斥声：“我昨晚下班前交代过你，一定要查酸奶和甜品的保质期，过期又没下架，那就要你来买单，这是规矩！”

被训斥的店员连连道歉：“对不起，我知道您交代过，但我第一晚上班，光是补货和清洗用具就忙了一整晚，我真的忘了……”

庄鹤鸣闻声觉得耳熟，目光越过货架一看——果不其然是周怀若。此时她换下了那一身昂贵的衣服，正穿着天蓝色的店员服搭配一条牛仔裤，明明是一副再普通不过的年轻女孩儿的打扮，但身上那股锐利劲儿却仍没有因此被掩盖掉。她正颔首给店长赔礼道歉，脚边躺了一地被下架的过期酸奶。

第一晚上班就犯了这么大的错，赚的钱还不够赔酸奶的。他暗自叹了一声，踱步至冷藏柜前，甚满意地在她诧异的目光中开口说道：“早啊，这么巧。”

周怀若显然有些愣了，店长先一步反应过来，问候后热情地招呼他道：“先生需要点什么？”

“我来买酸奶，地上的都打包给我吧。”

周怀若立马知道庄鹤鸣是在给自己解围，但店长在前又不好怠慢他，只得赶紧道歉说：“抱歉先生，这些是下架的，我这就去仓库给您取新的来……”

“不用。我就喜欢喝下架的。”

周怀若和店长双双愣在原地，庄鹤鸣这才意识到自己的话有多荒唐，脸不红心不跳地又把话圆回来：“人嘛有些消费怪癖，也很正常。”

喝了这些只怕你的肠道功能会不正常。周怀若腹诽一声，决心不给他解围的机会，一头钻进仓库去取新鲜酸奶。等她再出来时，庄鹤鸣已不见了人影，一同消失的还有方才躺了一地的过期酸奶，只剩刚才气急败坏的店长镇定地站在收银台摆弄着电脑。

她小跑过去问：“刚才那位先生呢？”

店长一副了然的样子，轻松地答道：“帮你背了锅，走了呀。”

周怀若心中不快，自言自语了一声：“他为什么要这样？”

“说是希望通过日行一善让他的非法租客能良心发现，尽快走人。”店长说得戏谑，估计庄鹤鸣说这话时同样是开玩笑的口吻。

周怀若却听得心底一凉，问：“他是这么说的？”

店长点点头，努嘴道：“我听着大概是这么个意思吧。”

“还有别的话吗？”

店长略一回想，说：“问我你为什么在这儿，我就按你应聘时的话回答了——我这儿工资日结，你又急需钱，哪怕流落街头，也总得赚到帐篷钱吧。他就走了。”

原来是变着法儿施压，想让她搬走，难怪。没付这酸奶钱之前，她和他还同是受害者，她还有理由能利用弱者身份继续厚着脸皮住几天；但这酸奶钱一旦付了，她欠了人情，再拖下去就显得尤其不体面了。

这庄鹤鸣，真不好惹。

周怀若暗暗叹了口气，将怀里抱着的新鲜酸奶一一摆上货架。

（2）

庄鹤鸣百无聊赖地等在停车场，小龚拖着巨大行李箱出现时，果然举着一台相机在拍摄她的日常 VLog（视频记录），所谓百万网红博主的敬业日常。庄鹤鸣无奈地叹气，照常戴上口罩，不愿出镜。帮小龚将行李塞进后备厢时，她还相当失望地说：“我以为你会开着新车来呢，这辆破本田有什么好的？”

“省油，宽敞，故障率低，保值率高。”

“我不是真问你它有什么好！”小龚气急败坏，将相机往庄鹤鸣眼前猛戳，“我的粉丝可都知道你是一夜暴富的二代拆迁户！”

庄鹤鸣关上后备厢，斜睨她一眼，将相机推开，说：“这是什么特别光彩的事情吗？”

“那肯定，跟彩票中头奖一个道理嘛！你这么低调干什么？”

“确实是运气好，得了时代的红利也是一部分。”他继承的是爷爷留下的房产，也并不是多值钱的楼盘，只是刚好遇上征收。他说着，往车前走。

小龚坐到副驾驶座上，以手支颐，轻叹一口气：“别人有好运气就成了拆二代，我有好运气顶多就是发个新视频能涨百来个赞……”

庄鹤鸣见她稍有失落，有些不忍，便说：“你和我还分得清谁好谁不好？”

小龚一听，立马来劲儿了，赶紧关掉相机凑到庄鹤鸣跟前，笑嘻嘻地道：“那你要赞助我的超跑吗？”

“赞助你一张玛莎拉蒂五十元购车优惠券。”

小龚气得差点给他一拳，气呼呼地抱臂转过身去，以示不满。

车子驶出停车场，开上公路时，庄鹤鸣按下广播开关，音乐旋律逐渐充盈车厢的同时貌似无意地开口，道：“如果你想上学，我可以

赞助你全部的学费和生活费。”

小龚呛他：“我会大学毕业两年了又无缘无故跑回去读书？”

他又想了想，说：“结婚的话，嫁妆和房子，都可以为你准备好。”

她快要气成河豚了，说：“我现在连男朋友都没有！”

庄鹤鸣自顾自地说下去：“生孩子的话，保胎、分娩、坐月子、奶粉钱、教育资金，你要的我都会给。”

小龚气得坐直了，大吼道：“你到底想说什么？”

“哥哥不是对你小气。”他风轻云淡地说着，双眼始终望着前方，柏油马路从车前盖开始延伸出去很远。

他说：“几千万说少不少，说多也不多，我希望能留着它，用在你和妈妈真正需要的地方。”

小龚闻言，心头的火气霎时间被灭了个干净。她强忍着感动，哼哼唧唧地扭头，撇嘴道：“怎么，你不买木头了？”

他轻笑一声，老实地交代：“没买成。”

紧张的气氛在小龚嫌弃的笑声里终于缓和下来，电台也结束了音乐放送，开始播报财经新闻。庄鹤鸣倏忽想起周怀若那张锐气未消却满是忧郁的脸，记起当年在八中时，小龚和她似乎是同一届。

“近来破产的周氏集团，你听说过吗？”他尽量让自己的语气听起来像是随意问起。

“当然，莞城哪有人不认识他们？”

“那你也认识周怀若？”

“周氏的大小姐吗？我哪能不认识，可人家认识我吗？她可是金枝玉叶，耶鲁高才生，我等平民哪能高攀？”

庄鹤鸣微愣，又道：“高中时你们不是同届吗？当年她也没什么有钱人的架子吧。”

“是啊,可是当年周氏集团风头正盛,我们家还住城郊的小平房呢，虽然高中同届但是处于不同世界啊。”

庄鹤鸣闻言，微一颔首，眼神有些放空。当年他何尝没有这样的想法呢。

“不过周怀若家破产之后，听说她过得很惨。”小龚抓起手边的软糖打开。

本以为对话到此就结束了，她家哥哥却还相当关心地追问道：“怎么个惨法？”

奇怪，她哥哥可从来不是会关心这类八卦的人。

但小龚还是知无不言了。毕竟她哥是不爱听八卦没错，但她是真的爱说。

她咬了一口海豚形状的橡皮糖，仔细回忆起储存在脑子里的八卦信息，说：“据说没一个亲戚肯收留她，之前一块儿玩的朋友也全都人间蒸发了一样，电话不接消息不回，很多人连她微信好友都删了，对她避之不及。听说她被赶出富人区时身上一分钱都没有，拖着行李箱去中古店把带出来的唯一一个包给转手了，卖的时候还被店员压价，完了还警告她说再也别去他们店，说是会影响他们的声誉……照这形

势看，估计她以后想找份正经工作混口饭吃都难，毕竟这家族丑闻的杀伤力……”

说着说着，她忽然瞟到庄鹤鸣极差的脸色，觉得自己再说下去肯定影响他的心情，搞不好还会殃及自己这条池鱼，于是话锋一转，故作轻松道：“哎呀，他们那些人的社交规则就是这样的，一旦有了污点，尤其是在经济方面，肯定会被排挤放逐，永无翻身之日。”

庄鹤鸣安静地听完，朝阳的光薄薄地蒙在他脸上，叫人看不清他的表情。半晌后，他才开口：“你怎么这么清楚？”

“上网啊大哥,互联网虽然不是法外之地,但看八卦也不犯法呀！”小龚晃了晃手机，“况且周小姐这档子事还有几个报社的记者专门追踪报道呢，在网上都快连载成爆款网文了好吗？”

庄鹤鸣脑海中浮现出那晚在派出所门口遇见的那些记者，眼神彻底冷了下去。

（3）

周怀若处理完酸奶事宜后领了工资，拖着几近散架的身体下班回到出租屋，草草洗漱之后倒头就睡。她在便利店兼职的是夜班，晚七早七，工资日结。应聘时店长阿姨听说她毕业于耶鲁大学，几乎以为自己幻听了，不断追问为什么要来这里打工，简直叫周怀若无力招架。

从耶鲁高才生到四处打零工，从名下数处房产到如今无家可归，从周氏集团继承人到在某个不知名的小便利店清点货架，她的人生就是如此跌宕起伏，毫无道理可讲。

心力交瘁，周怀若努力适应着那张连床垫都没有的小床，习惯性地打开微信查阅消息时，发现往常热火朝天的消息列表如今空无一人，唯有通讯录推荐联系人那里有个小小的红点，是在派出所调解后说为了方便工作，和她互留了号码的范蜀。

鬼使神差地，她点开范蜀的名片，发送了好友申请，很快通过。

周怀若问："你好。请问我搬走时，钥匙留在房内可以吗？"

范蜀秒回："最好能归还过来。但我今天工作有点多，如果周小姐方便的话，送到这里就好，不远。"说罢发来一个位置，名叫"虚谷香舍"。

周怀若问："这里是？"

"庄先生的工作室。"

她困惑道："他不是律师吗？"

对方似乎在忙，再没有回复。

手机屏幕散发的白光刺激着她的瞳孔，她突然就想起了庄鹤鸣低头不语时的侧脸，还有在她十六岁那年，与他的初次相见。

那一年她刚踏入高中校门，还是个没开窍的小女孩。开学军训五天了，又累又没交到朋友，新生小周叫苦不迭。难得有一晚不训练，整个高一年级聚在操场看电影，她找了个借口开溜，躲在学校便利店的冷藏柜旁给家里打电话。

果不其然，接电话的是陈秘书，所说的话也还是那句她听了好多

年的“你妈妈在忙，今晚有好几个应酬”，她微笑着保持体面，将电话挂断之后终于抱着膝盖哭出来。

孤单，无助，没有归处，是属于十六岁那年微微发涩的疼痛。

不知道过了多久，耳边突然响起快门被摁下的声响，她警觉地抬头，看到站在不远处一身校服拿着单反相机的清瘦少年，刚才对准她的镜头正往回收。他另一只手拿着一瓶树形瓶身的橙汁，眉宇间是张狂的少年稚气与不羁。

周怀若几乎在瞬间冲过去，学着陈秘书怒斥记者的语气，气势汹汹道：“你拍什么？有什么好拍的？删掉！”

少年被这个突然从受伤小动物变成张牙舞爪小老虎的女孩儿惊住，拿着相机的手抢在被她触碰之前一闪，玩味道：“可别乱碰，这可是学校的设备，蓄意破坏学校财产可是要挨罚的。”

周怀若果然一下被唬住，噎了半天蹦出来一句：“你还偷怕我呢，侵犯肖像权还要坐牢呢！”

他嗤笑一声，没想到这小老虎还真有点儿战斗力。他道：“还肖像权？谁认得出这是谁？”说罢将相机显示屏转向她。

周怀若这才看到照片中的自己，不过是一个靠在冷藏柜旁的模糊且瘦小的剪影。照片的聚焦落在他掌心中的树形饮料瓶下，他巧妙地借助了错位，将她拍成一个倚靠在树形饮料瓶下哭泣的、模糊的路人甲。

她莫名觉得这张照片拍得很好，似乎只借助这一个镜头就将她当下所有复杂的心境全部表现出来了。但眼下这情况她也没法儿开口夸他，只得笨拙地质问道：“你没事拍我干吗？”

“怎么没事？今天轮到我们部门当值，负责记录报道高一年级集体观影事宜。”

周怀若哼了一声，怼他：“记录记到便利店来了？”

他毫不含糊地回敬：“观影观到便利店来了？”

两人同时沉默。周怀若还没想出下一句措辞来，他忽然抬手又看了一眼照片，说：“书上说，一个镜头讲足一个故事，这是摄影的魅力。但我认为，如果镜头中的人不喜欢，那魅不魅力也无关紧要了。”说罢爽快地摁下删除键，周怀若亲眼看见那张照片消失在小小的显示屏上，末了他将那瓶果汁塞进她手里，“给，牢我就不坐了，这是赔你的精神损失费。”

说罢，他还故意冲她笑了笑，微弯的眉眼，白净的牙齿，英俊且轮廓分明的脸。

就在那一刻，年少的周怀若深刻地认识到“心动”一词的内涵，原来这样轻，也这样重。

她看了看手里的饮料，呆呆道：“我不要……”

“别不好意思，一瓶饮料而已。”

“你还没付钱呢……”

庄鹤鸣：“……”

那晚，庄鹤鸣给周怀若买了那瓶饮料，她注视着他的身影消失在

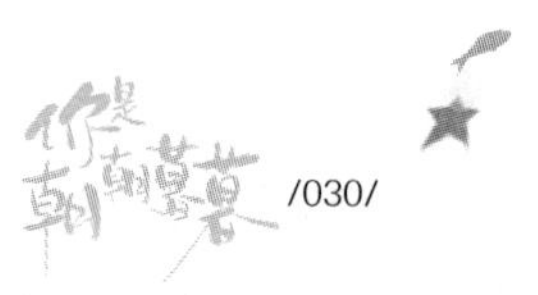

操场的夜色里，一颗心跳成二倍速。那瓶饮料在她书桌上放了三年，没过期时舍不得喝，过期之后舍不得扔。后来周怀若在光荣榜上知道了他的名字，知道他的目标院校是耶鲁大学，将照片下他随口胡诌的座右铭背得滚瓜烂熟。再后来，她和他上同一个托福培训班，那时他已经全然不记得她是谁。她从同学的口中得知他有一个妹妹，父母一同打理一家香树种植园，那时市里的传统制香产业还处在低谷，他家的香园经营得十分困难。

庄鹤鸣于年少的周怀若而言，就像是飞驰而过的一颗火流星，她还未来得及靠近，他就奔向了下一颗行星。于是她在他身后不断追赶，期望能在靠近他之后折射出一些微弱的光，却不曾想，只等来了她宇宙中的恒星大爆炸。

周怀若一身冷汗地从睡梦中惊醒，一看手机，已然是下午五点三十分。范蜀回复的信息在主屏幕上尤其显眼："不是，我们老板是制香师。"

真奇怪。当年她将庄鹤鸣的梦想视为自己的梦想，削尖了脑袋往耶鲁钻，就是希望能再见他一面，哪怕是只能在所谓的中国留学生聚会上打个招呼。后来她得偿所愿，却在妈妈的干预下没能选到心仪的摄影专业，也没能打听到半点有关庄鹤鸣的消息。却不曾想——他不但没有去耶鲁，还放弃了从事法律行业的志向。

人生这趟列车，当真出轨成性，很多时候不会按照人所期望的轨道行驶。

周怀若轻叹一声，翻身时发觉自己浑身酸软，被高跟鞋磨破的脚跟更是疼得钻心。换作平时，她铁定赖床，差遣家里的阿姨预约好上门按摩，然后安排好接下来一整晚的娱乐活动，从楼下泳池疯到清淮江游艇，也算得上是一次小度假了。但当下事实是，她穷困潦倒、举目无亲，只能强撑着起床，收拾好行李离开这间不属于她的房间，然后在晚上七点准时上班，领十五元的时薪。

行李不多，她拖着跟心一样空荡荡的箱子锁上大门时，望着这栋旧得处处斑驳的房子，几欲掉泪。自己第一次来看房子时，还腹诽从前都不知道还会有这么老旧的建筑，如今连这破旧房子自己也没资格住下去了。

不忍再多想，她拖着行李箱往范蜀发来的地址走。她要还的不仅是一把钥匙，还有那些莫名其妙就欠了庄鹤鸣的人情。

（4）

暮色渐浓，庄鹤鸣站在香舍顶楼眺望时，清淮江两岸的摩天大厦霓虹缭乱，楼体隐在夜色中，宛如山水画中嶙峋的奇峰。每每此刻，他就会觉得自己这两层半的小楼与那些高堂广厦真可谓是咫尺天涯。

那个来自高堂广厦的女孩儿叩响香舍的门时，庄鹤鸣还没下楼，小龚正在涮菠菜，陈立元关于漫威新电影的演讲也正进行到最慷慨激昂处。范蜀撂下筷子去开门，将来者引到二楼客厅后，大声地朝楼上

吼了一句：“老板，周大小姐来还钥匙了！”

率先冲过来的是小龚，她的嘴边还残留着些许酱油渍，瞪大眼将周怀若全身上下扫描了一遍后，目光停留在周怀若的皮草外套上，愕然道：“周怀若？你……你怎么会来我们这里？不对……你难道是她的克隆体吗？我哥魔怔了？这样干不犯法吗？”

周怀若有些不知所措，正想礼貌地向她问个好，却蓦然听见一声瓷器破碎的声音。循声望去，只见一个穿着红色闪电侠T恤的高瘦青年正倚在厨房门口，一张俊脸异常涨红。他正表情痛苦地捶着胸口，脚边是一个碎裂的瓷碗。

小龚惊叫一声：“夭寿，陈立元又犯哮喘啦？”说罢冲向沙发，在陈立元的背包里翻找他的随身吸入剂。

再回过头时，小龚看见原本拖着行李箱的周怀若不知何时绕到了陈立元身后，神色相当严肃地伸出双手，从腰间将高她近一个脑袋的陈立元环抱住。

小龚瞪圆了眼睛，问：“你在干吗？”

周怀若无暇回答，一手攥拳向内上方用力顶了陈立元腹部几次，陈立元立马有了呕吐反应，猛地将噎住他的果核吐了出来。

周怀若这才松开手，范蜀连忙将浑身发软的陈立元扶住，示意小龚赶紧把吸入剂拿过来。

周怀若扫了一眼正从楼上冲下来的庄鹤鸣，退了两步，解释道：“他刚才是噎住了，不抢救很容易窒息。我以前管理家里的慈善基金时考过国际急救员证……刚才……刚才那是海姆立克急救法……”说罢，她微窘地笑笑。现在想想，她家基金会救助过的那些人，可比现在的她有钱多了。

正在吸入气雾剂的陈立元闻言挣扎了一下，似是有话要说。坐在他身侧帮他抚背的庄鹤鸣心领神会，替他开了口，说：“谢谢。”

周怀若心里一轻，似乎由此抵消了一个人情债，答道：“不客气。”说完想起自己来这儿的目的，从口袋里掏出钥匙和几张纸币，“钥匙，还有早上的酸奶钱。”

此时陈立元终于缓过气来了，庄鹤鸣这才起身，扫了一眼周怀若手里皱巴巴的纸币和她身后的行李箱，并没有接。他问：“找到房子了？”

周怀若答：“总会找到的。”

“正规租房要押一付一或押一付三，你付得起哪个？”

她继续嘴硬，说：“我们便利店……有员工休息室，可以先在那里……”

庄鹤鸣堪称穷追猛打，追问：“准备在里面搭帐篷吗？帐篷钱赚到了？”

周怀若终于被噎住，正咬着牙想反击时，半躺在沙发上的陈立元突然举手想发声，哑着声音说道：“我、我家有房子呀。”

众人闻言纷纷看向他，只见他正双颊绯红地望着周怀若，傻乎乎地笑道：“虽然我不像鹤鸣一样……我家的房子不多，也就七八处，

你随便挑。”

何其耳熟的台词，小龚一听，立马火了，先一步给他后脑勺来了一巴掌，说：“你能不能不要老是‘恋爱脑’！从外卖小姐姐到夜市的车仔面小妹，你见一个爱一个就算了，这个能不能放过，她是我……”“哥”字还没来得及说出口，被庄鹤鸣射过来的冷冽目光狠狠封住，只得磕磕绊绊地补上一句，“以、以前的同届同学……”

“同学那不就更好嘛。”陈立元丝毫没有眼力见，俊脸反而越发红了。他想起刚才第一眼瞥见周怀若时猛然被击中的心脏，一时间分不清那种心动是漫画书上出现过无数次的一见钟情，还是果核噎住他时身体的应激反应，他傻乎乎地笑道：“就比我小两岁呢……”

陈立元的话还没说完，庄鹤鸣冰凉的嗓音犹如冷箭，瞬间刺破他全部的粉红色泡泡——

“不能。”

“凭啥啊？”陈立元愤愤不平。

庄鹤鸣瞟了周怀若一眼，那眼神中莫名带些惋惜，像是一个原本想更深入地折磨一下猎物，却因为现实原因不得不提前给她个痛快的猎人。他走到茶几前拉开抽屉，抽出仅有的一张招租启事递给她，扭头对陈立元道：“她有地方去了。”

陈立元见状简直怒从心生，庄鹤鸣却一副无所谓的模样，抱臂背起招租启事上的广告词来：“地段繁华，交通便利，最重要的是，押金全免，房租月结，只需要……三位数。”

光是听就难免有些心动了，周怀若忙不迭地扫了一眼地址，问：“城南忠孝东路 53 号，三楼？”

这地方听着耳熟，她摸出手机，扫了一眼没关的导航，愕然道：“这里？”

庄鹤鸣摇头，一本正经地纠正她：“三楼。”对上她如坠云里雾里的眼神，不自然地咳了一声，“这里……是二楼。”

（5）

周怀若来到庄鹤鸣的工作室门外时，便仔细打量过他的房子。位于商圈外围的两层半小楼，隐在一圈冬青球与数棵樟树背后，颇有些遗世独立的味道。一楼正门挂着朱红底色的黑字楷书牌匾，上书笔走龙蛇般的“虚谷香舍”四字，二楼应该是自用，还剩半层用来做屋顶花园，远远便能感受到它的闲适致远。

但上述所有的好处，指向的都是宽阔敞亮的一二层，三位数出租给她的是多余的半层，即挤在露台上各色花草之中的一间小房，巴掌大，堆满旧书和晾香架，架上放有正在阴干的线香，还有随时监控温度和湿度的仪器。

“为了保证沉香能够自然干燥，避免阳光的暴晒影响成品品质，只能将其放在这个没有窗的小房间里。”庄鹤鸣解释道，“不过这也有好处，即便我将架子搬走了，香气也会留存许久。沉香本身幽香温醇，有镇定心神之功效，可以使睡眠更加安稳。”

一旁的周怀若可谓目瞪口呆，这房间真是简陋得刘禹锡看了都要连夜起来删掉《陋室铭》的程度……

“人类怎么可能做得到，在这样一个连呼吸都困难的狭小空间里生活？”

负手而立的庄鹤鸣用眼角余光睨她，说：“人无奈的时候，就可以做到。”

周怀若感觉呼吸都不顺畅了，说：“这地方还没我家马桶待的地儿大……”

庄鹤鸣耸耸肩，说：“那周小姐请便吧。我本来也只是看在你帮了我好朋友一把的份上帮你，如果你不喜欢，我自然不强求。”

周怀若闻言瞬间清醒，现在哪是她挑房子的处境？摸摸口袋里连去廉价旅馆住个钟点房都不够的纸币，再望望屋外魆黑的夜色，她眼睛一闭，妥协了，说：“不，我喜欢。”

有些走神的庄鹤鸣听到这几个字，心底微惊，问：“喜欢什么？”

周怀若睁开眼，指了指天花板，说：“这里。你的房子。”

他这才明白过来，轻笑一声，漆黑的眸子望向她时波光流转。他在转身前还是决定说出心里的那句话，轻飘飘的口吻：“我以为你说，喜欢我呢。”

周怀若有点发蒙，逐渐加速的心跳让她接不上话，只能无声地望着庄鹤鸣远去的背影。喜欢肯定还是喜欢的，但如今事过境迁，她失去了所有，还能拿什么来喜欢别人呢？

（6）

那晚周怀若赶着去上班，确定好租约之后，领了钥匙便风风火火地离开了。又是整整十二个小时的忙碌，这期间她反复地询问自己：真的不用流落街头了吗？真的要和十几岁时暗恋的人朝夕相对，做他楼上小房间的小租客？

这种让三天前的她来听都觉得是疯话的想法，直到天亮下班都没有给她带来一丝真实感。

便利店离香舍不远，走路不过八九分钟。进门时屋内一片寂然，昨晚众人聚餐的热闹氛围已然四散，只剩满室馨然的檀木香。她蹑手蹑脚地上到二楼，发觉楼梯右边的卧室房门大开，里面晨光满屋，却空无一人。

这是庄鹤鸣的卧室，昨晚上楼前他给她介绍过。房间装潢是深色系的简约风格，如其人般干净利落，同时也很有拒人千里的疏离感。

庄鹤鸣起床了吗？要不要打个招呼？这样想着，周怀若小心翼翼地靠近房门，刚探进去半个脑袋，那凉得如雪水般的嗓音忽而在她身后响起："你看什么？"

本就累得发软的双腿险些跪下去，周怀若回头，看见穿着一身黑色运动服的庄鹤鸣，神情严肃地站在那里。

因为惊吓她回得有些磕磕绊绊："我想着如果你起床了的话，该和你打个招呼……"

“七点是我晨间运动的时间。”他淡淡道，“九点香舍营业，下午六点打烊，全年无休。”

周怀若不知道他为什么突然就给自己介绍起这些来，只能附和地点头。他迈步到她身旁，从楼梯左边的房间一一指过去，介绍道：“太阳不下山不起床的妹妹的房间，厨房、客厅、书房、客用卫生间，也是你的浴室。热水器是电能的，二十四小时不间断，开关往左是热水，往右是冷水。基本的洗漱用品都有，如果有别的需要，就自行购买。”

“好的……”

“洗衣机在二楼阳台，洗好之后晾到三楼露台，没有衣架可以去我房间衣柜里取，但我的东西不要乱动。”

周怀若如小鸡啄米般点头，正要说点什么附和一下，庄鹤鸣却又自顾自地说了下去：“你的房间昨晚我们收拾过了。买的是常用规格的单人床，衣柜放不下，挑了个简易的落地衣帽架。如果需要用书桌，可以去我的书房，但里面的藏品和我的文件不可以乱动。这就是我能提供给你的全部条件了。”

说不惊讶是假的。原本她还一直在想兜里这点钱要怎么花才能布置好那个过于简陋的巴掌房，没想到上个班回来，庄鹤鸣就全部搞定了。这样尽职尽责的房东当真是世间难寻，此刻庄鹤鸣的形象在她心中变得异常高大，她试图恭维他一下，说道：“真是让你破费了……”

他笑了一声，说：“倒没花我的钱。”

周怀若满眼疑问。

“我跟陈立元说：‘你认为你那条小命值多少钱，就给她买多少钱的家具。一切手到擒来。’”

刚刚他在她心中的高大形象瞬间坍缩……

她不好意思地挠挠后脑勺，说：“其实那也不是什么大不了的事。”

庄鹤鸣对此不置可否，说：“你如果救的是我，我未必会让你留下。”

“那为什么……”

“立元是我非常重要的朋友，就像我的胞弟。他心性率直，没定性，也不懂多少人情世故，有些人情债我可以替他还。”

但有些人不可以很轻易地被他抢走。

周怀若听不到后半句，只想着原来是因为陈立元，想不到这庄鹤鸣还是那种格外讲义气的类型。而讲义气的庄鹤鸣很快又破坏掉了他的好形象，继续贯彻他的作风，道：“不过那些旧书还放在楼梯上，你有空的话帮我整理一下吧，擦干净了摆到我房间的书架上就行。”说完似乎想起她是刚下班回来，良心发现一样补一句，“累的话，可以睡醒了再整理。”

周怀若朝三楼望了望，发觉旧书在通往她房间的楼梯上堆成了小山，除非她腿长两米，否则根本不可能跨得过去。

她说：“那我现在整理吧，庄……庄先生你先忙。还有就是……”她顿了顿，终于鼓足了勇气直视他的眼睛，“谢谢你。”

他嘴角微翘，表情没有多大变化，眼神却是软的。

“如果真的很感谢的话，就多交点儿房租吧。”

周怀若面不改色地装傻，甜甜一笑道：“那我少感谢点儿，你是不是得倒贴？”

庄鹤鸣的嘴角不自觉地跟着她翘起，道：“看倒贴人还是钱？”

“任君选择呀。”

“那我觉得，我不想给钱。”

说完，看着她涨红的小脸安静地笑起来，没有多大表情，笑意却直达眼底。那一刻庄老板心里想的是，一直以来他都认为“甜”是一个有关味觉的形容词，但一见到她弯起眼睛的笑容，就觉得自己从前的理解实在过于狭隘，她的笑容才是“甜”字最好的注解。

她一笑，就连呼吸都变甜了，眼前的晨光都鲜艳起来。

庄鹤鸣出门后，周怀若便独自一人整理那些旧书。逐本擦干净后叠放整齐，再一摞摞地搬到庄鹤鸣的房间去，一本本地放进书架。她家还没破产时从不曾做过家务，唯一需要动手的便是整理她的书架，因为这不需要学，只需要按心情来。大概也是得益于此，现在打工了，她做得最得心应手的也是整理货架。

按照文体分类将书进行排列，她在将一本放错的诗集抽出来时，带落了旁边一本发旧的英文小说，书本与夹在其中的纸张一起掉落在地。她跳下凳子去捡，目光触到纸张封面时狠狠僵住。

那是一本旧到发黄的数学作业本，封面是八中的校徽，页面正下方整整齐齐地写着所属人的信息：

高一七班 周怀若

那是八年前了。

她知道庄鹤鸣立志上耶鲁大学之后，也决定好好学英语，跟随他的脚步去喝喝洋墨水。

于是两人再见面就是在那个离学校最近的托福培训班。她底子好，一进去就能上和他一个水平的高阶班，老师和同学都把她当宝贝，只有他看她的眼神平淡无波，和看其他陌生人别无二致。她都还没来得及想怎么一步步接近他，就听说他要参加托福考试了，也许申请下耶鲁的录取通知之后就再也不会来上课了。

她吓得不轻，熬了个大夜憋出一封满满当当的情书，在庄鹤鸣考前来上课的最后一天偷偷地将信塞进他书包里，焦心地等着回复。一天，两天，三天，直到周三被催交作业时她从书包里摸出那封粉色的情书，才惊觉自己竟然紧张到把数学作业本当成情书塞给了他……

庄鹤鸣看到时得是什么心情？周怀若设想过无数遍。某天他整理书包时，在里面发现一个陌生人的数学作业本，还是已经用完，但没有一次拿到满分的作业本……

周怀若臊得几乎想连夜搬离这个星系，但转念想想，他也不认识她，可能看两眼就把本子丢掉了，这样的话似乎就没什么值得尴尬的。

那次托福考试他果然高分通过，周怀若再也没在培训班里见过他。那颗火流星顺利完成了在这个星系的旅程，奔向了无垠的太空。

但她没想到，八年后，在二十五岁的庄鹤鸣的房间里，在一本他翻得发旧的英文小说中，居然找到了这本闹了乌龙的数学作业本。

如果他当真不认识她，如果他当真不记得她，那为什么会将这个一文不值的作业本留存了八年之久？

第三章

「但你要知道，你不是我的麻烦。」

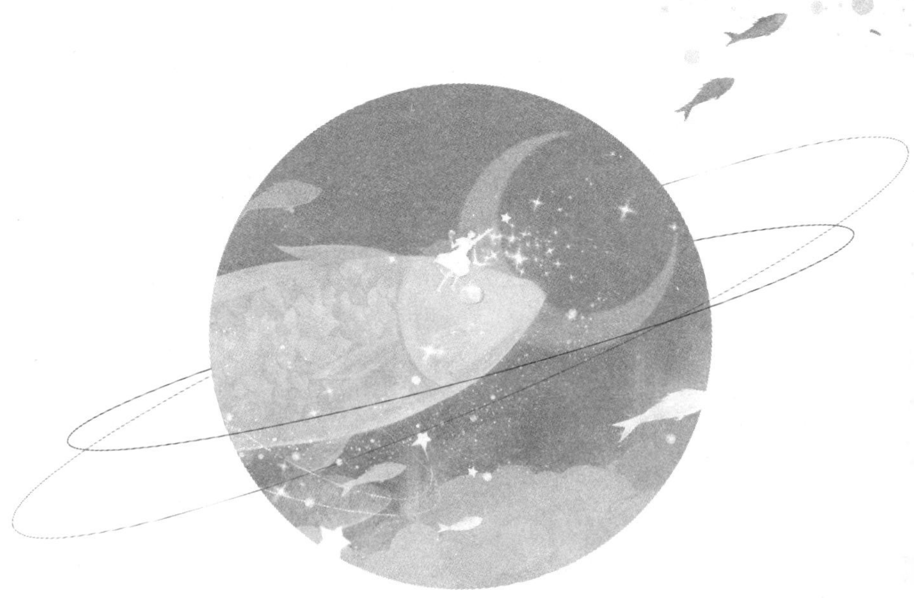

N I S H I Z H A O Z H A O M U M U

（1）

周氏的破产新闻继续沸扬，无论是周怀若母亲那边的风吹草动，还是周怀若本人的一言一行，都会被看不见的镜头捕捉、放大，引起无数有根据或无根据的揣测。周怀若落魄到在便利店兼职、入住不知名小香舍的消息自然很快被传到网上，不出意料地成了众人谈论揶揄的笑点。

小龚向来爱在八卦论坛蹦跶，这天中午正窝在沙发边刷手机边吃零食，余光瞟见周大小姐正从楼上下来，探了个脑袋笑眯眯地问她："请问庄先生在哪儿？我找他有点事。"

小龚看着眼前活生生的八卦帖女主角，从屹立在名媛圈金字塔顶端的财团大小姐到如今住在她家半层小阁楼里，这种人生的大起大落到底得有多强大的内心才能适应得过来？

她一时有些难言的感慨，一把将薯片塞进嘴里，笑答："在楼下工作室呢，有客人来了。"说罢又对周怀若想说的事有些好奇，干脆起身，"我跟你一块儿下去吧。"

两人结伴下到一楼，见庄鹤鸣正坐在大厅中央的根雕茶桌前，手拿一柄铜色香铲，神情专注地往金莲香篆炉里放楠木粉。桌上另一只梅子青香篆炉中焚起的白烟袅袅地绕了他一身，衬着室内陈列的各色古典器具和香木，宛若仙人降临。而那几位游客模样的客人，却被排除在萦绕的香烟之外，正立在香架前神色尴尬地把玩着盒装的成品。

这一看就是不会做生意的……

周怀若停在庄鹤鸣身侧，问道："你都不招待客人的吗？"

小龚大大咧咧地坐下，直接拿起自家哥哥的茶杯灌了一口茶，见惯不怪地耸耸肩说："我哥卖香就跟姜子牙晒鱼干一样，随缘。"

庄鹤鸣瞥她一眼，说："你说的是姜太公钓鱼吧。"

文盲小龚理直气壮道："钓鱼要等愿者上钩，再等到晒成鱼干，那不更是晒个寂寞？"

周怀若被她展现在这句话里的逻辑所折服，又望了望那些客人，虽穿着并非奢侈品大牌，但首饰繁多且名贵，举止也不算粗鲁，完全符合香制品的销售目标群体。于是她问庄鹤鸣："那架子上，最贵的是什么香？"

庄鹤鸣头都没抬，说："顶层的手工线香。"

线香她知道，使用时需要用到香插等工具，不大适合入门者使用。

于是，她换了个说法："要入门级别里价格最高的。"

"第三层，无粘粉盘香。新进的设备，价格故意抬高了试水。"

他垂眸说完，手头的工作恰好收尾，抬头正想问她问这些做什么，周大小姐便一副踌躇满志的模样轻拍一下他的肩，笑道："看好了庄

老板，热情地给客户推销优质的产品，也是商家经营的必修课喔。”

说罢，她稍微整理了一下发型和衣着，踩着高跟鞋来到客人面前，微笑着热情地打过招呼，问道：“各位有没有挑选到心仪的产品呢？”

有客人摇头，有客人举起一些价位较低的产品，询问她一些使用事宜。她一边应付着，一边不着痕迹地将客人选中的那款低价盘香放回原位，顺手拿起香架第三层的无粘粉香，优雅客气地笑了笑，用相当专业的口吻说道：“几位先生，说起入门香品，当然是这款无粘粉香最有市场。香制品的品质很大程度上取决于制香师的水平和原材料的优劣，而本香舍的制香师庄先生出身沉香世家，父辈熬过了制香行业最为低谷的时段，传承下来的手艺肯定是经得起时间和市场检验的古法技艺，成品也绝对是上佳。中国的香文化传承数千年，讲究的就是一脉相承，就是一个‘纯’字。这款盘香不添加粘粉，只选用最高级的纯香粉制作，力求还原香木本身的味道，不就刚好能够体现这种文化追求嘛。”

几位客人听得很是认真，询问了价格后又与她推拉了几个回合，最终以标签上的原价卖掉所有现货。

小龚目睹全程，心醉神迷间仿佛看得到从前的周怀若是怎样在这座城市最高级的写字楼里运作一家上市大公司的，观察与巡逻是她施展权力触手的戏剧走位，推诿和挪移是她操纵资本的无声手势，客户和员工都是她摆放的乐高小人儿，而她表面上看起来又那么人畜无害，漂亮得就如同高级展览馆里那些精致到无可挑剔的蜡像。

小龚用手肘戳了戳一旁推销技能为零的哥哥，问：“咱们家的香……有这么了不起吗？”

庄鹤鸣仍旧没有表情，答：“她说我传承父辈技艺，我们那位‘父辈’连香篆都没摸过，你说呢？”

“那……那什么无粘粉……”

“传统制香向来是添加粘粉的，无粘粉香是近些年才兴起的新浪潮，如今销量不及有粘粉香的二十分之一，你说呢？”

小龚失语了一阵，和自家哥哥交换了一个眼神，最后由衷地发出感叹：“这周大小姐真是销售鬼才啊！”

“销售鬼才”送走客人，走回来相当得意地叉腰，笑道：“简直易如反掌嘛。”

庄老板看了她一眼，挑挑眉，不置可否道：“确实遗传到了一些资本家的基因。”能编，敢说，浑身是胆，行动的唯一目标就是弄到钱，这简直是百分百的资本家基因。

周大小姐得意地晃晃脑袋，说：“我可是耶鲁大学经济学系毕业的，推销个产品那肯定是牛刀小试嘛。”说着她坐到离庄鹤鸣最近的位置上，神秘兮兮地遮住嘴巴，低声道，“如果有兴趣的话，你的那几千万拆迁款我也有办法帮你翻几番。我的要求不高，给我……净利润的一成就行。”

庄鹤鸣扫了一眼她伸出来的食指，淡淡一句：“拒绝黄赌毒。”

“谁跟你说是那些勾当？”

“因为世界上来钱快的方法无外乎以上几种，并且都已经全部写进《刑法》了。”

“大哥，我是耶鲁大学的优秀毕业生好吗？通过合法投资获得最大盈利的方法是写在这里的，懂吗？”说完，她指指自己的小脑袋瓜子。

庄鹤鸣却仍然无动于衷，目光在茶盏和周怀若之间逡巡一圈，不着痕迹地将话题一拐，道：“你似乎很得意自己的名校毕业生身份。”

“我得意的东西可多了，只是破产之后能拿出手的就剩这个了。”

庄鹤鸣抿了口茶，眼神有些飘忽，似是在回忆什么，最后说出一句：“我原本也要去耶鲁大学就读，当年家里连机票钱都准备好了。”

周怀若心底微惊，他这句话她算知道前一半，但眼下不能也不敢承认，生怕他就此便猜到自己曾经那样一颗心全扑在他身上的事实。于是赶紧装出一副无所谓的样子，只随口敷衍说：“这么巧啊。”

这反应反而让庄鹤鸣觉得奇怪，狐疑道：“我以为你会说你知道。”

“我？”周怀若心虚地干笑，“我为什么会知道？”

“因为你说你记得我。”他理所当然地说，“并非我炫耀，但当年我要出国读书的事，在八中也算是件新闻吧。”

何止是新闻，简直是连续霸榜几个月的大事件，校园里的光荣榜、宣传栏乃至横幅，学校的官网、官微乃至老师们的朋友圈，到处都挂满了庄鹤鸣的录取消息，直到毕业季结束，他离校数月后都舍不得撤下。

于是她只能乖乖地承认：“好像是有这么回事吧……”

庄鹤鸣瞧她躲躲闪闪的心虚模样，忽而笑起来。明明知道却不敢承认差点和他上同一所大学这件事有什么值得隐瞒呢？于是他胡乱地猜了一嘴，道："该不会你去耶鲁大学也和我有关吧？"

天晓得周怀若那一刻是怎样一副失措的表情，紧张得连脖子都开始升温了，口吃道："谁谁……谁说的！你这人怎、怎么这么自恋啊！况、况且，你也没去耶鲁大学不是嘛！"

庄老板的眼里闪过一丝怀疑，问："你怎么知道我没去？"

周怀若的情绪瞬间转为震惊，失声道："你去了？"

"没。"

敢情在这儿把她当猴儿耍呢！她气极，终于借着愤然问出那个她好奇了许多年的问题："那你为什么不去？"

他答得随意："不想努力了，回家继承家产。"

周怀若拿眼角余光睨他，说："要点脸吧，我都还没说继承的事儿。"

"不信算了。"他淡然处之，抬手开始收拾茶桌。

周怀若看了一眼旁边的小龚，见她一脸看戏看得津津有味的样子，给了她一个询问的眼神：真的？

小龚顺利接收，连连点头，说："我哥高中毕业之后，香园有了投资方，扩建了好大一片，而且又遇上国家颁布扶持本地的种香行业的新政策，咱们家的香树身价翻了好多倍呢。"

这里是国内首屈一指的香城，早在唐宋时期便以种香制香技艺闻

名，但周怀若家是做房地产发迹的，乘着时代的浪潮一直追逐现代化产业，对几近萎缩的香文化可谓是丝毫不感兴趣，只当是些陶冶情趣的小玩物。因此她对这种制香行业的了解，只停留在一个本地人所应具备的常识层面，并不比任何一位路人甲要多。

周怀若拿起庄鹤鸣手边剩下的小半截沉香木，轻轻地捏了捏，道："这能有多值钱呀？"

庄鹤鸣面不改色，慢条斯理地报上价格，说："不贵。你手上的是中品，六千一克。"

周怀若闻言内心简直瞬间掀起狂风骤雨，这一克比黄金还贵！那这满室的木头，加起来不比他那栋拆迁房的身价高？难怪他一点儿暴发户的样子都没有！到底是谁告诉她他家境一般的，传八卦能不能有点求真务实的精神啊？

幸好，多年来的交际经验已经淬炼出她坚强而淡定的心志，即便心中已经电闪雷鸣，表面上还是能维持住惠风和畅的样子。她微笑着火速将那块小木头放回原位，满不在乎般说道："就还好吧，我以前拿来糊墙玩儿的黑松露酱也就差不多这个价格。"

言毕又怕庄鹤鸣故意追问刁难她，赶紧转移话题，问道："所以，你当年没去耶鲁，也没上大学吗？"

"当然上了。"

周怀若又迷糊了，问："在哪儿上的？"

他报出国内一所普通大学的名字，就位于本地，虽说也是省属重点大学，但在一本率近百分百的八中学子心目中，都不屑拿它来保底。因此周怀若更加不解：以他当初的条件，怎么会去这种学校?

她踌躇半晌，还是问了出来：“你为什么去这所学校？”

他给出了两个理由：“离家近，法学院很强。”

周怀若有些惊喜，问：“你还是读了法学？”

“那不然我是闲得慌才背法条的吗？”

周怀若努努嘴，说：“我以为有家产继承了，梦想就可以扔在一边了。”

他侧过头，玩味地笑道：“你对这点好像比较有体会吧，周大小姐。”

“对啊，所以刚才我那句是现身说法。”周怀若很坦然，她就是打定了心思继承家产，但谁能想到变故横生呢?

庄鹤鸣一脸惋惜道：“真遗憾，家产已经跟你分手了。”

“我可以追回来。”她叉腰。

“勉强是没有幸福的。”

“谁说？强扭的瓜可甜了。”

庄鹤鸣看她抱臂气呼呼的样子，忍俊不禁，道：“看来很有扭瓜的经验嘛。”

她故意摩拳擦掌，吓唬他道：“你想试试看吗？”

“我？”他忽而抬起眼眸，定定地看她，“我你不用强扭。”

哪怕人人都说他只可远观，但他一个眼神，他再远再高，也乖乖

落下来了。

一旁咬手指的小龚窃笑，看着当机的周怀若，插了一句：“赶紧冲啊姐姐，这‘瓜’说他包熟！”

庄鹤鸣顺手敲了下小龚的脑袋示意她闭嘴。

周怀若脸上有点红，垂低了脑袋，小声道：“我们不是在谈继承家产的事儿吗……”

庄鹤鸣知道她不好意思了，也没忍心让她冷场，随口接一句：“我觉得还行吧。”

周怀若嗤笑，一脸的不相信，道：“你这不闹吗？继承了家业又读了喜欢的专业，这不就是钱的功劳吗？这你还不喜欢人家？”

庄鹤鸣闻言，倏忽笑起来，眼神有些意味不明，耳朵却渐渐泛红。

他说：“你还说你不喜欢我。”

周怀若实在跟不上他的思维，这怎么又跟喜欢他扯上关系了？

“知道我没去耶鲁，知道我喜欢法律，想读法学……”他一边数着理由，一边逐个将香炉收进木箱，最后稳稳合上盖子，抬眸看她，“这么关注我，还敢说不喜欢我？”

周怀若被他看得心虚，几乎是反射性地想跟他抬杠：“我没说过我不喜欢你啊！”

庄鹤鸣笑得更深，了然地点头，说：“行，那我知道你喜欢我了。”

周怀若这才发现自己那句话的歧义，连忙解释道：“我是说，我没说过‘我不喜欢你’！是没说过‘我不喜欢你’这句话！”

庄鹤鸣显然不想听她的解释，拿起桌上的打篆用具施然离去，身影隐于各个陈列的木架之中。周怀若愤懑不已，转脸问小龚：“你听得懂吧？我说的根本就不是那个意思！”

全程观战的小龚托腮，傻笑道：“不懂，我只觉得上头。”

这兄妹俩是给耳朵装了什么过滤器吗，只能听到自己想听的话？

小龚笑完，显然还有些意犹未尽，又撺掇周怀若道：“姐姐，你不是找我哥有事吗？”

周怀若这才也回过神来，但显然眼下已经过了开口的好时机，只得作罢。她懊恼地叹了一声，又问小龚：“你不是和我同届吗？为什么叫我姐姐？”

“我上学早呀。”小龚笑眯眯地回答。和庄鹤鸣那种棱角分明的深邃五官不同，她长了一张元气满满的治愈系的脸，两只酒窝又深又圆，笑起来少女感满满。

“而且我长得也显小嘛。”她补充道。

周怀若看着小龚。小龚并不算是绝顶的美人，但一颦一笑非常到位，透着漩涡状的吸引力。一双眼睁开来是一汪秋水，笑起来就是一轮新月，说话时整个瞳孔满满地装着对方的倒影，清亮澄澈，绝不含糊。

真是我见犹怜。周怀若想着，便也一起笑起来，当作默认。她又看一眼庄鹤鸣所在的方向，无奈道：“本来想借书房的电脑用用的，可是现在……”

还以为是什么了不得的大事呢，值得千金小姐小心翼翼地忙活了

这么半天，原来只是想借台免费的电脑用。

于是小龚蹦起身，拍拍屁股道："早说呀，我有电脑，咱不求臭男人。"

（2）

周怀若都还没搞清楚这小龚怎么一下就加入了我方阵营，回过神时就已经坐在小龚房间的书桌前，看着小龚逐字往电脑里输解锁密码了。满是卡通人物的壁纸适时弹出，小龚满意地叉腰，道："可以用啦！你要用电脑干什么呀？"

周怀若稍有犹豫，而后老实地回答道："做个新简历，好找工作。"

实话实讲，这是她二十三年的人生中第一次说出"找工作"这三个字，也第一次感受到，原来把自己的人生履历变成一张薄薄的简历，想要以此为条件求别人赐予她一份工作、施舍她一份薪水，是这样无奈的一件事。

小龚听后有点惊讶，说："你现在还找得到工作？"语毕发现自己这话说得实在有些伤人，赶紧解释，"我不是那个意思。我是说现在局势这么紧张，哪还有公司敢在这个关头招你呀……"

她越说越觉得离谱，自己这哪像是在关心人？这些话哪怕是事实，陈述出来也像是在朝周怀若的伤口补刀……小龚正要道歉之际，听见周怀若一句笑意清浅的话，柔柔的声线温和而细腻："可是，总要活下去呀。"

小龚被这句话击中，有些细碎的心疼，皱眉道：“活下去也别往那些会羞辱你的枪口上撞啊。你是没看到那些网民是怎么骂你的，那些话简直……”

“我都看到了。”

小龚猛地愣住，看周怀若还是一副稀疏平常的样子，对比自己在收到一些恶评时不争气地哭红鼻子的模样，心中不免疑惑：难道她真是金刚不坏之身吗？

“你以为我之前就不挨骂吗？”周怀若用手托着下巴，微笑着淡然地解释，小龚觉得那是一种见惯人世炎凉的神情，通透却也坚强。

“仇富的人不比落井下石的人少，这世界最不缺的就是爱对别人指手画脚的人。如果我把他们的诋毁当了真，那才是对自己的不尊重。”

小龚听得愣住，想起自己看过的那些恶评，委屈道：“可是，我有时候觉得他们骂我的话，也挺有道理的……”

“别人的话只是参考，不是答案。如果在所有人都攻击你的时候，你还赞同他们，那你可就太孤立无援了。正确的答案在你心里，你自己知道，这就够了。”

小龚也不知道自己究竟有没有把她的话听明白，只觉得这样的气度和格局是普通人难以具备的，似懂非懂地点点头，说道：“原来和接受过高等教育的名媛交流是这种感觉。”

周怀若失笑：“你也受过高等教育。你家里这么有钱，你也是名媛呀。”

小龚嗤笑，噘嘴自嘲道：“是啊，你家分分钟几千万上下，我家就倒腾个香树园子；你上的是耶鲁大学，我上的是种了几棵椰子树的师范大学……”

话说到这里，周怀若才意识到自己和小龚虽然同住，但全然不了解，甚至还没好好和她互通姓名，便问道：“对了，我听他们都叫你小‘gong’？是宫殿的宫吗？”

小龚在电脑上打出自己的姓，笑道：“是这个龚。我随妈妈姓，全名叫龚鹿吟。”

周怀若这才恍悟。这个小龚就是庄鹤鸣的手机里那个享有粉色爱心待遇的小龚？不是什么女朋友，就只是亲妹妹？

思及此，仿若一颗飘浮已久的心终于落回地面，她莞尔，答道：“那就巧了呀，我也是随妈妈姓。”

小龚跟着她欢快地笑开，说：“喔，那我们发掘出第一个共同点了！”

黄澄澄的光从窗户漫进来，少女房间里微暖的空气被笑意一分一寸地填满。

（3）

周怀若那天制作了新的简历，在求职 APP 上病急乱投医一般投出去将近二十份，无论公司规模大小，只要有适合的职位需求她就往上扑。离开龚鹿吟房间时，他们似乎正在饭厅吃饭，她没好意思过去打扰，就在便笺上写了道谢的话，关上房门便轻手轻脚地上了楼。

因而她不知道，饭厅的三个人将一桌子热菜等成了凉菜，也没能等到她光临，一起来吃这第一顿午饭。最后是要赶活动的小龚没耐住性子，耍赖逼庄鹤鸣出来叫她，他才发觉她已经回房睡下了。

房门为了方便他们晾收衣服、侍弄花草而虚掩着，庄鹤鸣只从缝隙中看到周怀若床边没拧好瓶盖的矿泉水瓶就放在一个只咬了一口的袋装面包旁边。

（4）

周怀若连做梦都是在找工作。梦里她抱着简历去从前的对家公司求职，被自大的面试官认了出来，从头到脚狠狠羞辱了一番不说，还举着简历撵了她好几里，非说要报当年抢生意的仇。她冷汗涔涔地转醒，睁眼后第一件事是查看求职 APP，果然如小龚所言，杳无回音。

下楼洗漱时二楼空无一人，周怀若睡眼惺忪地刷牙时，朦胧地瞥见镜子里庄鹤鸣的身影，惊得险些被嘴里的牙膏泡沫呛住。

她满嘴泡泡地回头，庄鹤鸣面无表情地和她对视了几秒，而后开口：“吃饭。”

周怀若赶紧把嘴漱干净，答：“我还要去上班呢。”

庄鹤鸣并未理睬这句话，径直往饭厅走去。

周怀若洗漱干净后跟过去时，他已经将饭菜摆好。

简单的三菜一汤，一个瓷白的小碗盛满软糯的米饭。

周怀若下意识地咽咽口水，他没说过这房租还包饭的呀。

于是她支吾半晌，终于说出拒绝的理由，道："我……我没钱付你伙食费……"

庄鹤鸣微一挑眉，似是终于想起这茬儿一样，随即拉开坐到盛好的饭碗前，淡定地说道："陪我吃，不收钱。"

她一头问号，不知自己是不是吞了牙膏泡沫，把耳朵糊住了，所以听错了？

"我……"庄老板搜肠刮肚地想借口，"不喜欢一个人吃饭。"

绝佳的理由，他不禁在心里叫好。

"你中午没吃吗？"周怀若问得很真诚。

庄鹤鸣的耐心险些用尽，微微闭眼，又想到个新借口："少食多餐，不可以吗？"

"可以，可以！多健康的生活方式！"周怀若赶紧收回疑惑，笑眯眯地坐过去，大马路上的钱可能不能白捡，房东家的白饭有什么不能白蹭的呢？更何况她的房东还是位隐形富豪。

只是没想到他终于开始有点儿富人做派了嘛，她咬了咬筷子，回忆道："我们家以前最高纪录是，一天用了十三顿饭。"

"你那不叫少食多餐，叫迟早遭天谴。"

周怀若忍住白他一眼的冲动，说："正常饭点再加上一些私人会面的茶歇、派对之类。"况且她本就吃得少，一般一道菜品动一筷子也就够了，像白米饭这种高碳水化合物……还没来得及想完，右手已经自动挖了一勺米饭送进嘴里，温温热热、米香四溢，她有片刻的失神，“米饭一直都是这么好吃的吗？”

庄鹤鸣拿着筷子戳了戳自己碗里的饭，说：“饿时尝和饱时尝，味道当然不一样。”

周怀若眼下可没心思品味他的话，抄起筷子去夹离她最近的一盘香菇酿虾丸，她实在太久没有吃上一顿热乎乎的饭菜了。不想圆滚滚的丸子却借着浓稠的芡汁调皮起来，屡次从她筷下滑开。她跳蚤大的耐心很快用完，正准备竖起筷子直接戳爆它时，庄鹤鸣便伸筷过来，轻轻松松地将丸子夹起，放到她碗中。

服务还挺周到的嘛。周大小姐瞬间忘记了自己才是蹭饭陪吃的那个，赶紧咬了一口丸子，浓郁的肉汁在口中爆开，好久没尝到这么新鲜的肉了。

于是她端起碗，用下巴指指另一盘清炒时蔬，眼神示意庄鹤鸣的同时将碗靠过去。他有一瞬间的疑惑，但筷子尚在手中，脑子还没反应过来，手就已经伸过去了，轻松夹起蔬菜，放进她碗里。

等等，谁是房东谁是租客？

他正要发作，抬眸看到周怀若吃得一脸满足的神情，心中的不快竟霎时间消失无踪，嘴角不由自主地翘起。

也就是个恃宠而骄的小女孩而已。遂他又按照她的指示，再夹了一筷子时蔬放入她的碗中。视线再次相接时，他伸出舌尖碰了碰上唇

右方。周怀若一愣，学着他的样子探出舌尖，舔到了一粒白白胖胖的饭粒。

丢人！

看着她霎时间涨红了脸，深深地将脑袋埋进碗里的模样，庄老板终于没忍住，轻笑出声。

周怀若吃饱喝足后活力满满地出门上班去了。庄老板系着围裙站在厨房洗碗时后知后觉地想，到底是他将高高在上的千金小姐拉下神坛，变成了一起吃家常饭菜的楼上小女孩，还是她把生人勿近的香舍老板训化成了人肉筷子，还免费给她做饭洗碗?

但无论如何，此后周怀若就找到了免费蹭饭的时机和突破口，总能在庄鹤鸣独自在饭厅时出现，然后在他的默许下坐到饭桌旁，“陪他吃饭”。小龚爱睡懒觉，范蜀又只在香舍吃午餐，因此四个人能凑到一块儿的概率简直小之又小。

但偏偏是这样可遇不可求的四人同桌吃饭日，庄鹤鸣坐在饭桌上咬着筷子发呆时，忽然惊觉桌上三个人都是吃白饭的，偶尔要是再来个陈立元，他这小香舍不就成了施粥铺了?

于是他撂下筷子，举手托腮，故作苦大仇深地叹了一口气。

果然数小龚眼尖，第一时间凑过去关心道：“怎么了，哥哥?”

“没什么。”他转而抱臂，心酸道，“就是突然发现自己好像成了大慈善家，专门供一些‘身坚志残’的家伙吃白饭呢。”

桌上几人纷纷顿住。

庄老板看了一眼已然精光的烧鹅盘，叹得更深了：“肉都吃光了，要不要记个账呢……”

此话一出，生生拦住周怀若往嘴里送肉的手。

“最近米价也涨了，真是奇怪，我们家有人特别爱吃米饭吗？消耗量可以说是直线上涨……”

破产后开始爱上热米饭的周大小姐开始用筷子把烧鹅肉往碗底藏，并且相当掩耳盗铃地想把一整碗米饭压瓷实些，好看起来少一点儿。

庄老板的抱怨丝毫没有停止的迹象：“我还奇怪呢，最近生活费涨了这么多，我的家务活却是一点都没少干呢。”

范蜀立马抱大腿，举手道：“报告老板，我一直是负责买菜和做午饭的！”作为老板的私人助手，虽然他外表看起来凶了些，但这香舍里里外外的工作和家务他可是一样没落下地帮忙，贤惠程度简直爆表好吗？

对于这点，庄鹤鸣不置可否，赏给薯仔一个夸赞的眼神。

此时小龚终于经受不住良心的鞭笞了，学着范蜀的样子也举起手，说：“报告哥哥！那我等下负责洗碗！”

“白吃白住，洗个碗就够了？”庄老板显然不太满意。

“那我、那我待会儿搞大清洁！”说完，她看了一眼偌大的房子，又少了些底气，在庄鹤鸣的眼神瞥过去周怀若那边之前，果断出手把周怀若拉下水，“我和姐姐一起！”

周怀若后知后觉地问：“什么？什么一起？”

“搞大清洁！”

周怀若这才明白过来，脱口而出：“你们这房子还要自己搞清洁？”说完，她才发现不妥，赶紧找补，呵呵笑道，“我是说，我一直都不是很擅长自己动手打扫房子……”越抹越黑，众人闻言投来一种看异类般的目光。

小龚看着她那期待被同意的眼神，精准地吐槽：“你认真的？你觉得这句话能让我们产生共鸣？”

周怀若：“……”

于是饭后两个女孩儿就乖乖地开始大清洁，所幸薯仔嫌她们碍事儿没让她们负责正在营业的一楼，语曰：“到时候就不是我坐享其成，而是被这俩大小姐整得血压飙升脑仁儿疼。”

于是二人靠猜拳划定负责清扫的二楼区域，倒霉到极点的周大小姐光荣地负责——卫生间。

说不担心是假的，庄鹤鸣坐在书房看书，回想起周怀若蒙了一身塑料袋当防护服、拿喷壶和抹布做武器，雄心万丈地杀进卫生间时的样子。那一刻他心想，活了这么大头一回见有人能把打扫卫生间搞得像上战场冲锋陷阵，真怕她一个不小心滑倒，出师未捷身先死。

半小时后，听到大小姐高声炫耀的声音，扬扬得意地叫他：“庄老板，快来看看，我打扫干净啦！”

庄鹤鸣循声而去，进入卫生间后看到她像展示藏品一样向他炫耀擦得锃亮的镜子，道：“看，一尘不染，焕然一新！”

他看一眼手表，再看看她，一字一顿地问：“耗时三十二分钟，只擦了一面镜子？”

周怀若不自然地咳了一声，依旧骄傲，说：“慢工出细活嘛。”

“你这属于铁杵都能磨成铁原子了，镜面都擦薄了几厘米吧？”

话音刚落，一旁的马桶呼救一般从盖子底下溢出混合着泡沫的水来。他深感不妙，迅速揭起马桶盖，果然看见无数纸巾正漂浮在水面上，其中还混合着几张被狠狠蹂躏过的报纸。

而罪魁祸首见状，大惊失色道：“这是怎么了？”

庄鹤鸣不答反问：“你为什么要把报纸冲进马桶？”

周怀若愣了一秒，支支吾吾道：“因为抹布擦不干净呀，我就上网搜了一下……不过你猜怎么着？”她再次展示起自己擦的镜子来，“真的很有用！”

庄鹤鸣额角青筋凸起，痛苦地扶额道：“你难道不知道，普通马桶的水压根儿冲不走这么多纸巾和报纸吗？”

周怀若终于意识到自己不但得不到夸赞，还很有可能要挨一顿批，只得收起求表扬的姿态，把嘴撇成鸭子状，弱弱地反驳最后一句：“我不知道呀……我家的马桶也不会堵……”

庄鹤鸣此刻简直哭笑不得。

周怀若看了一眼马桶，又看一眼庄先生，转头撇着嘴对马桶说道：

“对不起。”

庄鹤鸣眼里的火气降下去些许，顺手捞起旁边的喷壶塞进她手里，摆手示意她出去，说：“你也被卫生间清洁淘汰了，一边儿去吧。”

周怀若抱着喷壶不肯走，说：“但你不是说要搞大清洁吗？我这才小有成就呢。”

如果把他家从没堵过的马桶堵上了也算成就的话……

此时庄鹤鸣已摸出手机准备打给薯仔，随口搪塞她：“你上楼祸害自己的房间去吧。”

于是被发配“回老家”的周大小姐只能悻悻上楼，但她那巴掌大的房间也没什么可清洁的，拿着吸尘器吸了半天也只吸出几根头发来。正寻思要不撂挑子不干了睡大觉吧，忽然听见上楼来的脚步声。

肯定是庄鹤鸣！这就像中学时期大清洁摸鱼却被教导主任突击检查，她顿时手忙脚乱起来，摸索吸尘器的时候撞倒了横放在凳子上的行李箱，被敲中的大箱发出一声沉闷声响，眼看就要掉下来。

倒霉，那里面可还装着她的命根子！

于是上楼来的庄鹤鸣就看到这样一番景象——抱着吸尘器的周怀若伸手去捞要掉下来的巨大行李箱，但那细小的手臂显然不够力气，箱子仍是砸了下来，且尖角正好砸在地上磕中她的手，光是看着就很疼。他惊得几乎是冲过去，周怀若却像没事人一般立刻抽手打开行李箱，将箱子里放着的唯一一部单反相机拿出来反复检查，确认镜头和机身都没受损后，才终于安心地舒了口气。

庄鹤鸣在她身旁蹲下，伸手过去查看她受伤的手，问："手没事？"

周怀若愣愣地抬起手来，这才看见手掌被磕中的地方红了一小块，隐隐作痛。她没敢把手递给他，就只笑笑道："没事儿，问题不大。"

他本想继续追问，但又觉得实在没有立场，就只能作罢。他瞄了一眼她的单反相机，是数年前的旧款，但也是专业级别的高端机了。

这么怕它磕着碰着了，这相机对她而言肯定意义非凡。庄鹤鸣貌似随口地问了一句："家人送的生日礼物？"

"那倒不是，这是我参加舞会的纪念礼物。生日的话家里一般送些可以保值的昂贵礼物。"

庄鹤鸣自认为已习惯她的身份，但听完她例举一些礼物后，仍觉得有些难以置信。

周怀若低头看了看她的宝贝相机，低声道："不过我妈妈应该特别后悔送了我这个。她那时以为我是单纯地喜欢艺术，想把摄影当作众多爱好之一，才答应给我买这台相机的。"

"不是吗？"

"当然不是，一开始我哪有那么高远的志向呀？"她笑起来，一双眸子如秋水般清澈，"是因为从小就听说我爸爸是一位很出色的摄影师，心里难免有些向往。而且高中的时候我暗恋一个人，他也很喜欢摄影。是因为那个人，我才开始对摄影艺术有了一点了解，此后就一发不可收拾了。"

喜欢一个人就是这样的，似乎宇宙只由他一个人组成，不自觉地将那一个人的意义扩大。他说的一句话，做的一件事，她就无限地延伸放大，总想着要靠这些蛛丝马迹去了解和研究对方，似乎借着这样微弱的了解，就能够稍微地朝他靠近一小步。

但这些话牵扯的事件实在太多，有些他可能早已忘记，再提起似乎也没有意义，她才干脆隐去了暗恋者的身份，将故事说得很模糊。周怀若拿起相机坐到床边，苦笑一声："可我现在这么穷，也玩不起摄影这种烧钱的爱好了。"

"摄影又不仅仅是玩相机。"他随手帮她把行李箱放回原位，说，"'拍什么'比'用什么拍'更重要吧。"

"是啊，摄影是艺术，是值得人们花很长的时间去学习，甚至值得投入终生的。不过……我也就是以前才敢这么想而已。"到了现在她才真正发觉，那些母亲反对她学摄影时告诫她的话是对的，没了钱，她什么都玩不起。

"他应该会希望你继续喜欢下去的。"他的声音沉而暖，在狭小的房内散开，有震撼人心的力量。

那一刻周怀若甚至错觉他知道她话里的人就是他，愕然地望向庄鹤鸣，呆呆地反问："你说什么？"

他颇有耐心地解释，说："你暗恋过的那个人。如果是因为他影响到你，才令你喜欢上摄影的话，那我想，他会很希望看到你继续喜欢下去的。"

借着房间内的橘色灯光看过去，入目所有景象都是温暖的。庄鹤鸣那向来淡漠的眼睛也在此刻变得柔软，本就极其英俊的一个人，因着灯光蒙上一层温柔且耀眼的光。周怀若莫名觉得心里有些热热的，像是一层粉色的花瓣铺天盖地地落下来，在对上庄鹤鸣投来的深邃眼神时，心跳倏地就乱了。

那种感觉就好像，庄鹤鸣一直以来都知晓她的心意，并且从未轻视，反而对她这份未经世故的喜欢十分珍之重之。

“我……我会继续喜欢下去的。”

耳边是扑通扑通的心跳，周怀若目光盈盈地看着庄鹤鸣，像是在郑重宣布。

庄鹤鸣有一瞬间的恍惚，觉得这些年留在他生命中的不幸和阴霾都尽数被她眼中的光芒驱散，连那些最昏暗的角落里都蓄满了阳光。

时隔多年，他曾想追寻的所有似乎都跟随着她，换了另一种方式，再次来到他的生命当中。

他弯起嘴角，浮出温柔的笑痕，故意问她：“喜欢什么？”

她答得干脆：“摄影，还有那个人。”

庄鹤鸣看向她怀里抱着的单反相机，本来清浅的笑意由嘴角漾进了眼底，什么都没有再问，却好像什么都有了答案。

周怀若红着耳朵问他：“你笑什么？”搞得他好像猜到她心里想什么了一样。

他抬手拍拍她的脑袋，两人一站一坐，做这个动作确实很顺手，

她却一下被这样的亲昵给烫到。

他说了一句更让她失神的话："因为，你让我很开心。"

（5）

那天的大清洁忙碌到最后，还是庄鹤鸣独自包揽了所有活儿，甚至感觉比平常自己一个人忙活更累——一会儿帮浇花的周怀若清理堵住的花洒，一会儿帮小龚擦上半部分她够不着的玻璃，一会儿又被薯仔叫下去见客人……

忙活到最后，庄老板彻底放弃了大清洁的念想，甚是疲倦地倚在三楼露台的栏杆上，扶额道："我一直以为，我人生最大的错误是高考数学被扣掉的那 3 分……"

周怀若呆呆地拎着水管，问："那不然是什么？"

"是天真地以为你知道'大清洁'和'大灭绝'是两个含义根本不同的词汇。"

周怀若环视那一圈被她浇蔫了的多肉，半个反驳的字眼都想不出来。

庄鹤鸣再次露出那种认命般的表情，拿过她手上的水管，示意她退下的同时叮嘱道："你去把你房间的垃圾倒了吧。这总能做好吧？"

周怀若听后表情茫然，道："今天？"她昨天前天大前天也没倒啊？她回头扫了一眼房里的垃圾桶，醒悟般地自言自语，"对，垃圾是要倒的。"

庄鹤鸣再次失语，眼睛微眯起来，意味深长的样子。他说："是啊，垃圾不仅要倒，还要分类后才能进行回收。每天晾干的衣服和浴巾也要收才会出现在你的衣帽架上，用过的卷发棒和手机充电器也是要拔掉电源、收好才会出现在原位的，你掉的头发更是需要每天都用吸尘器处理过，才不至于把你房间变成盘丝洞。"

周怀若听得直愣，一直以来她过的都是衣来伸手饭来张口的生活，有很多琐碎的事情她从没有想过是需要做的，更没有想过是谁来做的。

她的声音细如蚊蚋，问他："所以……这些事都是你帮我做的吗？"

"不然还能有谁呢？"他反问一句，背手故作冷漠地说道，"每天上楼浇花路过这小房间，乱哄哄的，闹心。"

"谢谢，我……我没想到过会给你添这么多麻烦……"周怀若顿时有些手足无措，原来自己欠庄鹤鸣的远比想象得要多，"我是真的没有想过这些小事，一直以来这些事都是有人帮我做好的。我小时候甚至不知道家里的东西是从哪儿来的，只知道如果我想要什么，就写张便利条贴在冰箱门上，第二天那些东西就会出现了……"

庄鹤鸣说："那我跟你不一样。我从小什么都要亲力亲为，要自己学着去做。十八九岁之前，在超市里还会看到很多完全买不起的东西。"

"不，不，我不是这个意思……"周怀若摇摇头，努力想厘清自己的思绪，"我只是想说，很抱歉平白给你带来这么多麻烦事……"

“生活本来就麻烦。”他的视线落在她身上，很轻但很暖，“大事小事都要靠自己，不会的就学，会的就要坚持做，这就是生活。但……你要知道，你不是我的麻烦。”

情绪顷刻间得到了安抚，方才还是一片焦虑，眼下却只剩铺天盖地的甜。两个人的视线在露台的白光中碰在一起，星星般闪闪发亮。

周怀若脸上一热，迅速退进房里，立马着手开始收拾她的垃圾桶，边收边说：“好、好，我一定会努力学的！”说罢用力将垃圾袋打了个结，用力一提，袋子却不小心被塑料篓划破，举到庄鹤鸣眼前时满袋垃圾已然从豁口处涌了出来，呼啦啦地掉了一地。

庄鹤鸣生生僵在原地，她将到了嘴边那句“先从小事学起”咽了下去，僵笑着改成一句：“原来倒垃圾也挺讲究学问的……”

庄鹤鸣：“……”

最后周大小姐只能自己动手收拾那一堆垃圾，且还要顺带处理大清洁这一天清理出来的五大袋废弃物，以此作为堵塞马桶和毁坏花洒的补偿。她艰难地拖着巨大的垃圾袋从香舍出发奔向垃圾回收点，往返几趟后累得气喘吁吁，最后直接倒在香舍的梨花木太师椅上，缓了几分钟才回过神来。

她问一边正慢条斯理地煮茶的庄鹤鸣：“什么都要自己学自己做，肯定很辛苦吧？”

“有什么辛苦呢？人活着不就是这样。”他还是慢慢悠悠的口吻，那种真正被生活考验过而后能掌控生活的气度。他看了一眼筋疲力尽的周怀若，将手边的新茶推到她面前，“但你的生活是你自己创造的，这就很好。”

第四章

「说了我爱你，就要负责任的。」

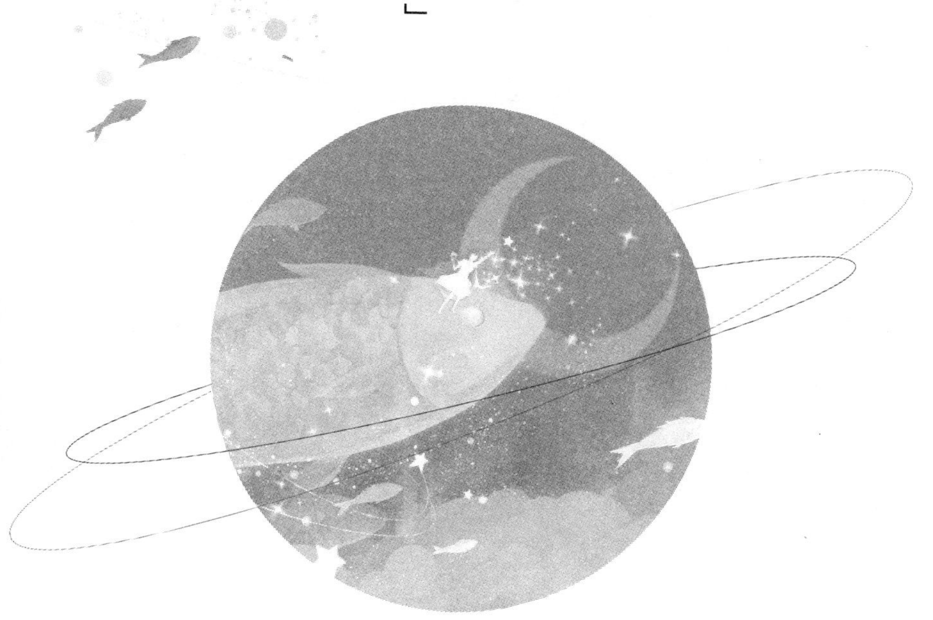

N I S H I Z H A O Z H A O M U M U

（1）

某个寻常下午，暗蓝色的天幕中是残留的火红云霞，世界一片安宁静谧。周怀若照常起床准备上班，在二楼客厅见到背着个大登山包的陈立元。他还是穿着一身印有超级英雄图案的衣服，配色很大胆，款式却相当低龄化。

他好像说过他是富二代？周怀若回忆了一下自己从前的朋友们，陈立元这身衣服和他们比……还真不算最奇怪的。

罢了罢了，反正这些男人也不靠衣品挣钱。

想毕，她随意打了个招呼，揉着睡眼要去卫生间洗漱。

陈立元见到她却很兴奋，扔下包一把拦住了她的去路，献宝般地笑问："周小姐，你有没有发现我今天有什么不一样？"

她后退半步，干笑一声道："陈先生，我跟你才第二次见面，不熟，看不出你有什么不一样。"

这话听进陈立元耳里，却完全变换了重点，他以为周怀若是在怪他这么多天才第二次来见她，顿时好生委屈。他撇嘴道："你生气啦？这些天没来看你，是我的错，你听我解释呀。"

周怀若有点摸不着头脑，说：“我没生气……”

陈立元却自顾自地解释下去了，说：“这几天我一直在医院做检查，毕竟我这哮喘是打娘胎里带出来的，我说没事不顶用，得我妈信才行呢。”

周怀若头上挂着一个巨大的问号，问：“那你有事吗？”

陈立元自以为收获了关心，瞬间感动不已，说：“当然没事！你这么关心我，我好感动。”

刚起床就整了这么一出，实在难顶。周怀若扶额，委婉地点醒他道：“这叫客套，不叫关心。麻烦你闪开一下，我要去进行光合作用了。”

“别急呀周小姐，我今天特意系了我最贵的假面骑士腰带过来，你快看看！”说罢，他退开一步，亮出他腰上盘着的那条银色玩具腰带，然后学着电视上假面骑士变身的样子，掏卡、插卡、按键，一整套动作模仿下来，简直行云流水、一气呵成。

末了，他在酷炫的腰带闪灯和背景音乐中朝她眨眨眼，问：“怎么样？有没有爱上我的冲动？”

周怀若被他这顿操作震在原地，她默默捏紧了拳头，回应他那期待的小眼神，道：“我对你是有种冲动，但这种冲动如果付诸实践了，我很容易被判刑。”

陈立元挑眉微笑，说：“爱情确实是无期徒刑。”

周怀若直呼救命：“你是在油田里泡发了吗？”

这时化好妆的小龚从房里出来，一身华丽的深蓝色鱼尾礼服裙，

手里拿着顶假发，径直往卫生间飘，说：“放心吧，他会一直用烂招撩你，你拒绝个百八十次他就差不多死心了。”

陈立元第一个不同意，说道：“胡说什么呢，小龚！我对周小姐不一样的！这是真爱！”

周怀若赶紧摆手撇清：“别别别，我口味清淡，你这么油的，我无福消受。”说罢赶紧跟着小龚进了卫生间，见她正对着镜子整理假发，脸上的妆容精致、华丽，便笑问：“哇，去度假吗？Winter Vacation（寒假）？”

小龚许久没听到英语，加之周怀若一口纯正美音，和她向来听的中式英文大相径庭，一时间有些反应不过来，不明所以地“啊”了一声。

周怀若还以为这是个肯定的答案，挑眉兴奋道：“I love winter vacation（我喜欢寒假）！55度的榛果焦糖拿铁，漫天飘落的雪花和我的冬日皮草……如果想过冬的话，就飞去瑞士滑蓝道；如果不想过冬，就直接飞到圣巴特岛购物，逛完之后在我家的游艇上日光浴，开几瓶KRUG Champagne（克鲁格香槟）……”

小龚终于听懂了最后那两个英文单词，激动地附和道：“啊，KRUG香槟对吧？我在一次品酒会上见过！”

周怀若闻言以为遇到酒友，连连点头，小龚弄明白后话锋一转，激动变激昂道：“这是什么黄金酒，你让它喝我得了！”

周怀若：“……”

她现在想想，当真有点挥金如土的味儿。

周怀若心虚地挠挠头，把话题一拐，问小龚：“那你要去哪里度假呀？”

小龚歪歪脑袋道：“嗯？度假？我不是去度假呀。这一年到头的，有活动的话赚钱都来不及，哪有时间度假呀？我要去打工呢，邻市举办的动漫展览，去三天。”

陈立元兴奋的声音立马从客厅传来：“我也一起去！”

小龚朝镜子翻了个白眼，大声回复：“对啊，一个是连黄牛票都买不到，非要蹭我的入场券的人，一个是被主办方邀请参加的百万粉丝博主！”

陈立元垂死挣扎道：“我不是买不到，是不买，买黄牛票可是犯法的！”

“是啊！”

“我劝你谨言慎行啊！”

……

小龚收拾完出来，周怀若终于独占卫生间，关上门开始洗漱。小龚瞥见正站在沙发旁抱臂看戏的自家哥哥，问：“你什么时候上来的？”

“周怀若说她口味清淡的时候。”

小龚“哦”了一声，赶紧回房准备拿行李出发，负责送机的哥哥嘴边含着得胜般的笑，在她路过时突然蹦出一句：“你说，我清淡吗？”

小龚翻了个白眼，答：“你这么问就不清淡了。”

“为什么？”

“太刻意。”

“那无所谓，”他耸耸肩，“反正她没听到，我就还是清淡可口。”

这房子里能不能有个正常的……

（2）

又一轮昼夜轮换，晨光熹微时周怀若交了班，穿过呼啸的寒风往香舍的方向走。清晨来临得还不是那样彻底，一时间分不清这座城市是尚未苏醒还是并未入睡。她走过两条灰蒙蒙的街道，早起的行人仍稀少得可怜，因此她一眼就望见那个弓着背躲在香舍外樟树下的陌生男人。

男人五十岁出头，发旧但裁剪合身的灰色西装，乍一看也还算体面。周怀若不敢走得太近，这大清早的，若是来帮衬的客人，也该是有预约的才对，不用等候就能直接进门了。她装出一副并没注意到对方的模样远远地绕开去，一只脚踏上通往香舍正门的小径时，那个男人半带迟疑地开口叫住了手拿钥匙的她：“你好，请问……庄鹤鸣在吗？”

周怀若回头，警惕地打量了男人一番，五官清俊、身形清瘦，倒不像坏人，起码不像反社会暴力狂。

“你认识庄先生？”

“不只是认识。”男人笑笑，寒风吹得他微微缩了手，颤着声补完了后半句，“我叫庄然，是鹤鸣的父亲。”

周怀若对庄然的身份持保留态度，总觉得他身上的气质与庄鹤鸣相去甚远，这种男人，怎么养得出庄鹤鸣那样高山雪水般冷冽清俊的儿子？但她还是不敢太怠慢了，只得先将他请到了家门口，随后小跑上楼去叫庄鹤鸣。

整栋楼空无一人，她这才想起这个时间段是庄鹤鸣雷打不动的运动时间，只得又跑下楼去，说清缘由，将人请进来，好生地泡茶招呼着。

茶叶舒展，袅袅的白烟在杯盏上升腾。庄然抿了几口热茶，驱散寒意后，试探般地问周怀若："你是……鹤鸣的女朋友吗？"

周怀若闻言差点呛住，赶紧摆手否认："不是不是，就普通朋友。"想了想还是不放心，补充道，"不过这您也别和他说，我也不知道自己算不算是他朋友，他要是不喜欢我这么说的话，我就又得挨怼了。"

庄然微笑，问道："鹤鸣很爱怼人吗？"

周怀若耸耸肩，低声吐槽："说不上爱怼吧，可能就是天生毒舌。"

庄然笑得更开了，眼尾的皱纹层层叠起，仿若起风的海面。他回忆道："鹤鸣小时候是有点皮，特别爱闯祸，但挨打挨骂的时候从来不顶嘴。我还真没发觉他是个爱耍嘴皮子的孩子。"

"是吗？"周怀若有了点儿兴致，她还真从没听人说起过庄鹤鸣小时候的事，没想到反差会这么大。"那他怎么会想当律师？"

这下换庄然愣了："鹤鸣想当律师？"

"是啊，高中时大家都这么说。有一次英语口语模拟练习，我也听过他说打算大学报考法学专业呀。"说着，她察觉庄然的神色变得越发不自然，疑心窦起：这是庄鹤鸣反差大，还是这个庄爸爸压根儿就不了解自己的孩子？

她便故意试探道：“您是他的父亲，您不知道吗？”

庄然本就带点儿伪装的笑容挂不住了，颇尴尬地挠挠后脑勺，措了半天辞才憋出来几句：“我工作忙，一直没什么时间关心他。后来又和他妈妈离婚了，搬了出去，就……”

又是个只爱上班不爱孩子的工作狂。这么说，她是刚好遇上单亲爸爸来看孩子了？

还没来得及说什么，庄然又话锋一转，说道：“鹤鸣继承的那栋拆迁房，本来是我爸要留给我的。你知道鹤鸣拿了多少拆迁款吗？”

周怀若微怔，以为庄然是在向她炫耀，就像以前她的亲戚常会故意问她“你知道我们家孩子今年拿了多少分红吗”这种类似的话。于是她想了想，之前在派出所听说是八位数，便答道：“具体数目我还真不清楚，但应该不少吧……”

庄然闻言有些失望，说：“这样啊……”

周怀若觉得有些不对劲，问：“您不知道吗？”

庄然的神情有些纠结，支吾半晌后还是如实相告：“不知道。我和鹤鸣、鹿吟很多年没见了，最近才有空，想着飞过来看看他们……”

周怀若听在耳里，疑窦未消，却莫名也觉得有些心酸。这些心酸不是因为庄然，而是有关庄鹤鸣和她自己。她也很希望在某个寒风萧瑟或春意盎然的早晨，一身疲惫地回到家，能在门口看见等在风里或

阳光里的爸爸。穿得寒酸破旧也好、衣冠楚楚也罢，素未谋面的父女只需要一眼就能彼此相认，然后爸爸会温暖地笑着，问她最近过得怎么样。

安慰的话还没来得及说出口，大门处响起钥匙转动的声音，庄鹤鸣那张五官深邃的脸很快出现在视野当中。周怀若起身正要招呼他过来，他的目光却在扫过庄然后即刻结成冰霜，一句问候的话都没有，直接冷冷道："出去。"

周怀若大吃一惊，甚至有一瞬间错觉他说的是自己，但看庄鹤鸣的目光一直都紧盯庄然，才心有余悸地将自己排除掉。

该怎么形容庄鹤鸣看他爸爸的眼神？那是他向来平静的眼睛里从未出现过的轩然大波。平日里他虽冷漠淡然，但眼神始终是温和的，不带恶意，此刻却是十足的冷冽和不耐烦，仿佛在看一个彼此厌恶的陌生人，没有一点儿父子间应有的温情。

庄然被他看得坐不住了，起身装模作样地怒斥道："庄鹤鸣，我是你父亲，你有没有半分对我的尊重？"

"尊重是给有品行的人的，不是给卑鄙小人。"

庄然听后气得一拍桌子，周怀若眼看着气氛火速升到燃点，即将引发原子大爆炸了，赶紧出来劝架，道："庄鹤鸣，你消消气，你父亲是来看你的……"

这话显然没起到任何作用，庄鹤鸣移过来的目光仍然冰火交加，熊熊炭火一点点吞噬掉原本的坚冰，他开口时甚至有些咬牙切齿："你让他进来的？”

周怀若呆呆地点了点头，他声音中的怒意更重：“为什么要多管闲事？这里不欢迎这样的人。”

“多管闲事？”周怀若露出那种怀疑自己听力的表情，“这是你父亲啊，大早上的，还这么冷，就由着他一个人等在外面吗？”

那句“你父亲”听得庄鹤鸣实在恼火。他最厌恶的就是庄然的这层身份，所谓的“父亲”在他眼里，无非就是个只会吃喝嫖赌，最后甚至抛妻弃子的无赖。庄鹤鸣闭闭眼，大脑里有关理智的那根弦“啪”地就断了。他狠狠地剜了一眼那位自称是他父亲的男人，咬牙切齿痛恨道：“你何必管他冷不冷？他管过你吗？你自己是什么处境，他替你想过吗？你挨饿受冻、无家可归的时候，有谁管你这桩闲事了吗？”

明知他是含沙射影，但这些话仍非常刺耳，宛如尖锐的图钉猛地钉进她的心脏。她本该忍的，她知道，但眼下这种情况，再厚着脸皮待下去又有什么意思？难道是这些日子和他相处习惯了，竟然忘记了他本身就是个相当凉薄的人吗？

周怀若捏紧了拳，反问他道：“我什么处境？我是穷、是没钱，但关心别人的力气也还是有的。”

“有些人不需要你关心，你只需要管好你自己，这就可以了。”

这话听在周怀若耳里，大有挖苦她破产落难、自顾不暇的意思。她本是出于好心，怎么还成了坏人？二十三年来从没被这样奚落过的自尊心在此刻不停地膨胀，周怀若紧咬牙关，转身捞起外套，一把推

开站在门前的庄鹤鸣，恶狠狠道：“不需要就不需要，我也不稀罕你的关心！我一个人也照样大展拳脚，照样四海为家！”说罢，推门而出，因着庄鹤鸣就站在门前，摔门的动作没能成功，愤然离去的氛围少了大半。

庄鹤鸣想追，却又碍于庄然还在屋内，只得扶住门把，回头对庄然下最后的逐客令：“走。不然我就报警了。”

庄然用食指敲了敲桌子，道：“鹤鸣，你我父子一场——”说着说着，自己都不相信起来，这样立不住脚的理由，甚至不足以支撑他打完这把感情牌。“我也不是要全部，我说了，我只要我应得的那一份。”

庄鹤鸣纹丝不动，仿若磐石，说：“我也说了，一分钱都不会给你。”

庄然恼羞成怒，愤然道：“你要搞清楚，那栋房子是我爸的，我才是法定的第一顺位继承人！”

听到这话，庄鹤鸣忽然觉得很可笑，这就是世人眼中他的父亲。

他终于拿正眼瞧了过去，男人稀疏的白发显出年过半百的老态，当年英俊得如同童话书上王子般的男人现下油腻不堪，凌乱的长发，寒酸的西装，脏兮兮的皮鞋……

他倏然就相信，这世上其实是有现世报的。

庄鹤鸣踱步至办公桌前，轻声道：“不错，你还知道顺位继承人，看来这次是咨询了律师才来闹。”言语间他抽出一沓文件，干脆地扔到庄然面前，“根据《中华人民共和国继承法》第五条：继承开始后，按照法定继承办理；有遗嘱的，按照遗嘱继承或者遗赠办理。由此可见，遗嘱继承可以对法定继承产生排斥作用，合法有效的遗嘱继承，优先于法定继承。这是有关爷爷遗嘱的公证文件的复印件，你拿去问问你的律师，你有没有零点零一的胜算？”

庄然拿起那沓文件，逐页翻看下去，干枯的手越发颤抖。庄鹤鸣仍立在桌前，逆着光，安静地注视着那张与自己有些许神似的、此刻却令他觉得十足可厌的脸因争遗产无望而越发苍白起来。

他蓦地有些想不明白自己刚才为什么会那样生气，是在气周怀若让庄然进屋了吗？不是。他觉得自己更像是气这个伪君子突然出现，利用了那样一个受尽命运捉弄却仍然温柔待人的小姑娘的善意。

庄鹤鸣这才意识到，自己和母亲一样，根本已经一点都不在意眼前这个男人。哪怕他真实地站在眼前，也只会因他的存在而觉得困扰，心里想的念的完全是另一个人。

庄鹤鸣心中忽地无比冷静，憋在心底许久的一些话，竟然也张口就说了出来。他说：“我听说你已经在外地组建了新的家庭，养育了和别的女人的孩子。我无意打扰你的生活，但同样，也不会祝你幸福。在你偷光了家里的钱，扔下几十万外债在我眼前带别的女人私奔的那一刻，你就应该知道，在我眼里你不过是个抛妻弃子、毫无担当的陌生人，没有资格做我和妹妹的父亲。”

庄然闻言，缓缓抬头，历尽沧桑的目光里是些破碎的情绪，有些伤感，也有些惋惜。

庄鹤鸣承认,那一刻,他私心里的确希望那些情绪能与他有些关系。

但庄然开口，仍是一句：“没有别的办法了吗？我儿子想出国读书，我得想办法弄点钱……”

残存的最后一丝希冀破灭。庄鹤鸣首先感到的，竟是前所未有的轻松。他故作讶异道：“你儿子要出国？真了不得。我十八岁那年同时被三所常青藤名校录取，家里连学费都准备好了，要供我入学耶鲁，你干什么去了呢？哦，原来是把包括我学费在内的所有钱都偷光，以我妈妈的名义借走一大堆外债，扔下家里人和一个大你十岁的女人私奔去了。”

庄然终于露出了一些痛苦的神色，说：“鹤鸣，我是有苦衷的，你不知道我当初心里有多挣扎、多痛苦……”

庄鹤鸣再没有耐心了，挥挥手像赶苍蝇一般示意庄然离开，道：“我不想跟你谈这些，你根本不配。文件来不及细看的话，拿回去慢慢研究吧。要是还不死心，大可以上诉，我们法庭上见就是。但从今往后，无论生死，都请你不要出现在我和我的家人面前了。”

他不知道庄然经历了什么样的痛苦挣扎，同样的，这位“父亲”也不知道十七八岁的他承受了怎么样的辛酸煎熬，才从一个心高气傲的少年蜕变成现在这般饱受磨炼的稳重模样。不过是两个悲喜互不相同的陌生人罢了，聊到底，也还是一个“钱”字，没必要浪费时间。

庄然仍有些不死心，攥着文件，满脸犹豫地看着庄鹤鸣。不是常说亲人最了解彼此的存在吗？但他觉得眼前这小子从眼神到举止，都完全不像自己所出。直到庄鹤鸣掏出手机，给他看拨号页面那刺目的报警电话，他才迫不得已地起身，灰溜溜地离去。

庄鹤鸣站在门前，看着那个既熟悉又陌生的背影渐渐消失在绿化丛中。

他想了很多，又觉得自己似乎什么也没想。关上门时，他脑海中只有一句话，很轻，也很释然。

今生两人的父子缘分就到这里。

（3）

深夜一点，香舍二楼。

庄鹤鸣的卧室门蓦地被打开，一个高挑纤瘦的身影闪入，趄趄趔趔地走了几步，而后倏地倒在了床上，压得正平躺的他一声闷哼。

来者声音醉醺醺的，问："庄鹤鸣，你睡了吗？"

他闷闷地答："嗯。"

缓冲了两秒，来者又问："庄鹤鸣，你醒着吗？"

他闷闷地答："没。"

那人没了耐心，又或者她根本不在意他是醒是睡，爬起来往床上挤了挤，心满意足地躺到了他身边，还叹了一声："天哪，你的床好舒服。"

庄鹤鸣终于嗅到她呼吸间那股强烈的酒气，翻身坐起，打开床头的台灯一看，果然是喝了个酩酊大醉的周怀若。她眼神迷离地伸出手

来，握住庄鹤鸣的手腕，一边摇一边喃喃道：“庄鹤鸣，庄鹤鸣……”

听起来还挺情切切意绵绵，庄鹤鸣莫名地有些受用，心头因一整天找不到她而郁积的闷气也散了些许，终于答道：“干什么？”

“不要赶我走好不好……”她将他的手拉近，当作枕头一般枕在脸下，宽厚的掌心正好触到她发红的双颊，烫烫的，有些灼人。

她的声音染上了些许哭腔：“我走了之后，在街上游荡了一天，走回别墅区求了好久那个保安才让我进了小区，远远地看了我家一眼。到处都是封条……”她说得很慢，偶尔还有些重复，但到最后竟带上了些许哽咽，“我……我没有家了呀……”

庄鹤鸣只觉心口隐隐地疼起来。就像十八岁那个夏夜，他从妈妈的病房里走出来，看到妹妹枕着书包睡在走廊上时，心里想的就是，爸爸走了，他们没有家了。

他不着痕迹地轻动手指，似是在摩挲她的侧脸当作安慰，语气很轻很柔：“笨蛋。我没有赶你走。”

周怀若却像是没听到一般，顿了一小会儿，继续咕哝道：“然后我就买醉去了……我第一次知道，原来只花一两百块就能把自己喝饱。”

说罢，她还打了个小小的酒嗝，逗得庄鹤鸣当即笑了出来，问：“你到底喝了多少？班都不上了？”

“不上了！什么破便利店，我不伺候了！姑奶奶要白手起家，赚大钱！”说着说着，她越发激昂，转醒般坐起，抬起手做了个挥马鞭的动作，用标准的美音喊道，“One more round（再来一轮酒）！”

庄鹤鸣被她折腾得没脾气了，抽手想按住她，却让小醉鬼误以为他要走人了，吓得赶紧扑过来张臂抱住他，说：“不要不要，不要走！”

他呆住了，被她圈在怀里，整个人不敢动弹，磕磕绊绊道：“没、没走。”

她自顾自地用脑袋拱拱他，像只撒娇的小奶猫，闷声问道：“你是不是……还生我气？”

他还是那个答案：“没有。”

她还是没听到，说：“我不是故意的呀……我只是想，他既然说是你爸爸，总不能怠慢人家，我怕你回来之后会不高兴……”

当真是跨服务器交流，完全不在一个频道上……

庄鹤鸣不回答了，悄悄地伸手到背后想摆脱这只八爪鱼的禁锢，不想她却直接拍开他的手，锁喉一般抱得更紧了。她醉醺醺地咕哝道：“我也好想……见见我的爸爸……”

他愣住了，坊间关于周怀若母亲的传闻有很多，他也曾耳闻不少。年轻起便高调炫富、秀恩爱的周沅，自称不婚主义，身边的男人却一拨又一拨地换，从没有与谁定过终身，却又自曝育有一女。从传奇女企业家到首富，她凭一己之力将本就雄厚的周氏市值翻了十倍不止，这种商业天才的光环直到不久前被爆出非法集资、重金行贿等多项重罪，才终于被彻底粉碎。

但关于周氏大小姐的父亲，其身份仍如无底之谜，没人能揭晓。

庄鹤鸣问她道："你知道你爸爸在哪里？"

她摇摇脑袋，晕乎乎地答道："不知道。"说罢忽然想起什么似的，松开一只手，伸进外套口袋里摸索半天，掏出一个小皮夹，给他看皮夹里的照片，"你看……我爸爸拍的，我和妈妈的合照。他留下的……唯一一张。"

庄鹤鸣垂目去看，所谓的合照实则是一张背影照，褐红色的天地云霞连成一片，宽阔而了无生气的露台上立着一位曲线曼妙的女子，白裙黑发，右手抱着几个月大的婴儿，左手拿着宽檐帽，踮脚眺望远方。

一眼就知道，镜头里的母亲不会是一位寻常的母亲，而掌镜人构图精巧、光影运用绝妙，更不会是一个资质平庸的普通人。

"我听帮佣阿姨们私下里议论，说我爸爸是'玩摄影的浪荡子'……"她有些口齿不清，庄鹤鸣微微俯过身去，尽力想听清。"说他不够有钱，倒插门我们家都不要。长大之后我就一直关注国内外一些有才华的、适龄的华裔摄影师，但是没有一个让我觉得，他会是我爸爸的……"

庄鹤鸣觉得周怀若傻得可爱，低笑道："这种事，哪能是你觉得是就是的？"

周怀若叉腰，反驳道："那不得来点感觉，才能做父女？"

"父母亲人这种事，没法选择的，只能接受。"

"那他也要出现了我才能接受！不管是大艺术家还是街边流浪汉，是死是活总得让我知道吧？如果，我是说如果啊，嗝——他知道我家破产了，他的女儿身无分文、流落街头，他不会想来找我，看看我过得好不好吗？”

周怀若如机关枪一样激动地说完，力气和理智都用尽了，忽而觉得天旋地转，没能坐稳，猛地栽倒在床上形成一个拱桥的姿势。庄鹤鸣无奈极了，伸手将她抱起，摆正，让她能舒服地躺好。末了，他叹了一声，说：“破产我不知道。但你要是有一天成了拆迁户，指不定他会摸上门来，跟你讨一份拆迁款。”

周怀若没有回应，在被窝里蠕动着，找了个惬意的姿势，心满意足地躺平。庄鹤鸣正庆幸她安静下来了，蓦地被她圈住了脖子，整个人顺着她的力道压下去，险些吻到她的脸。

他犹如被施了定身符般僵住，鼻腔嗅到她一呼一吸间氤氲的酒精气味，伴着点清甜的果香，令他有些脑充血的同时也在想，看来吧台送的果盘她没少吃。

此时周怀若闭着眼，孩童般的笑意和语气，一字一顿地说：“庄鹤鸣……我们和好吧。”

他蓦然觉得心脏又软又热，垂目看她微红的鼻尖，有一瞬的失神。身下的人儿等不到回答，不耐烦地摇摇他，于是他低低地“嗯”了一声，当作回应。

小醉鬼得到了满意的答案，浓浓的笑意终于漾开，圈着他脖子的手收得更紧，靠在他耳边半开玩笑一样说了一句：“我爱你。”

撑住身体的手臂险些失了力，庄鹤鸣的心脏剧烈地抽动了一下，

仿佛有什么新鲜植物即将破土而出，混乱不明却又势不可当。他花了数秒艰难地反问了一句：“你……刚才说什么？”

“我爱你呀。”她答得很轻松，看着他的双眼如星星般亮晶晶的，没有平日里的压抑与隐忍，那才是属于无忧无虑的富家大小姐的眼神。

她用小朋友要糖一样理直气壮的口吻对他说：“我外婆教的，不能和表妹吵架，和好之后要互相说我爱你。”

原来是小孩子过家家的把戏。他心中有些难言的失落，正要挣脱她，她又先发制人，紧紧箍住他，说：“到你了。”

他直接拒绝：“我不说。”

她直接闹小脾气，蹬腿打滚，说：“为什么？”

“因为它在我这里不是一句游戏词。说了我爱你，就要负责任的。”

他一板一眼地说完，对方却忽然咯咯地傻笑起来。

“笑什么？”

“你刚才说了呀，我爱你。”

（4）

周怀若宿醉转醒，黄昏刚巧来临。夕阳的余晖从窗子透进来，被窗棂分割成一个个被拉长的平行四边形，柔软地贴在深灰色的床单上。她半睁开眼，入目不是那盏她从小看到大的全金欧式吊灯。她恍惚间想起自己已经一无所有，此刻应该是在庄鹤鸣家里那个巴掌大的小卧室里才对。

等等！这盏方形仿古灯也不是那小卧室里会有的啊？况且，她不是对庄鹤鸣放了狠话，直接走人了吗？

她恍然惊醒，瞪大眼看清屋内陈设，心里的惊愕更重。这不正是庄鹤鸣的卧室吗？左边那个红木书架还是她亲手整理过的！

她赶紧掀开被子检查自己的衣物，幸好，还是出走前穿的那套。钱包也还捂在口袋里，原本因没电而关机的手机此刻正在床头柜处充电，旁边放着的是她那台宝贝单反相机。

虽然她还有些疑虑，但一颗小心脏总算落回肚子里。宿醉后的脑袋重得仿佛千斤压顶，稍微一动就晕得天旋地转。她无力地摔回床上，艰难地运转着被酒精麻痹过的大脑回想自己究竟经历了什么，庄鹤鸣那低沉温厚的嗓音在耳边和脑海中同时响起："晚上好啊，周大摄影师。"

她又一次惊起，循声望去，庄鹤鸣正一袭白衣倚在门口，好整以暇地看着她。金色的余晖染上他的衣角，满室温柔的光线笼在他脸上，散发出一种温柔男人特有的吸引力，撩拨得她心跳漏跳一拍，本就发晕的脑袋越发不清醒，只能愣在原地。

他那张脸实在杀伤力太大，无论八年前还是现在，无论夜色里还是阳光中，在她看来都那样熠熠生辉。

她连忙将脑袋缩进被窝里装鸵鸟，在她还没想起自己断片后到底干了些什么事之前，打死都不要惹庄鹤鸣！

"现在知道害臊了？"他不知何时来到了床边，声音带着浅浅的

笑意，大手一掀，直接把整床被子撂到了床尾，“穿着一身出过门的脏衣服霸占了我的床，还发了一晚上酒疯，现在害臊是不是迟了？”

正把脑袋往枕头下面藏的周大小姐停住了动作，顶着凌乱不堪的头发猛地抬头看他：“我、我发酒疯了？”

“是发酒疯还是借酒壮了胆，趁机调戏良家少男，你来告诉我吧。”

语毕，他拿起她的相机，调出昨晚拍下的几条视频，摁下播放键。

【视频 1】

“你说啊！你为什么不说？”周怀若的声音醉醺醺的，稍有些口齿不清，语气里带点儿撒娇式的威胁，“你说了我就负责！”

“我不是说要你负责，而是我要为自己的话负责。”庄鹤鸣的声音照常平静无波，镜头晃动间，看得见他正和她一起坐在床上，似乎正商讨什么头等大事。

她有点儿委屈，说：“可是你不说我们怎么和好？”

“本来也没吵架。”

“可是你生气了呀！”

“那只要你说就可以了，我负责接受。”

她有点语塞，随即呆头呆脑地承认：“也对。”

“鉴于刚才你已经说了许多句了，那我现在就大方地表示接受吧。”他的声音忽而有些得意，“周小姐可要记得为自己说过的‘爱我’负责。”

她傻笑起来，软乎乎的，带点不谙世事的天真，说：“好呀，好呀。”

【视频 2】

镜头先是摇晃了数秒，而后稳住，拍到正趴在桌上写字的周怀若。

庄鹤鸣向来冷清的嗓音藏着些轻松的笑意，道：“继续写吧，拍着了。”

“写完啦！”她献宝一般拿起那张纸晃了晃。

庄鹤鸣指挥她：“那你读读看。”

周大小姐清了清嗓子，大着舌头磕磕绊绊地庄严地宣读：“我，周怀若，承落（承诺）：一、再也不轻易相信陌森人（陌生人）；二、一定会为对庄鹤鸣说的那句‘我爱你’户责……”读着读着，她忽然清醒过来一般，仰起脑袋问，“怎么户责呀？”

庄鹤鸣纠正她：“是‘负’责。”说罢抽过她手上的纸，摆在镜头前，聚上焦好拍个清楚。纸上是她醉后写得歪歪扭扭的字迹，大标题是“承诺书”，下接正文：

一、再也不轻易相信陌生人；

二、一定会为对庄鹤鸣说的那句“我爱你”负责；

三、再也不随便离家出走，还关掉手机；

四、再也不会让庄鹤鸣找不到我；

五、一定会把醉后吃掉的所有零食补上；

六、一定会亲手把庄鹤鸣的床具洗干净。

最后是她的签名，还有用口红当作朱砂印上的指纹。

小醉鬼的舌头仍然捋不直，一字一顿地相当吃力地又问了一次：“怎么……户……责呀？”

庄鹤鸣轻笑一声，将承诺书收好，故作神秘道：“以后你就知道了。”

她不满地撇起嘴，不忘维护自己，说：“出卖色相的事情……我不干的。”

“前提是你有色相可出卖。”

没等周怀若回嘴，摄像便到此中断。

【视频 3】

依旧是摇晃的镜头，继而是周怀若的双下巴，然后再晃着，对准了身穿睡衣坐在客厅的庄鹤鸣，他正一脸无语地斜睨她。

“摆个 POSE（姿势）啊你！”她的声音醉醺醺的，音量直接提高，“跟个木头一样！不是说好了当我的超级模特的吗？”

他白她一眼，说：“坐下。”

“你有没有搞错？我才是摄影师，是我指挥你的，不懂行啊你。”

“坐下。如果你再摔一跤，把你的命根子相机弄坏了，我不负责。”

“你不用负责！做我的模特就可以了！”

庄鹤鸣的脸色都变了变。

“骚……搔首弄姿……”哪怕醉了她也还是很会找补，她将镜头往庄鹤鸣脸上凑了凑，“怎么，年纪大了？”

相机忽然被他抢了去，镜头对准周怀若，来了个特写：双颊绯红，头发凌乱，睫毛膏和眼线更是在眼睛周围晕出了一个巨大的黑眼圈，大到去熊猫馆都不用买门票的那种程度。

庄鹤鸣故意凑近她，压着嗓子低声道：“你试试看不就知道了？”

她吓得连连后退，说：“你别搞那套！我可是大摄影师！我要自己开独立工作室，和名人大腕儿合作，拍艺术大片，白手起家赚大钱的啊！”

说着说着，她喉间忽然有了反应，庄鹤鸣赶紧躲开，指挥她去卫生间。她的身影消失在取景框里，举着相机的人叹了口气，道：“这一条，是记录你那些在酒后才敢说出来的豪言壮志。”

卫生间里的人吐完，号啕大哭，嘶吼道：“庄鹤鸣！你为什么不相信我可以——”

近在咫尺的男人站起身，伴随着他些许无奈的脚步声响起的，还有一句很轻却很笃定的话。

他说：“我相信你可以啊。”

画面就此完结。

周怀若面色铁青地看完，看到最后小手因为心虚险些拿不动相机，只能抬头无助地望向庄鹤鸣。他抱臂站在床边，挑挑眉说道：“关于承诺书的第五条，你要是有兴趣，可以去客厅的垃圾桶看看你到底吃了多少零食。差不多……是我和小龚一周的分量吧。”

周怀若立马双手合十，示弱道："我错了，我错了。"

庄鹤鸣耸耸肩，露出一个人畜无害的表情，微笑道："我早就接受你的道歉了。我们已经'和好了'，不是吗？"

他故意咬重"和好了"三个字，听得周怀若直接羞红了耳朵：这不是要人命吗？八年前没告白，久别重逢了也没告白，偏偏喝了次假酒，把藏匿了这么多年的心事当过家家一样说出来了！

周怀若此刻的心情何止绝望二字，想到工作也没了、脑袋和肚子也难受得紧，真恨不得人生重启算了。她自暴自弃般再次仰倒在床上，拉过被子将自己裹住，连脑袋也严严实实地蒙进去，俨然一副开启自闭模式再也不想搭理任何人的模样。

庄鹤鸣暗自好笑，语气却不自觉地带了些宠溺，问："还睡？"

她的声音闷闷的，像在赌气："反正床单也被我睡脏了。"

他解释一句："也不是说你脏，是我从来不会穿着出过门的衣服上我的床。"

"随便啦！反正我现在什么都没了，我的工作、我的未来、我的亿万家产，甚至连我最后一点儿自尊，也全都没了！我就要赖着，赖个千秋万代，赖到天荒地老！"

庄鹤鸣知道她是在闹小脾气，这样蛮不讲理的样子，倒比伪装成女强人，什么事都独自强撑着更令他放心。他故意冷笑一声，一边吐槽她，一边伸手不着痕迹地帮她把被子掖好，道："真不把自己当外人。"

“你让我签那破承诺书的时候把我当外人了？”

“你喝醉了爬上我的床时把我当外人了？”

“……”

他非要把她酒后犯迷糊的事儿说得这么暧昧不清吗？

见周怀若吃了瘪不肯吭声，庄鹤鸣也就不再逗她了，离开卧室前扔下一句“待会儿起来吃饭”，和正帮忙做晚饭的薯仔打过招呼便出门买解酒药去了。

驱车一个往返，再回到家时薯仔已然下班，只留了张便利贴说叫了周怀若吃饭但没有应答。他只当她还在闹小情绪，想着那就给她些时间打个盹儿吧，便慢悠悠地煮了热水，慢悠悠地等水凉到适合饮用的温度，才再慢悠悠地去敲门。

“起床，吃饭，吃药。”他说得言简意赅。

房里没有人应答，甚至翻身的动静都没有。他再敲了敲门，装出不耐烦的语气：“再不回答，我就进去把你拎出来了。”

这回终于有应答了，很微弱的、满是痛苦的声音，是她虚弱地喊了一声“庄鹤鸣”。他心底一惊，即刻转动门把进屋，见原本呈大字形躺在床上的人儿此刻正在卧室的卫生间内，跟昨晚醉酒时一样抱着马桶狂吐不已。摁下冲水开关后，她虚脱般半倚着马桶，痛苦地在边上蜷缩成一只小虾米。

他走近，扶住她的肩，关切地问道：“怎么回事？”

“疼……”声音细如蚊蚋，她捂着肚子直抽冷气，本就没什么血

色的脸因为痛苦更显苍白。

不祥的预感登时将他笼罩，伸手一摸她的额头，果然有些发热，估摸是昨天跑出去吃了什么不干净的东西，再加上酒精刺激，这富家千金的肠胃消化不下平凡世界的烟火气。

庄鹤鸣即刻拿来湿巾帮她把身上的汗渍和污秽清理干净，平日里那么爱干净的一个人，整个过程连眉头没皱一下。最后他直接将她横抱起来，边急急地往外走，边柔声地安慰道："别怕，我们现在去医院。"

第五章

「是你，而不是她」

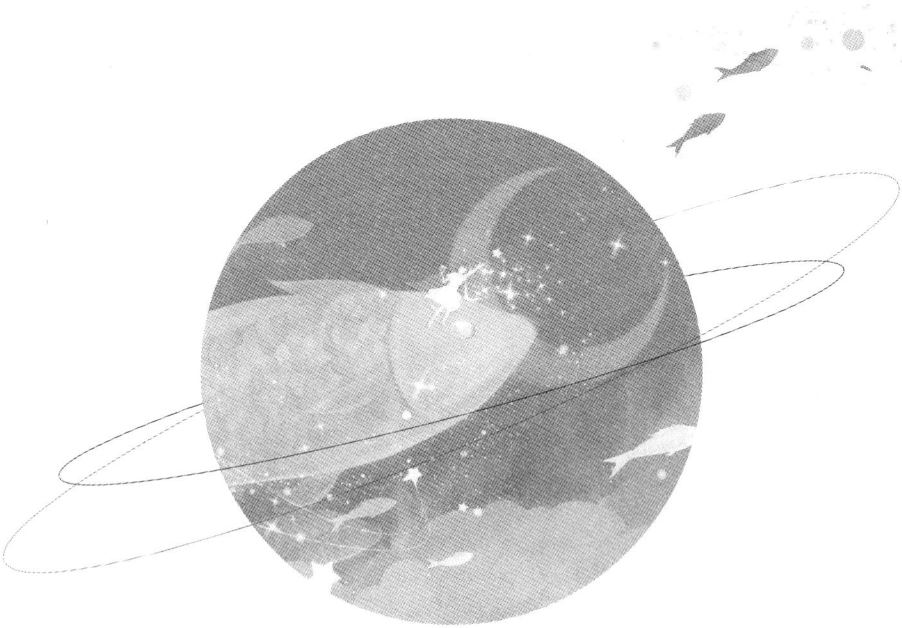

N I S H I Z H A O Z H A O M U M U

（1）

周怀若被庄鹤鸣抱到急救病床上时，正处于发热和脱水双重煎熬的状态，整个人虚脱无力，疼得连呻吟的力气都没有。

几个当值的护士围了上来，指挥庄鹤鸣先去挂号，然后二话不说合力将周怀若往急诊室推。

周怀若艰难地微睁开眼，看到天花板上的照明灯快速往后退着，病床的滑轮摩擦地板的声响伴随着护士们小跑的脚步声，在此刻显得尤为刺耳。

破产，受骗，醉酒，失业，病倒……自从妈妈这座靠山轰然倒塌之后，她的人生就仿若掉进一个死气沉沉的沼泽，无论她如何努力、如何挣扎，到头来都只能是被无尽的厄运吞噬，连呼救的声音都无法发出。

她忽然感觉到前所未有的恐惧。她一个人的话，她孤零零一个人的话，要怎么面对这个大到令人惊慌失措的世界呢？

病床被推入急诊室，停在一个正包扎伤口的病人旁边。护士拉起浅蓝色的隔帘，将周怀若的病床与室内其余的一切隔离开来。周怀若心里的不安因此越发强烈，用尽力气想开口说句什么时，左侧的隔帘倏地被拉开，进来一个高瘦颀长的身影，定睛一看，是庄鹤鸣。

他似乎是小跑过来的，呼吸有些急促，手上还攥着没来得及放好的发票和零钱。

四目相对后他弯下腰来，周怀若闻到他身上那股淡淡的檀香，很令人心安。他柔声问她："还痛吗？"

她本来觉得很害怕，这时有人关心了，反又觉得很委屈，撇着嘴艰难地点点头。

庄鹤鸣眼里多了些心疼，掏出纸巾来细细地给她擦额上的汗，动作和声音都很轻很温柔："不怕，医生一会儿就来了。"

那一刻周怀若觉得很是恍惚，很难将眼前这个温柔内敛的男人和八年前她费尽心思暗恋的高傲少年联系起来。但怎么说呢？那不是一种幻灭感，而是认识到内里的他的灵魂之后，不由自主地生出一种更想靠近、更想依赖他的安全感。

此时值班医生终于现身，庄鹤鸣无言地退到旁边去。

循例做了个初步的检查，医生的判断与庄鹤鸣早前所想无异，便先给她开了些消炎止痛的针水。药剂起效后周怀若总算没那么难受了，只觉睡意浓重，困得眼皮打架却怎么都不敢入睡。一直坐在床边的庄鹤鸣看她这副模样，觉得好生可爱，观察小动物一般看了一小会儿，正要开口安慰她时，她伸手握住了他的一根食指。

"我害怕……"

他以为自己听错了："什么？"

“我好害怕……你不要丢下我自己回家去……”她昏昏欲睡地喃喃道，“等我醒过来的时候，要第一个看到你……”

心已经软得一塌糊涂，他不得不承认，自己真的对周怀若这种从细枝末节中表现出来的依赖毫无抵抗能力，但开口时还是嘴硬，存心打趣她道：“你睡大觉，我守夜？你剥削起人来真是不手软。”

周怀若还想再说点什么劝服他，闭眼想了几秒，话没想出来，意识却瞬间被睡意吞没。

天色微明时，周怀若意识回笼，朦胧间看到的还是病房里白得冰凉的灯光，输液的左手臂有些凉，手腕处却出奇地暖。她睁眼仔细一看，一只骨节分明的漂亮大手正覆在手腕上，似是在帮她暖手，再抬眼，看到坐在床边垂眸看报的庄鹤鸣。

见她醒了，他竟没有收回手的意思，只是相当平淡地扫了一眼，手掌又往她更凉的手肘处移了移，问：“醒了？还难受吗？”

她摇摇头。

“渴吗？”

她是想点头的，但又怕他起身离开，便忍了下来，装作又困又累般侧过身，右手自然而然地找着机会牵住他帮她暖手臂的几根手指。心头微跳，他手掌微动时周怀若生怕他是要将手缩回，却不想他只是换了个方向，转动掌心轻而易举地将她整只右手握住，还低声嘀咕道：“这只手不是放在被子里吗？还这么凉。”

那一刻，窗外的天将亮未亮，云薄得像玲珑瓷坯，晨鸟迎着熹微的阳光舒展羽翼，世界全然浸在一种薄纱般轻柔的青黛色里，温柔得不像话。亮得刺眼的白炽灯下，她知道偌大世间有无数人正蓄意窥探她的生活，同时也笃定地知道，有一个人自始至终地站在她身边，有一颗心悄无声息地，正在与她靠近。

（2）

周怀若打完吊瓶后就出院回家了，取药时看着红彤彤发票上印着的花费总额，心疼得她嗷嗷直叫。

医嘱交代要忌口兼静养，静养好说，她现在就一无业游民，游手好闲地躺在床上是她唯一有能力做的事，再加上庄鹤鸣强迫症般的执行力，周怀若在香舍“静养了”一天之后，感觉自己已经得到充分的重造，进化为人床一体的新物种了。

小龚从漫展回来，和陈立元一前一后地来探望她。此时她正躺在床上刷短视频，庄鹤鸣在二楼准备午餐，隐约听得见他们几个说话的声音。小龚穿着一身相当浮夸的动漫人物服装冲进来时，周怀若险些以为自己房间接通了某个异次元的虫洞，视觉效果可谓震撼人心。

小龚十分忧愁地扑向她，哀哀道：“我走之前，千叮咛万嘱咐我哥，一定要好好把握机会，好好照顾你，这下好了，直接照顾到床上了……”

周怀若说：“把一件正常的事儿说得诡异离奇是你们家的家族遗

传吗？”

小龚歪了歪脑袋，问：“啥意思？我哥也说过类似的话？”

周怀若皱眉苦思一会儿，给出个中肯答案：“也不能说很类似吧。”

小龚讶异道：“难道说他直接表白啦？”

周怀若的脸立马红了，紧张地发出四连问：“表白？跟我？为什么？你怎么会这么想？”

小龚察觉到不对劲，眯着眼睛打量了周怀若一会儿，摸摸下巴道：“唔……怎么说呢……”寻思半天，终于决定把心里的秘密爆出来，语气神秘兮兮地问，“你知道我哥暗恋过一个人吧？”

周怀若没想到是她会这样问，愣在原地，心头狂跳。她只知道自己有个暗恋的人，至于庄鹤鸣，无论是暗恋过还是正在暗恋着，她都没那个通天神力能够打探出这种消息。于是她只能老实地摇头，引导小龚说下去：“是吗？”

“也挺久之前了……不过要不是那个人，我会一直以为我哥就是那种在超市杀了三十年鱼，一颗心和手里的刀一样，冰冷坚硬到谁都无法撼动……”

周怀若感觉她的思维实在是很跳脱，赶紧把话题拉回来，问：“那个人……是谁？”

小龚像是想起来什么恐怖的事，目光有些闪躲，赶紧摇头道：“不知道。”

“那你说这么半天……”

“我是觉得啊，”小龚挠挠头，“那个人挺有可能是你。”

周怀若莫名紧张起来，像是在经历一场资格测验，生怕下一秒自己就会被淘汰。她问：“真的？为什么？”

“我以前偷看他日记知道的，高中的事了……你高中不也是在八中读的？”小龚尽力给她发送提示。

周怀若闻言，只觉心里的情绪熄了一大半，悻悻地用庄鹤鸣曾回答她的话来回答小龚：“八中的学生很多……”

“你也是其中之一。”

“可我们那时候……”

“根本不熟”四个字她还没说出来，陈立元杀到，抱着个纸盒冲进房里，还甚是心痛地大叫着：“怀若！我来啦！你没事吧？”

周怀若和小龚都被吓了一跳，只得把原本的话咽下。周怀若回答道：“没事没事，就是肠胃炎……”

小龚收起那副聊八卦的姿态，莫名幸灾乐祸道：“那有你受的啦。”

周怀若不明所以，小龚解释道：“本人不幸胃痛过一次，我哥逼我喝了一个礼拜粥……”

周怀若绝望道：“我喝了两天了……”

“肠胃不舒服肯定要吃清淡的呀！”陈立元凑到周怀若身边，打开他带来的盒子，周怀若这才看清那是一盒国际象棋，“我听鹤鸣说了，

医生叮嘱你要静养，所以我把我的棋给你拿来了。”

周怀若有点儿吃惊：“你还会下国际象棋？”

陈立元得意扬扬地点头，小龚很给面子地帮他补一句：“他是国家一级棋士。”

“哇！”周怀若像模像样地惊叹了一声，继而露出追忆的神色，“我也学过国际象棋，当初师承的是第十六位棋王卡尔森，他还夸我，说我是他的‘Wonder Girl’（天才少女）呢。”

陈立元自得的神色猛地僵在脸上，尴尬地咳了一声后把棋盒往身后一藏，转移话题道：“那要不还是看看我在漫展上新入手的宠物精灵卡吧？对了，还有我的平板，你可以用来玩游戏。”说罢打开原本用来垫棋盒的平板，周怀若看到屏幕上除了基础应用外清一色的全是手游软件，甚至消消乐都下载了好几个版本。

“谢谢你啊。”她轻笑一声，“但我只是肠胃不大舒服，不用静养很久，这么多游戏我玩不过来的……”

“没关系啊！我可以教你的！”陈立元摩拳擦掌，“不是我臭显摆，这些游戏我全是高端玩家，攻略全都刻在我脑子里了。你就用这平板电脑玩，我……”

周怀若没忍住再次截住他的话：“这平板电脑我也不能要。”

“为什么？”陈立元怔了怔，随后一拍脑袋，“噢，你想要最新出的？有眼光！那我去给你买个新的。”说罢拔腿就走。

周怀若连叫了他几声都没叫住，小龚便摁住她的手，劝道：“你由他去吧，你不让他做点啥，他就会用‘油言油语’来恶心你。”

“啊？”

小龚露出那种天真无邪的表情，一双笑眼弯成月牙儿，说：“要不是我哥拦着我，我都能让他倾家荡产。”

有那么一瞬间，周怀若感觉小龚压根儿不是在开玩笑，也不是表面看来这样单纯无害，而是和她家哥哥如出一辙。她认真地想了想，问小龚：“陈立元这么容易喜欢一个人的话，肯定也喜欢过你吧？”

小龚皱起鼻子想了想，说：“唔，怎么说呢？你有没有想过，谁是那个让陈立元把所有异性的拒绝行为都当成示好的罪魁祸首呢？”

周怀若心里一咯噔，问：“是你啊？”

小龚白她一眼，一副“你把我想成什么人了”的表情，道：“是他妈。他是个妈宝，妈宝可不是我喜欢的类型。”

周怀若似懂非懂地点点头，正寻思着这场对话从头到尾到底有什么相关性，能够做到明明完全牛头不对马嘴却又能进行到现在，一抬眼，看到庄鹤鸣一手端碗一手押送陈立元，来到了她房门口。

“午饭只熬了小米粥，蹭饭的厨房自理。”他把陈立元推进房内，又将手中温热的小米粥递到周怀若眼前，面无表情道，“喝完吃药，水在烧了。”

周怀若苦着脸用眼神向他求饶：“我想吃烧鹅饭……”

庄鹤鸣皱眉道：“病还没好吃什么烧鹅饭？医生说了，这几天你

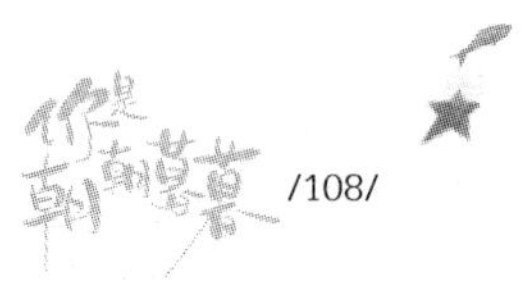

得吃些好消化的。”

小龚赶紧起身退出“战场”，说：“我就不吃了，我在漫展上遇到一个最近贼火的商业摄影师，约好了过几天拍照的，我得减肥。”

庄鹤鸣再次皱眉，一个眼刀杀过去，问：“又减肥？”

小龚理直气壮地叉腰，道：“这回不是我要减，是那个摄影师觉得我这体重和要扮演的角色还有点儿差距……”

他一针见血道：“准备扮演葫芦娃里那个蛇精？”

小龚捏拳，回答：“是啊，那你不就是和我一块儿住山洞里的蝎子精？”

庄鹤鸣难得吃瘪，清了清嗓子，换了个方向插刀：“除了蛇精，还能有什么角色非得要求人减肥减成一部平板？”

小龚气得朝他挥挥小拳头，说：“是新上映的国产动漫电影里的主角啦！这部电影现在势头可猛了，票房跟坐火箭似的飙，咱准备蹭一波热度。”

庄鹤鸣闻言跟陈立元交换了个眼神，异口同声道：“没看过。”

小龚轻蔑地笑了一声，然后说：“我也没看过。”

众人皆一头黑线：“……”

小龚辩解道：“这有什么大不了的，主要是得抱上那个摄影师的大腿啊，电影啥的去看不就好了吗？就今晚，我请客！”说完，用手肘捅捅正在搅小米粥的周怀若，调皮地眨眨眼，“姐姐，一定一起啊！”

（3）

一行人来到影院，范蜀负责泊车，小龚负责取票，陈立元负责买饮料零食，只剩下庄鹤鸣和“病号”周怀若在等候区干瞪眼。

站了一会儿，气氛实在诡异，周怀若便干笑着没话找话，道：“这好像是我第一次来电影院看电影。”

庄鹤鸣却像是在搜寻什么，正四处张望着，貌似无意地答了一句：“据我了解，这家影院以前就是你家的产业。”

周怀若还有点讶异，说：“是吗？我记得家里是曾收购过几家影院，原来是这家啊。”想罢又觉得不对劲，她一个破了产的继承人跑来自家以前的影院看电影，这要是被记者拍到了，会被嘲成什么样？

她火速地低头开始在包里翻可以挡脸的工具，连庄鹤鸣是什么时候走开的都没察觉。直到她戴好了口罩墨镜，自以为伪装得相当完美之时，再抬头，才看见庄鹤鸣拿着一瓶水小跑回来。他“啪”地拧开那瓶常温的纯净水，递给她，说：“冰可乐和爆米花都先别吃，把肠胃养好了再说。”

周怀若愣愣地接过，心中一暖，连喝水这么小的细节都能被照顾到，不可谓不心动。忽然又记起小龚在她房里说的那个八卦，她没忍住问道：“你……经常给女孩子买喝的吗？”

庄鹤鸣想了想，认真地答：“除了小龚和我母亲，就你一个。”

“那……你之前暗恋过的那个女生呢？”

他闻言一怔，耳朵渐渐红了，唇边是温柔的笑。

“小龚跟你说的？”

周怀若闷闷地答：“嗯……”

他笑得更深，看样子小龚那丫头没敢直接捅破，多年前发现她偷看自己日记时那几句随口胡诌的威胁也仍然奏效。于是斟酌片刻，他给出答案：“嗯，买过。”

但，你还是唯一一个。

周怀若有点不高兴，心道，那这算哪门子的“就你一个”？但她又不敢表现得太明显，只得垂头看脚尖，不悦地问：“那她长得漂亮吗？”

垂着脑袋的周怀若没看到庄鹤鸣此时的眼神，他正侧着脸看她，眉目清秀，笑意盈然，漆黑的眸底光影流动。他笃定地答：“嗯，漂亮。”

就算口罩墨镜把那张小脸挡得严严实实，也还是漂亮。

周怀若的心更沉了，抬头的刹那庄鹤鸣心虚地收回目光，她相当愤愤不平地问：“比我还漂亮？”

他险些笑出声，存心逗她，问：“为什么要和你比？”

周怀若噎了一下，委屈地撇嘴，道：“比比看嘛！我这么漂亮，她要是比我还好看，那可就不是一般的美女了，起码也得是一线女演员的程度吧……”

庄鹤鸣听不得她这么委屈巴巴且酸溜溜的口吻，截断她的话，言简意赅地给出结论：“比不了。”

“为什么？”周怀若又急又气，她连做个参照的资格都没有吗？

这时庄鹤鸣看到从电梯里走出来的范蜀，抬手示意他过来。三人之间还隔有一段路程，他侧过脸，回答周怀若的问题：“因为那个人的存在是很多年前的事了。拿你和一个十几岁的小姑娘比，你不觉得不公平吗？”

周怀若气得直接把墨镜摘了，怒目圆瞪，一边偷摸吸气收腹挺胸维持仪态，一边慷慨激昂地和他理论：“什么不公平？喂，我也不显老啊，我也很年轻好不好，我也才二十出头好不好！”

庄鹤鸣没忍住，笑了一声，又是无奈又是宠溺，道：“我是说，对十几岁的那个人不公平。”

“啊？”正准备发射的小火箭炮周怀若猛地呆住。

这时范蜀走近了，庄鹤鸣脸上的笑意逐渐泛开，压低了声音像在说悄悄话一般，俯身在她耳边说：“现在站在我身边，住在我楼上，准备和我一起看电影的，是你，而不是她。”

醋意满满的火箭炮瞬间炸开，杀伤力全无，只带出漫天升腾的明亮烟火。仿佛困顿已久的风终于由海洋吹向陆地，席卷起如云翻涌的浪花，告诉她，即便来迟了些许也不用怕。

即便来迟了，他仍然在等她。

那么此前所有错失的时光，都只是为了能够展演出余生漫长的协

奏曲，而必须经历的前奏。

五人掐点入座，庄鹤鸣和陈立元暗戳戳地互相阻拦，最后让体积最大的范蜀落座到周怀若身边，气得打好小算盘想撮合哥哥和周怀若的小龚直瞪眼。熄灯之前，范蜀问左手边仍不肯摘墨镜的周怀若道：“周小姐，你知道我们看电影是要关灯的，戴着墨镜是看不清屏幕的吧？”

“我知道，我经常看电影的好吗？”周怀若推推眼镜，正色道，“这眼镜我等熄灯之后再摘不就好了嘛。”

众人纷纷笑成掩口葫芦，周怀若这才明白他们是存心打趣她的，摘了墨镜嗔道：“你们无不无聊啊！”

庄鹤鸣含笑远远地看她，那种重逢后就一直萦绕在她周遭的谨慎、隐忍和防备终于尽数消失了，那双曾隐藏在墨镜后的杏眼此刻光波流转，缀着与朋友相处时才有的轻松平和，嘴角也带着笑意，是那种属于晴天的干净清爽的笑容。

范蜀接着打趣她，自从遇到这周大小姐之后，向来质朴生活的他在小龚的带动下浏览了不少富人私生活的八卦帖，充分了解什么叫有钱人的快乐普通人根本想象不到。他说：“哪里无聊啊？我听说你们家保姆和保安谈恋爱，最后分手的原因是接受不了异地恋。”

周怀若掀起眼皮翻了个巨大的白眼，说：“陈叔都结婚了好吗？而且他老婆也不在我家上班！”

小龚诧异地捂嘴道："天哪，姐姐还真记得保安的名字啊？"

周怀若伸出手指一一数着："分别是白班陈叔、夜班陈叔和经常来顶班的秃顶陈叔。"

最边上的陈立元终于也忍不住了，举着爆米花加入会话："起码百家姓里你记得和我有关的这一个！"

周怀若赶紧撇清关系，说："也不一定，你这么说的话我就感觉他们是姓周、吴、郑、王吧？反正与你无关。"

敢情全员都在瞎编呢。

灯光熄灭，银幕亮起，喧闹的观众很快归于平静。

影院最令人着迷之处就在于，当灯光随着出入口的大门关闭时，身处这个小小房间里的人就拥有了与喧哗的世界隔绝，登陆电影里的异次元，体验全新的人生故事的权利。

而这一次，向来孑然的她，终于和她的朋友们一起登陆了。

（4）

接下来的几天周怀若的饮食果然如小龚所言，主食是花样百出的粗粮粥，连配菜都是切碎了便于消化的时蔬，直到后面才稍微放宽限制，开始出现肉食。而小龚则身体力行地展现了当代女网红在身材管理上的执行力，每天定时定点去健身房撸铁，每餐与沙拉、水煮肉为伴，做得最多的事就是根据新购入的服装尺寸一遍又一遍地量三围、调整妆容风格，恨不得整个人钻进镜子里。

周怀若常在她房间借电脑用，因此每次见她这种行为，都深受其强大的事业心所震撼，连简历都忍不住多投几份。终于有一天她没控制住钦佩之情，撑着下巴一边观赏她做平板支撑抖成筛子的模样，一边慨叹道：“哇，看来你真的很看重这次拍摄啊。”

“拍不拍摄的无所谓，主要是……”小龚龇牙咧嘴地从牙缝间挤出几个字，最后的一点儿力气被此次对话耗尽，她摔在瑜伽垫上时高喊了一句，“他是中美混血儿，长得超级帅啊！”

周怀若听了，盘起腿八卦地问道：“真的？有多帅？”

小龚立马翻身，摸起手机给她看那位摄影师的微博主页，说：“你看他的自拍，那艺术家的鬈发，那流浪汉的小胡子，是不是特有提莫西·查拉梅的感觉？”说着说着，眼冒桃心，“还有，漫展那天他穿了一件低胸毛衣，弯腰给我拍照的时候，我看到了……”

此处无声胜有声，两个女孩默契地交换了一个眼神，随即同时激动地在空中蹬腿。小龚欢乐地在瑜伽垫上打滚时，周怀若扫了一眼那位摄影师的个人简介，上面写有一句“师承美国编导式摄影大师Gregory Crewdson”，讶异地问：“他也是耶鲁毕业的吗？”

小龚答：“没听他说起过。我跟他喝了一杯咖啡，十分钟内他说了五次自己得过一个什么摄影奖，如果他真是耶鲁出来的，应该早说了吧？”

周怀若笑道：“那他算大师的哪门子学生啊？”

小龚停下动作，盯着周怀若眨眨眼，问：“哪个大师？”

“Gregory Crewdson 啊，耶鲁大学摄影系教授，当代著名的大摄影师。我大学时常去摄影系蹭课，在大师面前混了个脸熟，学了点儿皮毛，我本科毕业的纪念照就是请他掌镜的。”说着说着，她努力回忆起一些相关的细节，“他的作品，最大的特点是叙述感强，充满戏剧化元素和遐想空间，很有电影剧照的味道。”

周怀若滑动屏幕看了一眼对方的摄影作品，整体风格看来确实有模仿 Gregory Crewdson 的痕迹，但他作品的主角无一例外是年轻漂亮的姑娘，甚至不乏大尺度的写真。预感并不太好，又怕太过随便地下定论反而会吓到小龚，她只能绕个小圈，委婉提醒道：“希望只是我多虑了，但你一定注意保护好自己。”

世间名利场本就鱼龙混杂，更何况是摄影这种最容易与名利搅到一块儿的圈子。

小龚点点头，有些忧愁，说：“其实我也不知道……但是大家都说他很厉害呀！反而是我，他说我脸型不够完美，没有专业模特的高级感。”

周怀若连连摇头，说：“摄影的高级感并不是光靠模特的脸就能完成的。再说了，你的身形气质本来就和角色贴近，五官也小巧精致，只要摄影师拿捏到位，拍出来肯定很传神。”

小龚闻言心里甜滋滋的，直接隔空给她投放了一个亲亲，舒舒服服地侧躺并撑着脑袋，说：“那你快把刚才那段关于那个谁的话发给我，我要背下来，明天拍摄的时候在帅哥面前显摆显摆……”

周怀若宠溺地笑，嗔她：“你也不怕到时候风太大，闪了舌头。”说话间拿起手机，一字一句地打下来发给她。

只是可惜，小龚没有机会用上这段精心编排过的话。

拍摄那天，她带着公司配备给她的临时助理、拖着沉甸甸的妆化道具出现在摄影棚里时，都还没来得及开口，目光就先扫到那个低配版提莫西·查拉梅身前，两个同样穿着女主角服装的女孩儿正彼此推搡，互不相让。身形高些的那个女孩显然占上风，一边撕扯一边泪眼婆娑地望着摄影师，哀哀地问：“你说，你到底要选哪一个？”

小龚瞬间吓得腿都软了，问身旁的小助理：“我现在怎么办？退出群聊，还是加入战斗？”

那外国摄影师听见身后有声音，回头一瞧，看见素面朝天的小龚时吓了一跳，道：“Why don't you wearing your make-up and costume? You look so...so not pretty!（你怎么没化妆没穿道具服？你这样看起来好……好不美观！）”

小龚全程只听懂了最后一个词，火登时就上来了，竖起眉毛反问道：“你说什么？”

那外国摄影师用相当不地道的中文挤出一句：“我是找你来拍照的，你不化妆，未免太不尊重人了！”

“你是说我素颜的样子冒犯到了你？那你找我来拍照，还叫上她们干吗？给我呐喊助威吗？”

“Your eyes are so dreamy but your face...（你的眼睛非常梦幻，但你

的脸……）”他搜肠刮肚地想，终于想起一个中文词汇，在他自己的脸上比画着，说，“肉嘟嘟！”

小龚此时已经气急攻心，说起话时简直已经咬牙切齿了，她问：“所以你就准备随时换掉我？”

对方比了个叉，指着那头的两个女孩儿，说：“It's Plan B and Plan C!（这是B计划和C计划）”

小龚终于失去耐心了，白眼快翻到后脑勺，说：“那你知道你是计划几吗？你以为你跟那个什么Ge……啥的学摄影就特了不起了是吗？我告诉你，你那师父也只是给我好朋友拍个毕业照的水平而已！我好朋友可是见过很多世面的，都说我的身形气质本来就和角色贴近，五官也小巧精致，拍出来一定很传神！”

对方也不知是诧异还是真听不懂，半天只来了一句：“What（什么）？”

“What什么What，人家可是耶鲁大学毕业的，眼神比你好多了，学人拍照前先治治眼睛吧你！”一股脑将愤怒发泄完，小龚最后狠狠地剜他一眼，拖起箱子和小助理，气鼓鼓地离开了摄影棚。

于是那天正准备去人才市场的周怀若刚下楼，看到的就是满脸泪痕地从一楼冲上来的小龚。庄鹤鸣跟在小龚身后，吃了个闭门羹之后无奈地看向周怀若，她问：“怎么了？”

庄鹤鸣将从临时助理那儿了解的情况大致转述给她，最后蹙着眉

头心疼道：“这种情况我真没办法。从小到大，她只要一生气了就特别难哄。”

周怀若给他一个安心的眼神，表示让她来试试。她走过去叩响小龚的房门，里头传来小龚闷在被子里的哭腔，她大声道：“走开啦，谁要熏你那破安神香！”

靠熏香哄人，这当哥哥的也是绝了……

周怀若柔声道：“是我，周怀若。让我进去陪陪你好不好？”

半晌后，屋里传来扭转锁扣的声音。

周怀若推门而入，看到小龚正裹着被子坐在床上，鼻子哭得红红的，小嘴噘得都能挂油瓶了，还拿着手机在疯狂地划屏幕。她坐到床边，问：“看什么呢？”

“预约瘦脸针！我就不信治不了这婴儿肥了！”

周怀若问：“你不讨厌那个男人吗？”

“讨厌？我现在巴不得把他当生化武器发射到外太空，你觉得这种感觉适合用讨厌这个词形容吗？”

“那你因为他的话去瘦脸，不就等于和你所讨厌的人同流合污吗？”

小龚划屏幕的手指一下僵住，抬头惊讶地注视她，说：“这么想也是。”

周怀若伸手捧住小龚的脸，不让她再将目光转回手机上那一排医美医院名单上。周怀若笃定道：“这世界的审美是非常多元的，不要把别人的眼光内化，伤害自己。”

小龚的眼睛湿漉漉的，说：“可是我的脸确实不够小啊，他说得也没错。”

“一定要下巴能锄地才好看吗？他的看法是他的事，你自己怎么看呢？”

小龚的眼泪扑簌簌地往下掉，说：“我觉得我就算是素颜也超好看的。”

“对啊，我也这么觉得！所以当你自己都觉得自己足够漂亮的时候，突然有个人跳出来大言不惭地评价你、伤害你，让你觉得被冒犯，这怎么会是你的错呢？”

小龚哭得更厉害了，一个人的时候还能忍忍，有人心疼和安慰时，委屈就会变得格外肆无忌惮。她说：“可是，我希望大家都能喜欢我啊……我也想像你一样，家里超级有钱，有很多人爱，把一些普通人都不敢想的事当成日常一样随口说出来，还不会让人觉得自己在臭显摆……我也想住在城堡里……”

龚鹿吟。

从这个名字就可以知道，她不是一个受父亲喜欢的孩子，甚至可以说，是一个为了衬托哥哥而存在的小孩儿。虽然家里从没有人主动说起过，但从爸妈争吵时一些零碎的信息里可以拼凑出，她的到来本身就是个意外。

她是不被期待而突然降生的小孩儿。就像一颗从天而降的惊天巨

石，砸在父母、哥哥原本平坦无阻的康庄大道上。

因此她从小就知道，在这个小小的家里，她不是最重要的那个小孩儿。那时候父亲是朝九晚五的公司小职员，妈妈是土生土长的香农，只有每隔几天就往家里捧奖牌奖状的哥哥是这个家唯一的曙光。

“爸妈不指望你多有出息，小龚，你只要别在学校给哥哥添乱就好。”

别给哥哥添乱就好。这是她出生到长大，生活的唯一信条。

她也曾经抗争过，听妈妈说，她在还吃奶时就曾一脚踢翻妈妈准备给哥哥的昂贵鲜牛奶，会走路后第一件事就是跑进哥哥房间，把妈妈买给他的零食一口气吃光，撑得肚皮圆滚滚。她从孩童时就开始讨厌那个一出现就会把所有人的关注全部夺走的哥哥，直到有一天她突然发觉，在她做了很多和哥哥作对的讨厌事后，竟从没有受到过哥哥的一句责怪和谩骂。那个在别人面前不爱说话、没什么表情的哥哥，在面对她时，永远是一副含着笑意的温柔模样。

这在餐桌上表现得尤为明显。兄妹俩并排而坐，但荤菜永远是先摆在哥哥面前，再由哥哥转手推向她。有时妈妈还会嫌哥哥多此一举，说：“你乱动什么呢！乖乖吃你的，妹妹又不是夹不到！”

她当然不是夹不到。她想要做一个不用努力去夹、不用努力去够就能吃到肉的小孩儿呀。

于是委屈登时就爆发了，她扔掉碗筷，趴在桌上哇哇大哭。妈妈不明所以，只有哥哥赶紧哄她：“别哭，我都把肉摆到你面前了呀。”

“我不要你摆！我要妈妈摆！我要肉就放在最中间，不用我求你施舍给我！”

于是从那以后，在哥哥的强烈要求下，餐桌上的肉都摆在中间了。

再渐渐长大，龚鹿吟也逐渐认识到，自己确实没法儿和哥哥比。不仅是哥哥，还有学校里很多其他的小孩儿，都是她比不过也争不赢的存在。哥哥上学万年第一，升学考试不是提前批就是市状元，学什么都很快，做任何事都非常认真。而她，成绩勉强在班级年级中游，考个八中费了吃奶的劲都还差 1 分。她做什么都三分钟热度，除了看番之外什么事都坚持不了，专注力跟只小虫虫差不多。

如果换成她是爸爸妈妈，她也会更喜欢哥哥。

就更遑论学校里那些又聪明又有钱的同学了。

真好啊。她也想有一天能被人们关注到，觉得被瞩目是一种麻烦。

但也不能说她没有优点，龚鹿吟想，从小到大她还是听过不少的夸赞，虽说都只是“可爱”“好看”“长得像动漫人物”这种停留在表面的肤浅用词。但她确实很清楚，自己是个长得不错的女孩儿。如果非说爸妈在她和哥哥之间做过什么公平事儿，那就是曾公平地将优良的外貌基因同时遗传给了他们俩。尽管哥哥长成一副生人勿近的冰山美少年形象，而她只能配合娃娃脸的外貌，去做个平易近人的可爱妹妹。

转折发生在高二那年暑假，一款短视频软件忽然开始风行。她为图个乐子下载，一开始只是刷刷热门广场上的高热度视频，到后面偶尔跟风拍几个热门主题，也会收到不少点赞和留言，粉丝数一路上涨。

该怎么形容那种被网络上的陌生人所喜爱的感觉呢？

就像是长久地沉寂在现实的深海之下，几乎绝望地以为自己的世界只能如此之际，有人带着炽热的爱和关切的目光前来，从海面之上为你投射下一束璀璨的光。

然后你才知道，原来世界可以不仅如此。原来你也拥有被爱的权利，你也值得有人为你长时间蹲守，就为看你微不足道的动态更新。

于是她完全沉迷了，完完全全地为那束光所陶醉，心甘情愿地朝它扑去，心甘情愿地为它穿上各种厚重的道具服、抹上层层浓重的粉脂，在它虚无的照耀和凝视中，蒙着眼欢呼雀跃。

所幸她不算倒霉，就像哥哥说的那样，她站在时代的风口，轻而易举就起飞了。作为一个全职自媒体人，她活得并非轻而易举，但也称不上有多艰难。只是偶尔她还是会想，如果有一天她不这么努力地去拍照、剪视频、做活动了，那束笼罩她的光，会不会瞬间就消失呢？

“但是你不一样，姐姐。你身上的光好像从来都不会消失。从举止到言谈，哪怕穿着最普通的便利店制服，随意到连口红都不涂，但你身上就是有光，耀眼得让人忍不住想靠近你。我想这就是天生被爱的小孩和我的区别吧。”小龚缩在被子里瓮声瓮气地将自己的故事说完，那声音如雨声般剧烈又轻柔，眼泪是有故事的水滴。

周怀若安静地听完，说：“不要因为有一个人看不到你的好，就觉得全世界都不爱你，这对喜欢你的人来说很不公平。”

以前的周怀若拥有很多，也因此得到很多快乐，这是客观事实，她承认。但是每个人都有自己的痛苦，共情是很难发生的。从来不知道爸爸是谁，从来都只能在妈妈的眼皮底下生活，永远都挣脱不了她的期待，一举一动都被媒体监视、被众人议论，这些都很痛苦。明明自己想走的是这条路，但因为得到过那些快乐而必须付出代价，只能走上一条自己并不向往的路，这也一样很辛苦。

周怀若说：“我和你都不是天生被爱的小孩，世界上哪有那么幸运的人啊？”

小龚下意识地答道：“我哥……”

“他过得很轻松吗？”

小龚眼前浮现无数个哥哥在深夜伏案的背影，还有父亲离开后，哥哥牵着她站在母亲病床前时，他默默承受着一切的侧脸。她小声道：“那倒也不是。”

“所以，我有时候觉得人生就是一场交易，你努力生活、积攒资本，才有筹码去换取那些你所期待的东西。以前我拥有的一切，本质上讲都是属于我妈妈的。你看，没了她我就什么都不是了。小龚，我也不知道我们应该怎么办，但如果说我在破产之前真的做过什么了不起的

事，那就是，一直不遗余力地爱自己吧。我不觉得我身上有什么光，但如果深陷黑暗，那我一定会想尽办法，为自己找到出口。”

众生皆苦，与其等他人拯救，不如被甲执兵，渡己达人。

（5）

周怀若从小龚房间出来时，庄鹤鸣还等在二楼客厅，坐在沙发上强装镇定地盘着两颗香珠。

他有些紧张地问立在小龚房门口的周怀若：“怎么样？”

周怀若给他一个“没问题”的眼神，答：“在换衣服。”

“换衣服干什么？”

“我带她拍片去。衣服道具全都买了，不拍多可惜。”

悬了半天的一颗心终于落地，他如释重负地轻叹，又皱眉说道：“这家伙肯定是腻了我了，想要个姐姐了吧。”

周怀若看他莫名吃醋的样子，忍俊不禁，道：“辛苦你啦。”

他有些奇怪，问：“辛苦什么？”

“这些年，哪怕很辛苦也很努力地长大，虽然很孤单但也没有放弃过自己。辛苦你啦。”

耳朵腾地就烧红了，他有些不自在地移开目光：“你还真挺会安慰人的……”

周怀若点点头，手背在身后，有些犹豫又有些故作神秘地说道：“还有，我觉得小龚想要的好像不只是姐姐。”

庄鹤鸣递过去一个疑问的眼神，周怀若莞尔，在门后听完了所有对话的小龚心领神会般喊道：“想要嫂嫂！”

向来波澜不惊的庄老板微一怔忪，一张俊脸被彻底蒸红。

第六章

「最让我高兴的事就是你来了。」

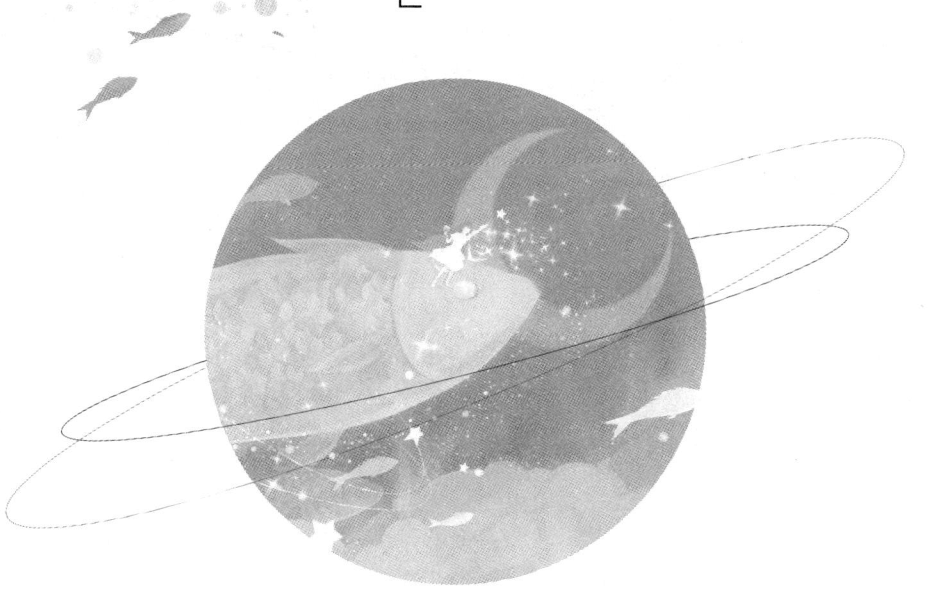

N I S H I Z H A O Z H A O M U M U

（1）

周怀若坐在电脑前，看着自己刚注册不到十二个小时就破万的微博粉丝数，不得不认真回想一番，事情究竟是怎么发展到当下这个地步的。

首先，正如她对庄鹤鸣所言，她带小龚去拍了片子。借了庄鹤鸣玩剩下的一些摄影装备，拖上正摸鱼打盹的薯仔，三人一起开车跑到莞城东南边的海滩，就着大自然最原生态的布景建模构图，拍了数组照片。直到黑天墨地时分才回到家，模特儿小龚累得话都说不出，潦草洗漱后便睡下了，只剩周怀若独自坐在电脑前导片、修图，忙到不知东方竟已泛白。

原本她是盘算着尽早修完第二天好正经去找工作，结果修片工程量比想象中大太多，成片导进小龚手机时她也耗尽了最后一点精力。回房后调了个八点的闹钟，惊醒时她听到小龚的尖叫，音量直逼海豚音：“我上热搜了！”

然后就是小龚旋风般冲上来的脚步声，半梦半醒的周怀若感觉自己像只小猫一样被她从被窝里拎起来，耳边是她欣喜若狂的声音，喊

道："姐姐，我上热搜啦，你拍的片子上热搜啦！"

紧闭的双眼蓦地睁圆，小龚把手机凑到周怀若眼前，她看到实时热搜榜上排名第六位的话题，小龚的名字和其扮演的动漫角色名赫然在目。点进去一看，小龚的原微博点赞数已经超过五十万，下面还有动漫电影导演的亲自转发，开玩笑地写了一句：我什么时候发布的真人版海报？

"你知道上一次热搜能引多少流量吗？我这个月要赚爆了！"小龚激动得声音都在颤抖，一把搂过还在发蒙的周怀若，"你真的是我的锦鲤！"

周怀若任小龚抱着，大脑还在处理着眼前的信息。她拿过小龚的手机开始翻看相关评论，除了对小龚优越外貌和仿妆技术的称赞外，对摄影师技术的赞叹也不在少数。她突然福至心灵般抬头，说："有没有什么办法，能让喜欢这些照片的人来找我拍照？我现在还没找到工作，接些约拍赚点儿外快，也好付房租给你哥。"

小龚一拍脑袋，对啊，流量变现才是硬道理。她想了想，说："要不我趁热度帮你发条广告？附上你的简历和联系方式？"

不管是电话号码还是邮箱，大大咧咧地附在广告后面似乎都显得鲁莽，周怀若思忖片刻，决定入乡随俗："我注册个微博吧，想拍照的可以通过私信预约。"

小龚连连点头赞成，忽而又按住她的手，说："姐姐，你别用真名。"

周怀若心领神会，这些日子来骚扰的记者是没见到了，但网上漫骂周氏集团的声音可还没见少，以真实身份示人只会带来更多的麻烦。于是她歪歪脑袋开始琢磨：“那叫什么好？”

小龚现身说法，道：“我的是把姓拿掉了，就叫鹿吟。”

周怀若想了想，她的名字据说是外公起的，取自“虚怀若谷，上善若水”，当初家里人盘算如果是男孩儿就叫善若，女孩儿就叫怀若。

“要不就‘虚怀若谷’去掉我的本名吧？虚谷？”

小龚听后一个没忍住笑了出来，问：“你不觉得有点儿耳熟吗？”

周怀若这才反应过来：“香舍的名字？这么巧？”

小龚坏笑地反问：“你觉得这会是巧合？”

“那不然呢？”

看小龚那八卦的表情就知道她又要开始乱脑补些什么了，周怀若立马点开手机浏览器，搜索“虚谷”二字，然后逐条念道：“一、虚谷，清代著名画家，海上四大家之一，有‘晚清画苑第一家’之誉。二、宋代诗人张炜诗作，名曰《虚谷》：虚室既生白，空谷亦传声。山翁抱高标，借为虚谷名……”

“行了，行了。”小龚出声制止她，表情却还是那副嗑到上头的样子，只随意地敷衍她道，“你说是就是吧。”

周怀若又问：“但我叫这名字你哥会不会生气？”

小龚笑得直捂嘴，道：“我觉得他只会心虚吧。”

周怀若赏她一个略无奈的白眼，思量一番后在昵称处认真地输入“摄影师若谷”几个字，点下注册键。和小龚互关后，她用以前拍过

的一些照片作为物料发了几条微博。小龚也写了介绍她的博文，并将她的新物料一一转发。

再然后就到了现在，短短几个小时，粉丝从实时热搜榜和小龚的微博不断拥来，数量轻松突破了五位数。

周怀若坐在电脑前，脑海里蓦然回想起从前物理课上屡次被提到的平行宇宙理论。如果世上真的存在与这个宇宙既相似又不同的其他宇宙，从前的她曾多次幻想，也许有一个宇宙里的周怀若在大学的时候顺利读了摄影专业，成了一名出色的独立女摄影师。平行宇宙论最温柔的地方就在于这里，它让人们相信自己经历的所有事在另一个宇宙都能如愿以偿，自己和很多人之间都能有圆满的结局。而在这个宇宙中，人们所需要做的就是找到其中之一，坚持下去，快乐地生活，这就够了。

但是眼下，命运巨变，她失去了所有家产。多年来在妈妈的要求下学习的那些经商技能毫无用武之地，兜兜转转，她居然又站到了自己当初最想走的那条路前。

天意真不可谓不弄人。

庄鹤鸣不知什么时候来到周怀若身后，清朗的声音带些戏谑，但直达心底。他问："连微博上打个广告，都要写上你是耶鲁大学毕业的？"

她蓦然回头，撞进那双深不见底的眼睛里。

"写上去又不丢人……"她边说边转回头。

“的确。逃避生活，自暴自弃才丢人。你已经做得很好。”

难得他这么开诚布公，周怀若听得心里微微一跳，再次回头去看他，浓眉深目的脸、下巴利落的线条尤其漂亮。他和她距离半米，穿着白衣黑裤的居家服，平静无波的目光落在电脑屏幕上，二十五岁的人了，还嫩得跟个大学生一样。

她跟着他的目光扫了一眼屏幕，忽然反应过来，问：“你怎么知道我写上了耶鲁？”电脑上明明没有显示她那条微博的具体内容！

“我看到了。”

“你有微博？”

“刚注册的。”

她故意捂嘴，讶异道：“你该不会是为了我吧？”

“为了小龚。”

“小龚玩微博都多久了。”

此刻庄鹤鸣心中有无数句能够反驳得她哑口无言的话，但都在心头盘旋半晌，无法说出口。最后他选了一句最没杀伤力的，佯作要拂袖离去的样子，闷闷道：“多个粉丝你还不乐意了。”

“我乐意啊！”周怀若急忙抓住他的衣角，仰着脑袋看他时眼睛亮得犹如一片湖水，“你来我特别高兴，真的。”

无论是现在还是认识你以来的数年间，尽管我一直都在太空中漫无目的地飘浮，但永远都会让我感到期待和快乐的事，便是你来了。

（2）

周怀若深谙打铁趁热的道理，在以相当优惠的价格接下各种摄影预约的同时，铆足了劲儿向小龚取经，学她大范围地注册各平台账号、储备引流物料，雄心勃勃地准备全面发展她的摄影事业。

要说她在耶鲁大学经济学系的四年里学会了什么，那一定是——当机会来临，一定要不择手段地把握住，倾尽全力将它变成现实。

小龚虽然不懂摄影，但当模特儿这么多年，一眼就看得出周怀若作品里的才气。用她一个专业摄影师朋友的话来说，在给小龚拍的那组电影写真里，周怀若“没有对电影场景进行一比一的还原，而是拓宽了视角，将重心放在人物和现实场景的融合上，通过色彩对比与焦点变换来营造作品的情感，但又始终紧扣电影本身的基调，做到了在角色模仿上的二次艺术创新”。小龚没这专业眼光，只觉得有几张柔焦的镜头拍得实在一绝，她头一次觉得自己真的像是诗中人、画中仙，飘飘然的仙气几乎要溢出屏幕来。

因此她愿意无偿地帮周怀若养号，手把手教她写段子、义务帮她剪视频、客串给客户化妆、当她新作品的模特儿，勤奋得公司同事都要以为那个神秘兮兮的“摄影师若谷”其实是她的新男友，她兢兢业业地把若谷带起来就是为了某天能凑一起，过一把公费恋爱的瘾。

宠是没错，但周怀若要是个男的，单凭那人格魅力都不知道要勾走多少小女生的魂儿，更遑论那张漂亮得超越了性别的脸。届时情敌排山倒海，她实在没多少能脱颖而出的信心。眼下她只是觉得，有些人又坚强又努力，她的好理应要让全世界看到。

所幸周怀若在商业运营方面确实很有天赋，无论是人像还是静物、宣传照还是写真，全都来者不拒地接单，每天起早贪黑地出门工作不说，拍完片修完图还能很好地兼顾各大平台的上传更新，将账号的热度一直维持在一个不错的水平，专业得完全看不出是个自媒体新手。

用她的话说就是：“让一个财团的未来继承人运营一个摄影师个人 IP，不就等于用高射炮打蚊子嘛。”

“嘚瑟得呀。”小龚宠溺地戳戳周怀若的脑门，转身趿拉着拖鞋走进厨房，再出来时递过来一个装在环保袋里的便当盒。一打开，饭盒里是整齐码好的饭团与颜色鲜亮的各种配菜，一看就费了不少功夫，也不知道是多早起来做的便当。

周怀若心下感动，这些天她全身心投入新工作，经常是回到家准备休息的时候才发觉自己一天没进食，那时已饿得饥肠辘辘。正要道谢，发觉小龚的目光相当明显地往庄鹤鸣的卧室那边飘，她顺着暗示望过去，这才注意到开了一条缝的卧室门，还有那张察觉她的目光后迅速躲回门后的脸。小龚呵欠连天地叹道：“哎，有的人啊，就是太傲娇，担心人家饿肚子又不敢自己送，非要折磨通宵直播的妹妹……”说罢又懒洋洋地回房。

周怀若放下背上的装备，走到庄鹤鸣房门前，轻轻地敲门。

虚掩着的门很快打开，显然卧室主人一直站在门后。他佯装出一副睡眼惺忪的样子，问：“有事？”

周怀若忍住笑，说：“你别装了。”

他尴尬地轻咳，揉揉眼睛继续演下去，装不知情道：“什么？”

周怀若直接把便当盒塞回他手里，庄老板被她这个动作一下激得睡意全无，愣愣地看看她又看看手里素色的盒子，这是拒绝他了？

周怀若说：“我一直都觉得，话是要人亲口说出来，才能留在心里。食物也一样。既然是你准备的，要送给我，那就应该由你亲手给我，它的意义才会经由你的手，留在我心里。”言毕，再伸手过去。

庄鹤鸣呆滞地将饭盒放回她手上，周怀若接过后，轻一迈步就靠进了他怀里。

“谢谢。”她环着庄鹤鸣的腰，将侧脸贴到他胸前，尽量在两秒内结束这个“单纯”想表达谢意的拥抱。离开前她大着胆子抬头和他对视一眼，发觉他绯红的两颊不比此刻的自己淡多少，赶紧背起装备逃出这个暧昧的气泡，只留下一句，“等我回家。”

一身睡衣站在门后的庄老板望着周怀若消失在楼梯口的身影，半晌后才关上门，抿住唇想克制住即将溢出来的笑意。

她说，他在的这个地方是“家”。

（3）

周怀若怀疑自己得了个田螺姑娘。

十二月末，元旦前夜，新年将近。难得空闲的周末早上，天气预报从三天前就开始预言的初雪一拖再拖，气温却相当不负期待地降到了零度，风大得似乎随时要将行人吹走。周怀若的房间没通地暖，冻人的室温中她在三床棉被里睡得正香，风声和光线都吵不到她。昨晚给客户修片修到凌晨五点，她才刚睡下不久，这会儿雷打不动。

庄鹤鸣起床营业，小龚出门赶跨年活动，楼内各扇房门开关了几茬，也没能将周怀若吵醒。

她做了个梦，梦到自己仍然家财万贯，和小龚坐在她的私人飞机上，准备飞去开普敦度假。空姐如常为她准备好高级香槟和一些自助食物，以往她都懒得看一眼的欧式甜品如今却无比诱人，她吃得不愿醒来。一旁的小龚也馋得不行，抓起一只马卡龙往嘴里一塞，嚼了几口甜得五官都皱成一团，她捧腹大笑，说："马卡龙是法国贵妇的下午茶甜品，配着茶吃，一次也就咬一小口，吃一个下午也才吃一个。你这一口一个的，不齁才怪呢！"

而后两人笑成一团。不用担心房租和工作，不用几十几百地攒钱，不用小心翼翼地看客户眼色，那种无忧无虑、逍遥自在的快乐。

吃着吃着，她忽然嗅到一股麻辣小龙虾的香味，浓郁的香气盖过甜品的奶香，像要游进她身上的每个毛孔。她放下手里精致的慕斯蛋糕去寻找麻辣小龙虾，可那香味忽远忽近，像长了腿一般，每每在她觉得自己就要抓住的时候，又一溜烟地跑远了。

她恼了，毅然放弃香槟和甜品，强迫自己睁开眼，一瞬间就从私人飞机的世界穿越回了没暖气的巴掌房的世界。她摸出手机看了眼时间，将近傍晚了，今晚是跨年夜。

她揉着眼起床正要出去，看到小房间内的景象时却停止脚步。床头旁的小桌上，原本凌乱的物品全部被归置整齐，她的相机、打光设备被挪到边角，插着电源正在充电，其余零零碎碎的东西全部按照高低顺序排列好，甚至连昨晚她熬夜时喝的速溶咖啡的杯子、吃泡面剩下的垃圾，都已清理干净。

乖乖，她昨儿确实到海边出外景了，还和客户小姐姐一起捡了几只海螺壳当道具，难不成神话成真了？

不对，不只是今天，她晃晃脑袋开始仔细回想。自打她开始接约拍以来，都是回家忙完就倒头大睡，从来没给器材插过电源。但第二天起来收拾，就会发现器材都充满了电，安安稳稳地放在她的包里。

还有，因着她那组成名作的原因，客人大多要求外景拍摄，但冬季海边哪怕没有太阳，紫外线也格外毒辣，跑了几趟后她整个人晒黑了好几个度，却在某天从包里摸出一瓶没开封的防晒霜和一副防晒冰袖。

还有一天她出外景忙到很晚，回家时恰好手机没电，独自等在一楼的庄鹤鸣还挤对她，说她不遵守承诺害他找不到她，要罚她扔一礼拜的垃圾。结果第二天开始，她包里永远有一个充满电的黑色充电宝，小小巧巧的，刚好能握在手心里，每次手机“濒临死亡”时都能救它一命。

前些日子她忙得昏天黑地，连好好睡觉的时间都没有，压根儿没精力想这些事情。现在空下来了，她细细回想，只觉得她捡的这田螺姑娘，心细如发不说，是怎么做到来去无踪的？

一边想一边下楼，看到那位一点儿都不神秘的“田螺姑娘”正在客厅翻找着什么，她便打趣他道：“怎么啦，找不到你的海螺壳啦？”

庄鹤鸣回头看她一眼，没理会她的玩笑，只说：“找手机。”

“我给你打个电话响一下铃不就好了。”说罢，她摸出手机。

“我没开铃声。”

“振动也有声儿的，大哥。”

电话顺利拨通，闷闷的振动声在屋内响起，两个人竖起耳朵边听边找。最终是周怀若在沙发缝里把他的手机找出来，那时电话还没有自动挂断，她看到来电显示上他给她的备注，是“Miss.Tomato”。

西红柿小姐？这是什么意思？

她直接问庄鹤鸣：“我怎么就成了 Miss.Tomato 啊？”

庄鹤鸣顿了一下，接过手机，搪塞道：“随手存的。”

“扯呢？弗洛伊德说人的任何行为都跟潜意识有关，而潜意识是最能体现人类最真实想法的！”

他显然懒得跟她扯心理学，只反问一句：“那你觉得是什么意思？”

这一下把周怀若给问住了，脑海中千回百转，最后疑惑道：“暗示我是软柿子？你就挑中我这只软柿子捏？”

庄鹤鸣险些被这个无厘头的答案逗笑，他问：“Tomato 是软柿子吗？”

“Tomato 是西红柿，软柿子也是柿啊，难道软柿子不是软了的西

红柿？”

他的嘴角浮起些许笑痕，说：“我知道你常识匮乏，但没想到能到这种程度。”

周怀若决定直接耍赖，要挟他道：“那到底是什么意思嘛，有胆子存，没胆子说？”

“这和有没有胆子是两回事。我也没问你给我的备注是什么意思不是吗？”

周怀若愣了，问：“你看过我给你的备注？”

“没。”

她眼里闪过一丝狡黠，说：“那我们交换？我告诉你，你告诉我。”

换作别人，哪怕这说的是银行卡密码，他都只有一句冷冰冰的“没兴趣”。偏偏这人是周怀若，偏偏他就是有点儿好奇自己在她手机里会是个什么样的名字，在她世界里自己又是什么样的存在。几经挣扎，抵不住诱惑，庄老板说：“你先给我看。”

“那你不许耍赖。”

“我从不耍赖。”

“你最好是。”周怀若噘嘴，将手机屏幕转向庄鹤鸣。

原本带些期待的俊脸在看到屏幕上赫然的“房东”二字后瞬间黑下来，他扭开脸冷冷道：“不喜欢。”

她又不是问他喜不喜欢！

周怀若得了逞，坏笑着收起手机，说：“快点儿，到你说了。”

庄鹤鸣气得抱臂，说：“改了再告诉你。”

“刚才的协议里可没有这条！”

“刚才我只是说‘先给我看’，意思是我先看了，再决定要不要说。”

周怀若气得眼前一黑，说：“你这还叫从不耍赖？”这要是带他去商业谈判，分分钟能把对家骗个精光还不用负任何连带责任的吗？

“快改。不许叫房东、庄先生这类，我不喜欢。”

周怀若不满地嘀咕：“这有什么好不喜欢的……”

“太生分。”

“一个备注而已嘛！”

“那你为什么纠结我给你的备注是什么意思？”

是真拿这人没辙，周怀若点击编辑键，正打算改成“鹤鸣”时，输入法自动跳出一只鹤状的小表情，她高高兴兴地选中，然后给他看，说：“满意了吧？”

庄鹤鸣气得脸都绿了，咬牙切齿道：“这是火烈鸟。”

周怀若差点笑喷，说：“我打鹤字时跳出来的！”

“我不管。我不喜欢。”

“那你来改，想改什么改什么。”

“我不要。我就要你想的。”

周怀若气得作势要揍他，这人不是冷面冰山吗？怎么为了个备注闹得跟个小孩儿似的？

后面又想了好多个称呼都被他一一否决，周怀若正气得想直接写“真是个浑蛋”之际，倏忽想起庄鹤鸣手机里给小龚的备注，便打了一颗一模一样的粉色爱心给他，问：“这样满意了吧？”

气鼓鼓的庄先生转头过来扫一眼，周怀若眼看着他嘴角控制不住地弯起，却还是故作冷淡地问她：“是我想的那个意思吗？”

她怎么知道他想的是什么意思？

周怀若的耐心已然见底，便故意推拉，反问：“你说呢？”

“这还差不多。”庄老板终于满意了。

周怀若收起手机，说：“该你了。”

庄鹤鸣微微侧脸，勾起的嘴角有点撩人的笑意。他慢条斯理地说：“其实也没什么特别的意思。我就是发现，你每次看到我都会脸红。”他顿了顿，加深了笑意，一字一句地道，“每一次都会。”

仿佛被人戳破了心事，周怀若的心跳就如同被人打翻的骰盅，乱成一团。她失了语，连忙心虚地撇开视线，整个人却还是非常诚实地瞬间从头红到了脚。

“对，就像现在这样。”

庄鹤鸣存心逗她，一双眼睛微微弯起，看着原本傲然和他斗嘴的小孔雀羞成一个粉色的糯米团子，最终爽朗地笑出声来。

八年了，她一点儿都没变呢。

二排五座，最喜欢脸红的西红柿小姐。

（4）

刺骨的寒风拂起落地窗浅色的帘子，暮色渐深，庄鹤鸣颀长的身影在帘子后若隐若现。他抱进来一张刚洗晒好的床单，关上落地窗时对正坐在地毯上等开饭的周怀若说：“今晚开始，你睡客厅吧。”

周怀若一副要扑过去抱他大腿的样子，倒在沙发上声泪俱下地开演大戏，道：“别啊，不要分房睡，我知道错了！”

庄鹤鸣抱着床单瞥她一眼，相当配合地问：“错哪儿了？”

“哪儿都错了！”

“下次还敢吗？”

“不敢了！”

他继续抬杠：“你的意思是还会有下次？”

“不不不，不可能有下次！”

“你上次也是这么说的。”

语毕，擅自出戏，庄鹤鸣将床单丢到周怀若身上，无情地转身，只留下一句：“再演你就回那个没暖气的房间过冬去吧。”

他刚才演得不比她起劲吗？

转眼入夜，周怀若洗好澡，搓着湿发开门出来，一缕香气钻入她鼻中，搅得她的肚子咕咕作响。

香辣诱人，是她在梦里都为之神魂颠倒的麻辣小龙虾！

她循着香味走入饭厅，看到饭桌上已经摆好碗筷和满桌佳肴。

正盛饭的庄鹤鸣听到声音，淡淡地招呼她一声："吃饭。"

"厉害，小龙虾都会做？"周怀若惊叹一句，凑近一看，饭桌最中央的那锅小龙虾在零星葱花的点缀下显得越发色泽红亮，白嫩的虾肉看起来质地滑嫩，叫人食指大动。

她赶紧坐到饭桌前，把庄鹤鸣递过来的一次性手套戴好，拿过一只小龙虾就开始剥。庄鹤鸣盛好饭，瞧她的湿发还在滴滴答答地往下滴水，将她的睡衣领子都打湿了一片，便伸手拿起被她随意搭在椅背上的毛巾，走到她身侧一把将她的头发包住，轻声道："把头发吹干再吃，免得感冒，馋嘴猫。"

周怀若哀怨地回头看他，说："这辈子还没人敢这么叫我呢，我以前很挑食的好不好？"

他面无表情地摇头，说："没看出来。"

"这不是给你面子吗？你辛辛苦苦给我做的，我不得认真吃，你才会高兴呀？"

"谁说是给你做的？"

"这里还有别人吗？"

庄鹤鸣一时语塞，只得催她："快去吹头发，虾我给你剥。"

还有这等好事？周怀若立马摘下手套，扶着脑袋上的毛巾欢欢快快就去吹头发了。再回来时果然看到碗里堆成小山的虾肉，庄鹤鸣安静地坐在她原本坐的椅子旁，侧脸的线条漂亮得不像话。

太完美了，这个男人，不仅会做麻辣小龙虾，还能在剥虾的时候，抵挡得住虾肉的诱惑……

周怀若坐回原位，戴上手套后抓了一把虾肉塞进嘴里，鼓起腮帮子吃得那叫心满意足。

庄鹤鸣失笑地看她一口就解决掉自己努力了这么久的成果，猴急得连发丝都吃进嘴里也没发现，便逗她，问：“头发好吃吗？”

周怀若举手想撩开那几根不听话的发丝，又碍于满是油腻的一次性手套，只得求助庄鹤鸣道：“帮我弄开……”

庄鹤鸣对她向来无计可施，只得慢吞吞地摘下手套，伸出一根手指去帮她撩头发。他指尖触到她温热的肌肤，掠过眉尾，滑过耳尖，他感受到吹风机热气残留在她耳朵上的温度，灼热不已，令他整个人呆住。

周怀若感觉气氛不对劲，抬眸看他，被他眼神中铺满的深情击中。时光匆促，当初只留给她一个清瘦背影的少年眨眼成熟，他的温柔契合着命运的脚步，贴着心涌来，潮水般将她包围。他英气的脸庞慢慢在她眼中放大，棱角分明的薄唇，唇珠饱满，吻起来一定很软……她开始胡思乱想，一颗心怦怦直跳，忘记了自己原本想要做什么，只觉得他若是就这样吻上来的话，她大约难以抵抗。他指尖摩挲过她肌肤的触感，他怀抱的宽阔与温暖，还有萦绕在鼻尖令人安心的檀香，似乎都萦绕在她脑中，幻化成一只无形的手推着她向他靠近，靠近，再靠近……

嘭！

冬风猛地撞到窗上，玻璃发出一声抗议的声响，吵醒桌前暧昧的空气。周怀若猛地回过神，发觉彼此之间的距离近得只能用厘米作计量单位，惊得往后一闪。庄鹤鸣也迅速清醒，恢复正常。

心脏突突地跳，他意识到自己刚才意乱神迷的做法，紧张得不敢看她。明明抱着一颗正人君子之心靠近，却鬼迷心窍，险些功亏一篑。只不过是近距离接触的一个小动作，就撩拨得他仿佛有千只猫爪挠心般，恨不得……

不能想，想了要出大事。

二人难得地沉默起来，气氛越发诡异。庄鹤鸣故意轻咳几声，看了一眼那扇不懂事的玻璃窗，眼尖地发觉漆黑的夜幕中有纷飞的白色碎屑。

他说："下雪了。"

周怀若随即也抬头望去，叹道："真的。今年的初雪。"

"你和我的初雪。"

身侧的人低声更正，周怀若回头，发觉那双向来清冷旁观、不落烟火的眼睛此刻只映照着她一人。

她意识到这点，方才还剧烈跳动的心脏忽然融化，温温热热的，像陷落在堆叠的柔软云层里。

是啊，即便她已经单方面地认识了他很多年，但这是第一个真正意义上他们可以共同度过的冬天。

她笑得灿若星辰。共鸣被回应，宇宙中最饱满的一个梦境终于成真。

“嗯，属于你和我的冬天。”

（5）

午夜，十二点的钟声敲响时，周怀若正窝在沙发上，裹着庄鹤鸣给她洗好的新棉被在修片。她点开微信对话框，给庄鹤鸣发了一句“新年快乐”。

在卧室的他睡眼惺忪地回一句：“差点儿就睡着了。”

周怀若发了个大笑的表情包，故意打趣地问他：“给喜欢的人发新年快乐了吗？”

一楼的钟声终于停止，屋外绚烂的烟火仍在空中沸腾。

他回：“新年快乐。”

第七章

「凭我在乎，凭我就是爱吃醋。」

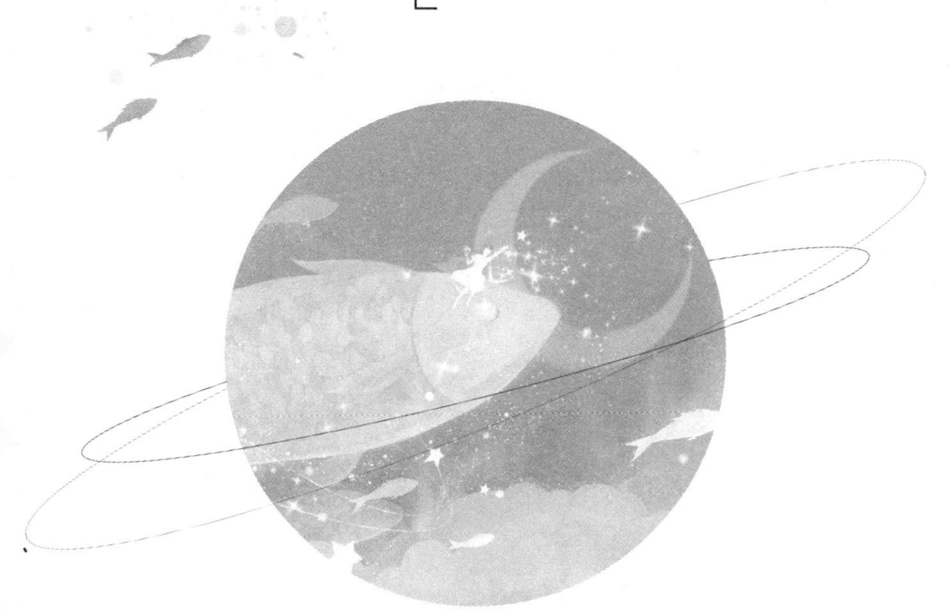

N I S H I Z H A O Z H A O M U M U

（1）

元旦假期在忙碌中过去，约拍客户的数量随着微博话题热度的下降而逐渐有所减少，所幸周怀若还经营了十几个大平台的个人账号，通过自制一些摄影技巧、经验分享帖，也同样可以积累流量，维持一定的流量和收入。

这天她早起准备出门拍物料，在阳台看到向来冷清的香舍前竟停满了各色小车，其中还不乏几辆公务车辆。

怎的，庄鹤鸣也犯了什么经济重罪了？

她心里一紧，迅速冲到一楼，见庄鹤鸣正和一大群西装革履人士在一楼品茶会谈，小龚抱着茶壶帮忙招呼着，而薯仔和陈立元坐在楼梯上一块儿玩手游，俨然一副事不关己的局外人模样。

周怀若溜到薯仔背后蹲下，回应过陈立元的热情招呼后，问：“什么情况啊？”

薯仔点下技能键放了个大招，拿下一血，答道：“省里打算推荐老板当国家级非物质文化遗产项目代表性传承人，今儿约了相关方一起面谈。”

周怀若对文化产业可谓一窍不通，随口问："这国家级传承人还能说当就能当的吗？"

薯仔摇摇头，目光还在手游页面上，随口说："这一项非遗好像只能选一到两个传承人。但目前符合条件，能够从省级传承人推选上去的，只有我们家老板。"

"庄鹤鸣这么厉害的吗？"周怀若有些小惊讶，她一直以为庄鹤鸣只是个身价高些的普通制香师。

薯仔回头扫她一眼，一脸"你太天真"的表情，说："你知道老板家里有一片皇家香林吗？那可是经过国家认证的非物质文化遗产保护园，每年的融资和营收说出来都吓死人。虽然现在主要是老板的妈妈在打理，但以后传给他不也是板上钉钉的事儿吗？不然你真以为老板就靠经营这小香舍维生？"

周怀若答："不，我还以为他可以靠拆迁款的银行利息生活。"

薯仔："……"

"真不是开玩笑的！虽然把钱放在银行吃利息在金融界算是个亏钱行为，但也不是没有可行性！"周怀若大剌剌地坐到楼梯上开始掰手指算账，"你看吧，二十万的本金就构成大额存款了，我保守估计他的拆迁款已经可以直接和支行行长协商利率了，大概能拿到4%，可能还会有2到4万的一次性奖励费。根据我的经验，应该会更多一点，但绝对不会少于这个数。再假设，他花一半存一半，五年下来啥事儿不干，他都能攒不少。"

因此哪怕庄鹤鸣再怎么不懂销售，她都从没担心过这小香舍会倒闭。只要他遵纪守法，不去搞什么不经大脑的高风险高金额的投资，一辈子就靠吃这拆迁款的利息过活，也没有什么大问题。

薯仔听得一愣一愣的，末了愤然道："他一个月啥都不用干就赚这么多，却只给我开五千元工资？"

周怀若适当地安抚他："这不还包你一顿午饭嘛。"

"那也得我去买菜回来自己做！"虽说菜钱也是老板给！

周怀若存心逗他，笑道："那多少是有点儿剥削人了。"

薯仔的心态瞬间崩塌，收起手机开始45度角仰望天花板顺带怀疑人生。她侧脸看见一旁的陈立元像只等待被宠幸的哈士奇，实在没忍心无视那充满希冀的目光，便问了一句："你呢？你怎么来了？"

陈立元笑嘻嘻地指指那一圈专业人士，里面有一位背对着他们、身穿名牌套装的女士，他说："我妈妈带我来玩的。"

"你妈妈？"

"对呀，我妈妈是鹤鸣家的香林最早的一批投资方。"

薯仔从无尽的自我怀疑中抽身，忧郁地补一句："应该说，是最早的一个吧。"

周怀若理了理他们的关系，说："所以……你是庄鹤鸣的投资方的儿子？"

难怪当初庄鹤鸣说陈立元对他来说是非常重要的人！

"不是，我和鹤鸣是好兄弟啊！"陈立元不喜那样的说法，谨慎

地更正道，“先是好兄弟，再是投资方的儿子。”

其实他也没说错，按庄鹤鸣的性子，单是一个投资方儿子的身份，不足以让他对陈立元这么纵容。周怀若的好奇心被激起，又怕继续追问下去会聊嗨了，打扰到那边的会谈，便拍拍薯仔和陈立元的肩，眼神示意道：“上楼聊。”

（2）

根据陈立元的陈述，他和庄鹤鸣认识，是在高三下半学期。

那时的他每天沉迷于游戏世界之中，在人人都拼命考大学的八中里，无所事事得像个异类。只有已经确定出国上学的庄鹤鸣跟他一样，看起来无事一身轻，于是班主任就把这俩活宝凑成了同桌。

一个是缺根筋的富二代宅男，一个是心高气傲的冰山学霸。陈立元每天孜孜不倦地试图用游戏感化罕言寡语的庄鹤鸣，挨了两周白眼之后，成功地将学霸拐进坑，两人在艾泽拉斯大陆上建立起深厚的革命情谊。

故事在陈立元眼里总是很简单，无非是准备去国外上学的庄鹤鸣有一天打电话给他，说放弃出国了，还拜托他帮忙问问做中介生意的陈妈妈是否认识愿意收购香树种植园的老板。

香树种植在莞城是传统产业，历来多由女子负责种香制香，便又称“女儿香”。女儿香的种制业自古兴旺，发展至清朝雍正年间却急转直下，几近绝迹。近百年来，本城人几乎不再种植香树，即便是古时四大皇家香林种植带附近，也只有少数人家留下些许香树以作自家使用。庄鹤鸣母亲家就是如此。在八年前那个香树还随处被丢弃的年代，香木只能卖到11元一克，且产量极低，根本不足以支撑香园的开支和投入，更遑论支付庄妈妈的医药费和庄父留下的外债。

若不是实在无路可走，庄鹤鸣绝不会选择转卖那一片陪着他和妹妹一同长大的香树园。

少年陈立元把庄鹤鸣的需求转告给妈妈后，风风火火地买了水果补品去探望庄妈妈，惊讶地发现往常能和他一块儿吃两份扣肉盖饭的少年竟已瘦得脱了形。后来，陈妈妈成了庄鹤鸣家种植园的投资人，帮忙解决了庄妈妈的医药费不说，还支持痊愈的庄妈妈扩建香林、研习古法种植，把城里因兴建厂房而被砍伐丢弃的野生百年母树一棵棵移植到龚家的种植园里。再后来，时代浪潮席卷而来，种香制香行业借势一飞冲天，香木价格直接涨到四位数一克。而庄妈妈当年带着儿子在山头上跋涉着逐棵挽回的野生百年母树，当仁不让地成了行业内尖端的好货。

那些当年被人随意抛弃的香树，成了人人求之不得的摇钱树。濒临倒闭的种植园飞涨为非物质文化遗产保护园，疾病缠身的香园女主人成了行业内德高望重的权威专家，而那位眼光毒辣的投资者也因此一本万利，赚得盆满钵满。

周怀若感叹，这真是逆袭啊。

陈立元零零碎碎地讲完这段往事，刚巧庄鹤鸣结束会议上楼来帮

陈妈妈传话，看到周怀若和陈立元正有说有笑，而薯仔倒在一旁事不关己地玩游戏，不安感登时爆发。

他催促陈立元：“静姨叫你一起回家。”

陈立元闻言皱眉道：“我不是跟她说了我要留下来吃饭吗？她忙她的去。”

庄鹤鸣显然不擅长撒谎，随意找了个相当蹩脚的理由赶人，说：“我们待会儿不吃饭。”

“没事，面我也爱吃。”

“也不吃面。”

“火锅也行啦。”

这家伙还点起餐来了？长得人模狗样，怎么就听不懂人话？

庄鹤鸣背手，说：“你不回家就自个儿和静姨说去，我不替你挨骂。”

陈立元起身，嘟嘟囔囔：“我妈什么时候舍得骂过你……”

好容易打发走一个，庄鹤鸣松了一口气，扫一眼正瘫在沙发上的薯仔，又开始道：“实在闲了，就把阳台晾着的那套打篆工具收回来，我今早洗的。”

薯仔在游戏里杀得正酣，停下动作瞟自家老板一眼，还是不敢反抗，只得一边动作，一边嘀咕道：“就这只给我五千……”

周怀若连忙帮腔：“就是，无情！剥削！”

庄鹤鸣果然立马瞄向她，蹙眉道：“你不工作吗？不勤奋点儿怎么交房租？还有心情跟人闲聊。”

“房租不是早结给你了吗？再说，人怎么能一直工作？你这资本家怎么就这么爱压榨工人的剩余价值？”

“少扯皮，多修片。不然怎么当得上独立摄影师？”

薯仔从阳台抱回一套工具，又坐回周怀若对面，一边擦拭，一边和周怀若话家常道：“哦？周大小姐想当独立摄影师吗？酷啊。”

周怀若听后笑开了，说：“对呀，我一直都很喜欢摄影，不过独立摄影师是短期目标，我希望能靠自己开一家摄影工作室。”

庄鹤鸣又不乐意了，横插一句：“摄影是我提起来的，怎么净跟他说？”

坐在沙发上的两人双双将他无视，薯仔说：“摄影工作室不错啊，现在电商飞速发展，拍图的需求量大，优秀的摄影工作室可有市场了。”

周怀若也上手帮忙，笑答：“对呀，要是做得好，说不定直接有大公司来收购，到时候我就又成了股东，也能躺平吃分红过活了。”

“说到股票，”薯仔愣了愣，“我最近买的一只都快跌停了，我得赶紧抛了。”

“你也玩股票呀？给我看看。”她凑过去看薯仔的手机。

这距离近得庄老板差点从眼里喷出火来，赶紧迈步坐到他们俩中间去，硬生生地将他们挤开。周怀若看清了那只股的行情，越过庄鹤鸣，对薯仔说道：“其实整体来看还是不错的，新兴高科技材料板块未来有很大的题材空间，不用抛。要是还有余钱的话，甚至可以考虑继续

买进。”

薯仔诧异道：“什么？”

“庄家都是这个操作呀，各自坐庄同一个板块里的目标个股，在行情没起来之前偷偷建仓，然后配合着指数的上涨，联起手来炒作。现在是初期，他们会尽量在低位吸足筹码，然后开始集体拉高，这样才能凸显出整个板块效应的强势和可参与性，并且能吸引很大一部分跟风者来助推股价，不仅能帮助减轻上方的抛压，还能节省不少子弹。”

薯仔听得一愣一愣的，道：“好家伙，你怎么连这些都知道。”

周怀若笑弯了眼睛，歪歪脑袋，说道：“你忘了吗？我妈就是玩这些个玩脱了，才进去了呀。”

庄鹤鸣看着她这个笑容，微微有些出神，险些也跟着微笑起来。

薯仔被她这话噎住，赶紧低头准备再买入。庄鹤鸣伸手按住他，兜头泼了盆冷水：“前车之鉴，懂吗？你那几个钱怎么玩得过人家。”

周怀若终于忍不住了，主持正义道：“你这话就不对了，理财是让钱生钱，肯定是有风险的嘛。”

庄鹤鸣淡淡道：“你乱给人出主意才叫有风险。”

“我这叫经验之谈好吗？”

“破产的经验，还是被骗的经验？”

周怀若气得起身叉腰道：“你为什么老戳人痛点？”

庄鹤鸣仰着脑袋看她，气势却一点儿没输，反而学着她的语气反问：“你为什么老让人心里不舒服啊？”

“你有什么好不舒服的啊？我什么都没干好吗？”

气氛骤然蹿到燃点，庄鹤鸣显然也被她带上道了，脱口而出：“怎么没有？你老是傻乎乎的，还笑得那么好看！”

“笑得好看犯法吗？”

“不犯法，但是看到你不只是对我笑得好看，我就不舒服！”

周怀若气得险些背过气去，道：“你凭什么不舒服啊？”

“凭我在乎，凭我就是爱吃醋！”

话音一落，整个客厅的气氛瞬间凝结，薯仔目瞪口呆地看着原本剑拔弩张的二人僵在原地，两人的脸一同以肉眼可见的速度变成粉红色。

不是，这两人刚不是在吵架吗？表面吵架实质告白，这种做法他们不觉得太伤害这位不愿透露姓名的单身观众了吗？

帮哥哥送完客的社交小能手小龚此时刚好上楼，却只看到自家哥哥和周怀若各自飞奔回房的背影，再看向几近石化的薯仔，问：“咋了这是？”

薯仔不答，呆滞地反问：“老板……是不是要恋爱了？”

小龚露出一个神色暧昧的坏笑，说：“你这榆木脑袋都能发现，那好事还会远吗？份子钱，攒起来！”

薯仔：“……”

工资没拿多少，还要赔出去一笔份子钱……

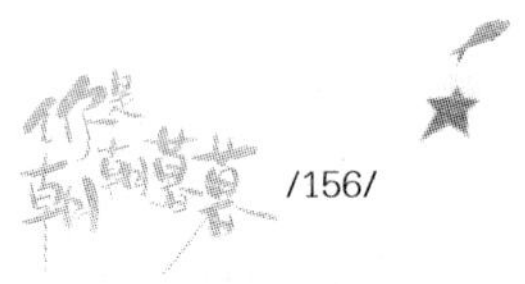

第八章

「勇敢的少女举起宝剑，杀死了恶龙。」

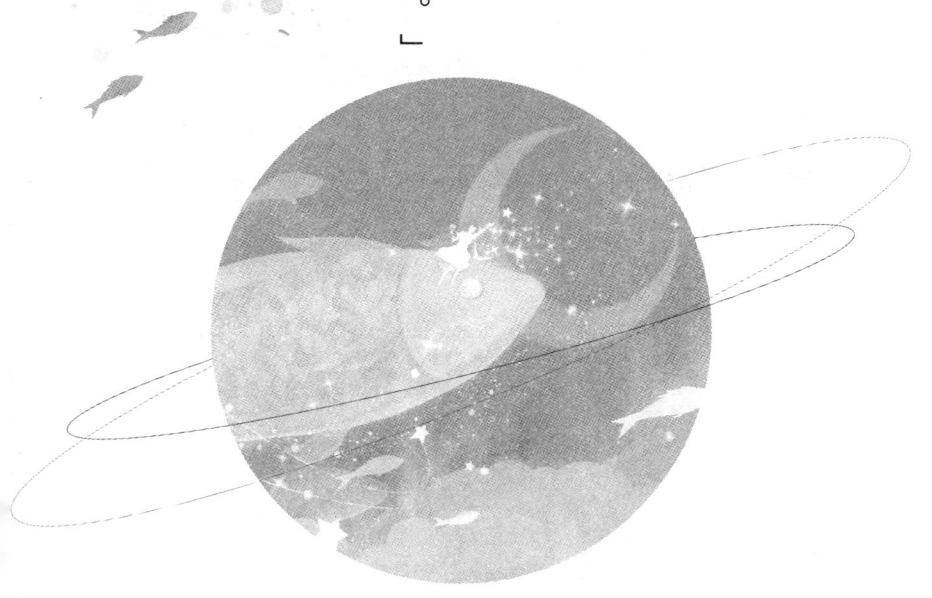

N I S H I Z H A O Z H A O M U M U

（1）

南方冬天的天空是旷日持久的纯净与湛蓝，偶尔有大雪落下，风便如胆小鬼般暂时息事宁人。等到白雪覆盖了城市背靠的那座山丘，春日的湿润气团又将结了冰的河面全部隐藏起来之后，风又来了，刮过屋顶，拂过人们的脸颊，刮走流水般潺潺的岁月。

时间转眼来到暮春。

劳模周大小姐通过拼命工作修片，积累了一批固定的粉丝和合作伙伴，终于实现了收支平衡，在有能力给牢里的妈妈打点费用的同时，也开始往自己的银行账户里存点儿小钱。庄老板则一直忙着传承人申请事宜，提交材料、配合专家组评估，听得最多的一句劝就是“年轻人低调是好事，但非遗传承人可得有影响力啊”，明里暗里指他不如母亲声望高。

为此小龚第一个出来献计：“说真的啊哥，只要你愿意在我的视频日记里露一次脸，我保证我那七百万粉丝肯定集体为你沸腾，一夜之间就能把你所有资料扒个精光，这影响力够不够？”

一旁正看选秀节目的薯仔表示反对：“咱家网红够多了，要不联

系家娱乐公司，把老板打包送过去当练习生吧。投票就用老板的拆迁款刷，这不妥妥甩其他人几条街吗？”

另一边，陈立元痴痴地望着电视上的各类活力少女，哈喇子流了一地，举手激动道：“我觉得直接穿女装也行！鹤鸣本来就细皮嫩肉的，腿又长，戴了假发去跳女团舞多好……”

庄鹤鸣波澜不惊地听着，近来他对人对事都突然有了一种顺势而为的道家风范，打算等他们逐个发表完意见再一锅端了。毕竟当年高中辩论课时，他可曾以惊人的口才喷倒过一个班，这四个小喽啰他不放在眼里。众人纷纷望向坐在最边上的周怀若，正疑惑她这次怎么没按节奏接上他们的话茬儿，正刷微博的她愣愣地举起手机，屏幕上是一封风格简约的电子邀请函。

她错愕道：“有摄影展邀请我去展出……”

那是一个市级妇联举办的公益性摄影师联展，主要邀请一些近来崭露头角的女性摄影师共同展出，捐赠作品由参观者自由进行无底价竞买，最后由出价最高者得，联展获利将全部用于支持妇女公益。对周怀若来说，这是第一次官方对她“摄影师”身份的认证，这样难得表现自己的机会绝不可错失。

虽然她从不是个羞于展现自己野心的人，但眼下的困境是，周氏破产的丑闻还远没有到事过境迁的地步，特别是在城内，因周氏破产而受到牵连的人不计其数，如果她在摄影展上被认出来，那么她为摄影事业所做出的所有努力都将毁于一旦。

这样的担忧如细线般将她缠绕，一直持续到开展当天，她盛装打扮后心事重重地站在庄鹤鸣车前，驾驶座上的薯仔回头憨笑着向她道喜。

她突然就想起和庄鹤鸣重逢那天，在派出所门前一拥而上的记者和不知疲倦的闪光灯。

这样的场景如果在展览上再现了，该怎么办？

如果从此以后再也没人找她拍照了怎么办？

她又要如何重新开始，又要寻找什么样的梦想，栖栖惶惶地等一份怎么样的工作？

恐慌随着逐个浮现的问题在心头不断放大，这时后座的小龚拍拍身边的位置，催促周怀若道："怎么啦，姐姐？上车呀？"

"我……我不想去了。"她怯怯地后退一步，刚转过身就直接撞进站在她身后的庄鹤鸣怀里。

逃跑不成，她吃痛地一只手捂住鼻子，另一只手下意识地抓住他的衣角，道："走开，庄鹤鸣，我不去了，我害怕，我不去了……"

她虚得声音都在抖，庄鹤鸣意识到不对劲，双手扶住她的肩。他声音微沉，带着某种摄人心魄的力量，什么都没有问，只是先安抚她道："不怕。我在这里，不用怕。"

他看到了，看到她要走时还紧紧攥住他衣服的手，看到她隐藏在无惧外表下的脆弱，看到她本应满是希冀的双眼中遍布的恐惧。

鼻梁的痛楚渐渐消失，周怀若也稍稍镇定下来。她仰起脑袋看看庄鹤鸣，目光难得因怯懦而有些闪躲，她说：“我不敢去，我怕被认出来……”

原来是这样。庄鹤鸣暗暗松了口气，轻轻拍了拍她的后脑勺，柔声说：“你不是最擅长躲记者了吗？口罩、墨镜，谁还认得出？”

周怀若略一思忖，摸着鼻子低下头去，闷闷道：“哪有人看展览还戴墨镜的，多丢人。”

“你看电影都还戴墨镜呢，现在反而觉得丢人了？”

“在电影院人家可能以为是3D眼镜……”

这句话的槽点实在太多，他一时间都不知应该从哪里开始吐槽。于是他又拍拍她的头顶，温声道：“那如果有人陪你一起，还会觉得丢脸吗？”

周怀若猛地从他怀里抬起头，看见他眼底一片星空般闪耀的光。

那是一种让她安心到，敢于和他一起面对所有的光。

（2）

美术馆，二楼小型展厅，青年摄影师作品联合展览。

宽敞、干净、纯粹至极的白色空间，曲折矗立的展览墙，锐利而了无生气的冷光中，悬挂的艺术作品与其作者一同被缕缕行行的人流参观。在入口处领过展览简介折页，随着人流往前走了不足二十米就能看到那幅相当抢眼的作品：电影画报般精致的构图，巨大反差的色调结合大片的街景构成黛青色的留白，画面主体是小巷中一个憨态可掬的双马尾小女孩，正拿着一柄塑料剑与超市门前的恐龙摇摇椅搏斗。明明悬挂的每一幅作品都是相同的尺寸和印制材料，偏就这幅在众多水平参差的展品中显得尤为突出。薯仔想了想，看了一眼作品前戴着口罩墨镜排成两列的两男两女，深深点头。

嗯，一定是作品太优秀所以引人注目，和作品前那几个包得跟蒙面侠一样，还逢人就发摄影师名片的人一点儿关系都没有。

很快进行到下午，高峰期已然过去，只剩零星的游客三三两两地散布在展区内。主办方开始整理统计一天中收到的作品竞价，准备在闭展前公布竞得者。

小龚充分发挥她自来熟的社交天赋，混进统计的志愿者队伍里探听半天，兴冲冲地跑回来说道："老天，我都不知道有钱人这么豁得出！你知道目前竞价最高的那张照片出价多少吗？"

周怀若本就有点儿紧张，闻言心中更是"咯噔"一声，忙问："多少？"

"四万！"小龚激动地比了个数字，"谁会出四万买一张电子版权都没有的照片呀？"

听这吐槽就知道这价格和自己无关了，周怀若追问："那我的呢？"

小龚听到这话显然一怔，所幸脸藏在口罩和墨镜下，暴露不了她的表情。她心虚地转移话题道："哈哈，你说会不会最后几分钟出现个超级大富豪呢，我看主办方特期待能出现个六位数竞价的……"

周怀若压根儿不睬她的新话题：“该不会只有几百吧？”

“哎，你别小瞧了几百块钱，拿来充欢乐豆也有好几千万呢！”

周怀若故作轻松地笑了一声，强装镇定地叹道：“我这辈子，还是头一回跟第一名差距这么大。”

小龚听出她声音有些不对劲，连忙安慰：“哎呀，没关系的，这不展览还没结束嘛，说不定待会儿……”他边说边用手轻撞两边杵着的庄鹤鸣和陈立元，暗示他们给点动作，“就有大富翁出现，高价买了你的作品……”

两只呆瓜还没想出什么安慰的话来，只得附和着小龚连连点头，跟两个杵在挡风玻璃前的车载娃娃似的。周怀若将小龚暗戳戳的小动作看在眼里，微一皱眉，告诫道：“你们别为了哄我高兴故意去买，被我抓到了，我会生气的。”

陈立元欲盖弥彰地摆摆手，傻笑道：“没有，那肯定是别的有识之士买的，我们……”

周怀若说：“那个有识之士不能是你母亲。”

陈立元被口水呛了一下，又说：“那也不一定是她，可能……”

“也不能是和你们有关的任何人。”

陈立元被她噎得无话可说，只得悻悻住嘴。

周怀若深吸一口气平复了心情，再回头看了一眼墙上的作品，神色和相框中朝着恐龙摇摇椅出剑的小女孩儿一样笃定且无畏。

她说：“九百九十九元也挺好的，这数字寓意多好。而且如果不跟别人比的话，这个价格已经抵得了我好几个约拍单子的钱了，想来也还是赚到。”

小龚弱弱地对她话里那个“赚”字表示怀疑：“你知道你是拿不到钱的吧……”

“我知道呀。”周怀若再回身，状态已经恢复如常，莞尔道，“说起来，我们家以前也办过公益展览。不过是在我们的私人博物馆里，门票全免，无限量供应的高档酒水也不收费呢。”

联展最后一个环节是竞得者名单公布，凑热闹的人似乎又陆陆续续多了起来，原本趋于冷清的展厅竟又开始显得有些拥挤。主持人以作品展出序号逐个公布价格和买家，读到摄影师若谷的作品时，周怀若已经做好了接受“999元”这个报价的心理准备，但最后响在空气里的居然是掷地有声的“5万元”。

室内响起一片哗然，惊喜、讶异、怀疑声皆有，周怀若第一时间抬头去看庄鹤鸣和陈立元，见他们也是一副墨镜跌到鼻尖的诧异神情，大脑才慢慢开始接受这个意料之外的信息。

庆贺的掌声连片地响起，周怀若正觉得恍惚到晕头转向之际，忽然有人从背后拍她肩膀，一回头便看见一位衣着入时的中年女士，金色波浪鬈发与烈焰红唇光彩照人，此刻正带着意味不明的微笑注视她。

“若谷，是吗？”

周怀若颔首承认，女士笑意更深，表明身份道：“我是你作品的

竞得者。”

二人握过手，周怀若还没来得及寒暄什么，那位女士便开门见山说道：“你的作品，整体一看不算特别出众，但胜在构图精巧有叙述感，主体的女孩神态也很有灵气，称得上天赋流和学院派的完美结合，假以时日，应该能磨出点成绩来。”

周怀若有些许受宠若惊，幸好大半张脸藏在口罩下也不用做表情管理，只大大方方地答道：“感谢您抬爱。我知道自己的水平，初出茅庐能有这个价已经……”

那位女士抬手示意她不必再自谦，自顾自地从手包中摸出一张名片，递给周怀若，道：“我经营着一家摄影公司，旗下有一本时尚类电子刊，如果你有兴趣的话，我很乐意邀请你来试拍封面。如果反响好，兴许可以发展为长期合作关系。”

周怀若险些被这从天而降的大馅饼砸晕，掏名片出来交换的手都轻微有些发抖。和这位顾女士约定好后天的面试时间后，她保持着体面目送对方离开。直到那婀娜的身姿隐没在展厅的人海中，她才终于腿一软，靠到小龚身上。

“小龚，我要拍杂志了。”

“我知道……”

“不是我上封面那种，是我拍别人，我的作品上封面那种……”

“我知道……”

静默三秒，两个女孩儿对视一眼，在大庭广众下难以抑制地尖叫出声，激动地拥抱在一起。

而一旁的庄老板一直维持着想扶周怀若的姿势，见状，懊恼地捏拳。

可恶，要是刚才扶到了，现在她抱的就是我了……

（3）

竞得者名单公布完毕，展厅内响起经久不息的掌声，联展也将落下帷幕。周怀若在小龚的撺掇下决定大出血请客吃火锅，正思量着要选哪家店时，听到主持人莫名开始激昂的声线，宣称收到了一笔数额巨大的捐款，来自一位庄先生，除了一张面额十万的捐款支票外什么信息都没有留下，支票后还附了一张纸，上面写：献给每一位披甲奋战的屠龙少女。

捐款的指向性很明确，众人再一次看向站在角落的周怀若一行人，目光与掌声都持久且热切。

她已经很久没这样被满是善意的目光注视了，即便藏在伪装下，也仍然觉得非常紧张。又或者，正是因为自己藏在伪装之下，她才感到如此焦灼与惊慌。

周怀若握紧拳头，用尽全力想维持住表面的冷静，但指甲因为用力而微嵌进肉里，平日里姣好的体态更是被压力倾轧，整个人不自觉地驼背含胸。

她右手突然被握住，熟悉的温度，十分温暖，像冬日的暖阳。

庄鹤鸣稍微偏头，对她耳语道：“站直了。不用害怕，这是给你

的贺礼，是属于你的荣光。”

满室声响顿时退居二线，只剩下心跳与呼吸的声音。她仰起头，站直，按照从前母亲教导的那样，站成一个自信满满、神采奕奕的姿势——她从幼时起就知道，这才是交际场上最有力的武器。

然后，她松开被他握在掌心里的拳头，反过手，与他十指相扣。

勇敢的少女举剑杀死了恶龙，寻找到被埋藏的宝藏。

而那稀世宝藏中，最珍贵的，是一份永远偏爱你、为你长久守候且不知疲倦的喜欢。

（4）

回程是庄鹤鸣开车，周怀若抱着主办方赠送的捐赠证书和顾女士的名片，坐在副驾驶上乐不可支。后排的三人正叽叽喳喳地研究着火锅店的优惠券，庄鹤鸣转动方向盘的同时侧脸看周怀若一眼，不自觉也跟着微笑起来，说：“乐成这样？不知道的还以为顾女士和庄先生的钱都进了你的口袋呢。”

“哎，这是做公益好吗？帮助妇女就等于帮助我自己嘛。”她又打开证书从头到尾仔仔细细地欣赏一遍，突发奇想道，“不过这些钱要是真给了我，那我就真站起来了呀，以前不觉得十五万有多少，但现在想想，能做好多事。”

庄鹤鸣问：“比如？”

“肯定是先换个新住处呀！虽然我的征信不可能贷款买房

子，但租个独立公寓总还是可以吧，这样我就不用挤在那个小房间里了……”

车辆突然刹车，车内全员猛地朝前一倾，再定睛一看，发觉前方原来是红灯。众人纷纷对庄老板的驾车技术表示质疑，庄老板充耳不闻，只不悦地看向周怀若，问：“你不喜欢那个小房间？”

周怀若无辜地眨眨眼，答：“没说不喜欢，就是觉得有点太小了。”

庄老板撇开脸，说：“你别忘了，在你无家可归的时候，是这个小房间收留了你。虽然小点儿，但也把它所能给的都给你了，你不能说走就走的。”

“我没说要走呀，这不是在假设吗？那十几万也不是真的给我了。”

庄老板转过脸看她，微蹙的眉头怎么看都有点儿委屈。他说：“但是钱你肯定能赚到的。你现在给人的感觉就是，你一赚到钱了立马就会走人。你为什么不想想那个小房间愿不愿意，它不会伤心的吗？”

周怀若发觉庄老板这拟人的天赋真是出奇可爱，好笑地盯着他看了一会儿，最后弯着眼睛笑问：“真的？你真的觉得我能赚到钱？”

庄鹤鸣眉头皱得更深了，问：“这是重点吗？”

“当然！我一直以为你觉得我没有能力赚钱呢。”

“我没说不代表我觉得没有。”

周怀若问：“是吗？那还有什么是你没说但是有的？”

“多了去了。”

“说说看啊。”

“我就不。”

……

后排的三人如同观看乒乓球赛一样看着前座的二人你来我往地斗嘴，最先投降的是陈立元，表情略显不安地想开口插话，嘴却被小龚捂住，她低声威胁道：“别吵吵，我不能错过我哥表白的名场面！”

一旁的薯仔推推不存在的眼镜，低声评论道：“根据我多年来观看无数国产玛丽苏电视剧的经验，除非现在窗外突然飞进来一颗子弹打中周大小姐的心脏，她倒在血泊中只剩最后一口气，否则老板不可能表白。”

陈立元拼死挣开小龚的禁锢，哀号一声：“不要，怀若！”

此时终于变成绿灯，庄鹤鸣缓缓踩下油门，头也没回，说道：“你们三个要是实在无聊，就找个厂子拧螺丝去，别一天天浪费口粮还不为国家生产做贡献。”

小龚见两人刚才打得火热的氛围被破坏了，气呼呼地捶了陈立元一拳，和薯仔一起识趣地噤声。反倒是陈立元，那点儿不安的小情绪始终没有放下，反而相当刻意地哼了一声。

庄鹤鸣从后视镜里瞥了他一眼，两人正好对视，一个眼神便摸清了彼此的小心思，但都深觉眼下不是直接摊牌的时候，便一起默契地沉默下去了。

（5）

陈立元举着一把《星球大战》里绝地武士的激光剑，剑尖稳稳指向庄鹤鸣喉间。他冷漠道："决斗吧，像男人一样分出胜负来。"

庄鹤鸣负手立在原地，俊脸微微偏开，嗓音比陈立元装出来的浑厚更要凉薄几分，说道："我对自己的性别不存疑，用不着说什么'像男人一样'。再者说，你选错武器了。"

陈立元一怔，激动道："胡说！安纳金·天行者可以和帕德梅结婚，我也可以和周小姐结婚！"

庄鹤鸣一招致命："那我也可以再也不带你来玩具店。"

"你敢！"陈立元泫然欲泣，跺脚道，"你心里果然是没有我了！"

庄鹤鸣推开他的剑，走近一步，拍拍他的脑袋："傻瓜，胡说什么呢？"

陈立元撇嘴，抬眸委屈地看庄老板，庄老板这才补完最后一句："我心里什么时候有过你？"说完抬脚就要走。

陈立元关掉光剑的灯，收起那副存心和庄鹤鸣打闹的样子，眉眼间是平日里几乎无人见过的严肃认真。他沉声道："那我们公平竞争吧。"

庄鹤鸣停住，微不可闻地叹了一声："她不是我们拿来比赛的奖品。喜欢也不是靠竞争可以得来的。"

"那起码你和我之间要讲究一个先来后到吧！明明是我先喜欢她的！"

“你八年前都没正眼看过她。”

陈立元不知道庄鹤鸣说的是什么，以为庄鹤鸣又想像往常那样忽悠他，然后话题就会在他纠结“八年前”这三个字时成功跑偏八万里，十艘星际战舰都拉不回来。他又跺脚，说：“我跟你谈现在呢，你别扯远了！总而言之，她后天面试成功了我就告白，这次你不许再拦我！”

庄鹤鸣倒是发觉个奇怪的点，问：“你怎么知道她一定会面试成功？”

自以为隐藏得很好的陈立元干咳两声，说：“我料事如神不行吗？”

“对棋局你可能是吧，对女人，你不可能。”

陈立元：“……”

这要不是我好兄弟，我能让他活着超过一秒钟？

但陈立元那句话里的疑点很快有了答案。

就在二人离开玩具店回到隔壁火锅店里吃晚餐，陈立元以顺路为借口提出送周怀若去面试时，他的原话是：“我们公司和他们公司在同一栋写字楼，我后天可以顺路来接你过去。”

周怀若几乎是和庄鹤鸣同时感觉到不对劲，她敏锐地问：“你该不会认识顾女士吧？”

陈立元立马摇头如拨浪鼓般，一脸诚恳地发誓：“今天我们是第一次见面，真的。”

这话也不假，他父亲参政、母亲从商，动用一点父母的力量给摄影公司高层都发一封联展的邀请函又不是什么多难的事。当天那些参观游客不知有多少是与他素未谋面，却不得不卖个面子给他父母的人，网撒得如此广，再有周怀若本身的优秀能力加持，有那位顾女士这样的“有识之士”上钩根本算不上是什么意料之外的事情。

对女人他确实恋爱脑，一陷入爱情就智商骤降，这没办法。但要论布局对弈、商战之策，对他来说都不算什么难题，前提是他想。

庄鹤鸣何其了解陈立元，一看他那些细微的小表情，就知道顾女士这档子事肯定跟他脱不了干系。但在周怀若看来，陈立元无非是个被宠坏的富二代而已，能有什么坏心眼呢？于是她咬咬筷子，认真考虑后说：“我那天很早出发，你时间合适吗？会不会打扰你睡觉？”

陈立元听后又脸红了，娇羞地捂脸道：“你还要关心人家睡不睡得饱吗？干吗这么贴心！想送你的人，当然是凌晨深夜都顺路的呀！”

周怀若缩缩脑袋，坐他车的意愿瞬间就消失了。这时小龚夹了一筷子肉放进碗里，吹了两口发觉还是烫，便随意搭了一句，对周怀若说：“你就成全他算了，不然你坐地铁遇上早高峰也够呛。”

庄鹤鸣闻言，不喜妹妹这拨助攻，直接一筷子抢走她碗里的肉，酱都不蘸就塞进嘴里。兄妹俩鼓着腮大眼瞪小眼，周怀若想象了一下地铁里挤人肉饼的场面，终于还是松了口：“好吧，那就麻烦你啦。”说完端起手边的冰可乐要喝，又被庄鹤鸣拦下。

“刚吃了辣的，喝冰的对肠胃不好。”语毕，他给她换成自己手边早就晾着的温茶水。

周怀若自然而然地接过，喝起来。

二人一系列动作如行云流水，没有任何不适。

陈立元这才发觉，原来他们彼此早已经习惯了对方的存在，照顾与被照顾的角色在日常细微的相处中，已然定型。

他不满地把杯子递给庄鹤鸣，说：“我也要。”

庄鹤鸣白他一眼，这节骨眼上还理直气壮地支使情敌干活呢？但还是一言不发地拿起杯子给他倒茶去了。

陈立元撑着下巴地对周怀若傻笑，说：“有这样的朋友真不错啊，对吧？”

周怀若没理解他的小心思，但完全不想把自己和庄鹤鸣简单定义成朋友，就只扯出个假笑当作回答。

这时庄鹤鸣把茶杯递了回来，陈立元笑眯眯地接过，嘴唇刚碰到杯壁就大叫起来：“啊，好烫！”

他的朋友庄先生事不关己地看着沸腾的火锅，得意地弯起嘴角。

（6）

这是陈立元第二十六次对女生表白。

他最不缺乏的就是表白和陷入爱河的经验。引用小龚的评语，你如果说他不懂爱情吧，他又每一次都喜欢得挺真诚挺努力；你如果说他懂爱情吧，他又每一次都会用力过猛，把所有女生都吓到想当场报警。

综上所述，恋爱就像烤肉，火力不宜太猛，否则容易出油。

陈立元坐在驾驶座上，看着不远处的一袭纯白小洋装裙的周怀若拎着包、踩着高跟鞋小跑过来，朝阳给她镀上一层柔软的金光。

初见那晚她从楼梯口走进客厅的光影里，也是这样一套优雅合身的小洋装裙，黑色长发松松编成蓬松秀气的法式发髻，显露出纤细柔弱的脖颈。周怀若身上是一种气质远胜于外貌的漂亮，那晚的她就像一株刚抽枝不久的幼苗，被人不由分说地移植到一个完全不属于她的世界，那种受过打击的眼神中带点儿娇弱和悲情，更多的却是高傲和锐利。

然后那时的他就忽觉心头一跳，周遭的氧气登时变得稀薄，嘴里还没来得及咽下的食物就这样卡在食道里。头次见面，美人相救，是他前二十五年经历里从没有发生过的事。

周怀若打开副驾车门，眼睛弯出流动的弧形，笑道：“早啊，辛苦你来接我。”说罢坐上来，系好安全带后见怪不怪地夸了一句他身上的绝地武士周边服装，“戏服不错！”

陈立元伸出食指摆摆，说：“这个是官方周边呀，马克·哈米尔都有一套的好吗？”

“那用英文应该怎么说呢？”

陈立元略一思忖，发觉自己看了三遍无字幕星战系列电影的经验

并不足以支撑他找出一个更高级的单词，唯有干笑一声，赶紧转动车钥匙，道：“出发，出发！”

车子驶出小区，在通往市中心的柏油大道上匀速前行。周怀若拿着手机在熟悉搜罗来的有关那本电子刊的资料，陈立元没话找话一般问她：“紧张吗？”

“有点儿。”周怀若抿嘴，“这是我破产之后第一个给我面试机会的公司，虽说对方到现在都只以为我是个初出茅庐的摄影师。”

陈立元说：“这无所谓的吧？你们搞时尚啊艺术啊这种的，应该不问出处的才对嘛。”说完又扭头打量一下她，“不过……你那摄影师若谷标配的口罩和墨镜呢？”

“我不戴了。”周怀若答道，“庄鹤鸣说得没错，这些都是我亲手得来的，是属于我的荣光。我没有做错的事，不需要为此付出代价。”

陈立元看着她，倏忽有种恍若隔世的感觉。他认识她不久，无非是从她破产落难到即将找到一份正经工作之间，虽然只有短短的几个月，但她却成长得相当惊人。初见那种落难大小姐的悲情娇弱已经完全消失了，现在的她朝气蓬勃，透出一种温和的，同时又咄咄逼人的、锋利又高傲的气质。那株不由分说地降落到他人领地的幼苗在新的世界里找到了属于她的缝隙，继续充满生命力地生长发芽。

陈立元笑起来：“真是三句不离庄鹤鸣呀。”

周怀若一下红了脸，嗓音也不自觉地低了下去，辩解道：“因为他说得确实有道理呀……不然的话，我可能真的会一直生活在丑闻和阴影里，说不定哪天一下受不了就……但是现在你看，我有了新事业，有你、小龚、薯仔……”

陈立元发出强烈谴责：“哎，有我就行了，你怎么能一下喜欢这么多人啊！”

周怀若失笑：“谁说这是喜欢？不对，这也是喜欢，但这是对好朋友的喜欢。”

从前她不懂得，以为能够一起喝酒度假、能达成利益交换的就算是朋友，因此后来那些朋友将她弃如敝屣，似乎也成了能够理解的事，因为在名利场中，她已经失去了所有能与人交换的筹码。但后来，身无分文的她认识了很多无比温暖的人，才知道原来朋友之间真正的羁绊不是名酒、名包或者一张私人派对的邀请函，而是发自内心的欣赏和关心，还有一份属于彼此内里的灵魂的共振。

真挚的朋友就像彼此的行星，受各自的引力影响，互相环绕，彼此照亮。

陈立元摇摇头，说：“我不懂这些，太复杂了。我只觉得如果我很关心一个人，很在意她、关心她、很想让她注意到我，这肯定就是喜欢啊。”

“那如果有一天你对男生也有这种感觉呢？”

“那就是朋友！我又不喜欢男人。”他说得理直气壮。

“但是异性之间也同样会有真诚的友谊，朋友又不是看性别而定的。你看小龚和薯仔不就是吗？”

陈立元被她噎了噎，将信将疑，问：“那我哪知道这要怎么区分……”

周怀若说：“很简单。如果是爱情，那就是，有一天我突然发觉，早上醒来时第一件事是睁开眼睛，第二件事是想起他。”

就像她自从搬进香舍，每天醒来最期待的事，就是见到庄鹤鸣。

“没了？”陈立元问。

脑子里有具体对象，周怀若举例简直信手拈来。她又说：“你不会只想着做自己想做的事，而是想和对方一起，做能让他感到开心和幸福的事。”

就像她常常因为工作熬得精疲力竭，但只要庄鹤鸣出现，她哪怕再困再累，都想多和他待一会儿，一起吃个饭，看会儿书，喝点儿茶。什么都不说，也觉得十分美好。

陈立元继续追问：“还有吗？”

“还有……如果发觉自己的喜欢有可能给对方造成不必要的负担，就宁可沉默，独自承受吧。”

就像八年前那场始终没有机会说出口的暗恋，就像八年后重逢之际，在他陌生的眼神里她再三保持的缄默。

陈立元一一对照下来，挠挠头，苦笑道：“按照你这么说，我觉得自己好像从来没有喜欢过谁……”

他所萌生出的悸动是很剧烈也很短暂的，永远只会在见到对方时想起，而不会像她说的那样，无处不在，无孔不入。他从来都只会考虑自己的冲动，说自己想说的话、做自己想做的事，哪怕对方觉得奇怪甚至不能接受，也丝毫不会收敛。

对，他是从来都不收敛的。他总是大叫着喜欢啊爱啊，无非是一场不知道演绎给谁看的闹剧。从小他都习惯了索取和接受，他的世界里没有能让他表达感受的出口，因此才这样用力地想把自己的感情塞给别人，想借此向所有人证明，他也是拥有爱的能力的。

他明明，最懂得这个道理才对。

车辆很快抵达目的地，稳稳停在市中心一栋闪着冷光的摩天大楼之下。在周怀若解安全带之际，陈立元深吸了一口气，却发觉自己突然就没有勇气说出那些准备了很久的告白台词。他只能苦笑，道：“怀若，今天我本来有很多奇怪的话想跟你说，但现在感觉……全都说不出口了。”

周怀若预感那是一些对他而言很重要的话，于是宽慰他：“没关系，那就等以后再说也一样的。只要不油腻，我一定听。”

陈立元憨笑道：“确认一下，是好朋友那种聆听对吧？”

她莞尔，说：“当然。”说罢边开车门边说，“谢谢你送我。”

眼看她下了车要关车门之际，他又喊了一声：“怀若。”

“嗯？”她扶着门半弯下腰来。

“能成为你的朋友，我觉得很高兴。虽说这句话在初次见面的时候就应该跟你说了。”

周怀若看着他，从前他眼里那种任性恣意的孩子气消失了，终于带上点儿与她年龄相仿的人该有的成熟感。她很奇怪，怎么这人一下就长大了？但又想，成长总不见得是件多坏的事，只要能沿着正确的方向走，迟与早都能成为出色的大人的。

于是她弯起眼睛，说："我也一样。"

陈立元忽然觉得很满足。不用拼命表白，不用挖空心思讨好，原来也能够得到回应，得到对方毫不吝啬的肯定。

原来真的有一种珍惜可以超过爱情，又或者说，可以与爱情无关。

他想了想，朝她做了个加油打气的手势，道："好好面试！回去的时候如果需要车夫的话，再打给我。"

"没事儿，庄鹤鸣让我打车回去，他给我报销。"

这家伙真是……既怕伤害他，又怕失去周怀若，不知纠结得有多痛苦。陈立元失笑，好在这种情况不会再出现了。他对周怀若挥挥手，说："行，那我走啦！"

"好，回见。"

"回见。"她爽快地关上车门。

陈立元发动车子，倒车，掉头，控制住自己不去看后视镜里周怀若走远的背影。第二十六次告白，他还没开口就自行选择了放弃。他说不清是因为自己真的懂得了什么，还是只是对周怀若和她心里那个人之间的羁绊投了降。

但他很清楚，这次当逃兵，是真的能够为她带来幸福。又或者说，起码不给她带来麻烦。

这就足够了。

当直白的人学会克制，当冷漠的人变得勇敢。

我们才终于最靠近爱情。

第九章

「爱你的人一直都在这里，无须追赶。」

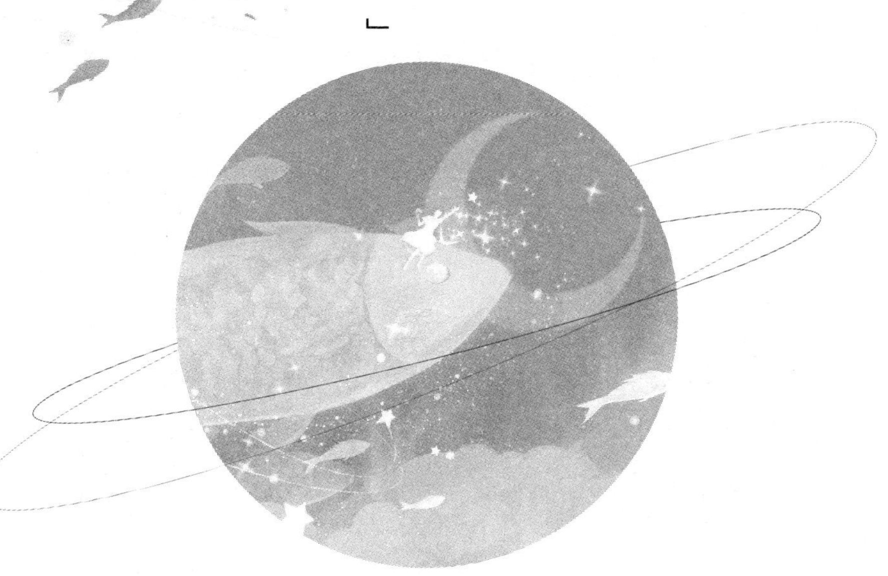

N I S H I Z H A O Z H A O M U M U

（1）

再一次走进城市繁华区标志性的高级写字楼，高跟鞋踩在光洁平整的高密度瓷砖上，声响清脆如敲冰戛玉。周怀若穿过安保关卡，走上电梯，来到三十一楼。在前台确认了预约，进摄影棚前得先按规矩去和顾女士打声招呼，却在踏入董事长办公室后，对上顾女士一双疑惑且诧异的眼。

她以为是自己没戴口罩墨镜导致对方一下没认出来，便从容自若地展现笑容，自我介绍道："您好，我是摄影师若谷，今天来试拍的。"

顾女士脸上那两弯柳叶眉蹙得更甚，甚至没让周怀若就座，似乎正努力回想着什么，道："你看起来很眼熟……"

不安的预感兜头罩下来，周怀若有点手足无措，干笑道："是吗？可能是我长得比较大众脸。"

顾女士仍是那种运筹帷幄之人特有的笃定，斩钉截铁道："不，你的长相和气质都很独特，我肯定见过你。若谷是吧，你姓什么？"

既然要合作，那么告知真实姓名肯定是免不了的。她来之前只希望顾女士和周氏没有任何瓜葛，哪怕有，也不要认出她，只把她当成

是一个和周氏大小姐撞名的倒霉蛋就好。

但眼下看来，她只中了三个字：倒霉蛋。

顾女士既然说以前见过她，那只有两种可能：一是在社交场合，二是因为公事需要。而富人社交场上只有两类人，一是有可能合作的人，二是已经在合作的人，但无论是哪种，其实都能归到“利益”二字。因此讲到底，顾女士和周氏绝对是有利益交集的，并且这种交集多到能够让她记住周氏集团未来继承人的脸。

周怀若越想越慌，咽了咽口水，说：“若谷不是我的真名。我的真名叫……怀若。”

顾女士的眼神蓦地变了，锋利得仿佛能割人。她问：“怀若？周怀若？”

周怀若不语，身侧的手悄悄捏住裙褶，手指用力到发白。

顾女士没有继续追问了，只坐在办公椅上目光深沉地盯着她。

这是上级盘问最惯用的手段了，周怀若闭闭眼，逃是逃不掉了，倒不如老实承认，争取最后的机会吧。

于是她从包里的文件夹中抽出一张个人简历递给顾女士，稳住心神，再次露出在交际场上应对过无数人的笑容，镇定自若地说道：“是的，我姓周，叫周怀若，耶鲁大学毕业生，曾在全球顶尖的金融公司、风投公司和证券交易所实习，后来投身摄影事业。虽然不是摄影专业出身的学生，但我在耶鲁就读的时候同时修读了摄影系的所有课程，相信您在我的作品里也能看得出……”

顾女士拿起周怀若的简历，略微浏览后露出那种了然的神情，轻蔑一笑。她几乎没有犹豫地将对面正滔滔不绝的周怀若打断，直言道：“你还真是遗传了不少你母亲的基因。”

轻飘飘的一句话，犹如胶条般封住周怀若的嘴，将她还没来得及说出的所有话全部打碎在喉间。

“我没有骗您。若谷只是我入圈的名字……”

顾女士嗤笑一声，一双丹凤眼仿佛要将她洞穿，咄咄逼人道：“那为什么联展上你要把自己的脸藏得严严实实，不敢见人？还拉上几个垫背的，害我还以为是什么行为艺术呢。”

周怀若哑口无言，额头渗出汗珠，心中的恐慌如潮水般翻涌。眼下这偌大的办公室中只有她们二人，她却觉得自己活像个被逮住的小偷，正在烈日之下游街示众。

她再想不出什么辩解的话了，大脑一片空白，只能放低姿态哀求道：“顾女士，我请求您，我真的很需要这次机会。要不我先试拍，您看过我的作品再……”

“你好像搞错了。”顾女士把手上那张简历扔回桌面，“我要找的是有发展潜力的新生代摄影师，而不是经济罪犯的私生女。当初周氏倒闭，连累我的公司市值蒸发、濒临破产，那时可没人能给我什么重头来过的机会。”

周怀若仍不死心，解释道：“但我没有做错任何事啊，我对母亲的所作所为一无所知。如果我当初曾参与其中，我现在就不会站在您

面前……”

顾女士又做了那个让人噤声的手势，强势得不容置喙。她对周怀若说：“当初你母亲是个亿万富翁的时候，你可是分过一杯羹的，现在她身败名裂、锒铛入狱，你想用一句没有做错就独善其身吗？周怀若，这个社会是有偏见的，人心也是记仇的。法律的惩罚由周沅承担，那么人心的债务，就该由你来偿还。”

刻薄的话说完，她望着办公桌对面已然微微发抖的年轻姑娘，心生无限感慨。一个原本在上流交际圈各种舞会派对上被奉为座上宾的千金，一朝变动，家中破产，至亲沦为阶下囚，人生也就此从天堂跌入地狱。征信受损，不可能贷款买房、做生意；政审有污点，不可能考公考编进体制内；人事资料被各大公司拉入黑名单，没有任何公司敢接这个烫手山芋，想返回职场做个小小职员都成了一种奢求。

明明她才二十出头，刚要开始享受人生，现在却如同被社会判了死刑。独自在社会漂泊，受尽冷眼，到哪儿都被驱逐。

周怀若听完顾女士的话，明白自己眼下再怎么挣扎都是徒劳无功。怔忪几秒，反而冷静了下来，她暗暗握紧了拳头，挺直腰脊，道：“您不是问我为什么展览那天要戴口罩、墨镜吗？不是因为我觉得自己做错了什么而感到心虚，害怕被认出来，而是因为我不想为我没有做过的事，遭受像您这样的人的不公正对待。我从不为我是周怀若而感到羞愧，我不用这个受尽你们偏见的名字，正是为了更好地成为我自己。真正该感到羞愧的，是你们这些自以为拥有上帝视角，不分青红皂白就否定别人人生的人。我有我的人生，我不可能永远都生活在母亲的阴影之下的。”

顾女士听完，没去看周怀若的眼睛，只将脑袋偏开，用两根手指将桌上的简历推回周怀若那边：“咸鱼翻了身还是咸鱼。在我这里，你是以虚构的身份得到这次机会的，因此我完全有资格收回。”

周怀若一把拿回自己的简历，无畏地看向顾女士，仿佛那张高级办公桌后面坐着的是所有对她冷眼相待的人。

她冷冷道：“我再说一次。周怀若是我，若谷也是我，不存在什么虚构。反而是您，一张作品值得您花五万的摄影师，错失她是您的损失。”说罢，潇洒地离开。

（2）

周怀若回到香舍时，已经过了午饭饭点。庄鹤鸣独自在家，见她打开大门走进来后，原本坐在工作桌前调香的他呆了一秒钟，问：“怎么这么早就回来了？”

她站在玄关换鞋，应付地笑笑，说：“结束了就回来了。”

庄鹤鸣立马放下手边的工作向她走过去，看到她眼眶泛红，心里大约明白了几分。正想问点什么，她却无意交谈，霜打的茄子般蔫蔫地往楼上走去。他亦步亦趋地跟在她身后，又发觉她双脚脚跟都被鞋磨破了，走路也因疼痛有些瘸拐。

于是他再也忍不住，问她：“你没有打车回来吗？”

她说：“不用。我走路回来的。”

因为实在害怕一停下来就会掉眼泪，二十多分钟的路程，她走得一刻不停，双脚被高跟鞋挤压磨损的痛感与心中的绝望相比，简直微乎其微。

虽然在办公室里将那些豪言壮语说得那样掷地有声，但现实如山般横亘在眼前，她自知看不到什么希望。这座城市如此喧闹，成千上万幢摩天大厦的玻璃幕墙在折射日光时，仿若一座童话中笼罩着圣光的绿光森林，却不知林中潜藏的是无数残酷而又锋利的嘴脸和锯齿。渺小如她，似乎往哪儿走都是徒劳。

两人一前一后上到二楼，周怀若丢盔弃甲一般扔下包包和外套，脸朝下颓废地摔进沙发里，不管庄鹤鸣再怎么询问或威胁都没再有反应。

半晌，她听到庄鹤鸣走开的脚步声。一分钟后，他又迈步回来，在她脚边蹲下，拧开了一瓶什么东西，而后说：“有点疼，忍忍。”

该不会直接私刑逼供吧？

她一个激灵起身回头，见他正拿着棉签，要往她受伤的脚后跟涂药，手边还放着一个小小的白色药箱。她还没来得及反抗，便感觉伤口处一阵冰凉，然后就是药水起作用时带来的密密麻麻的灼烧感。她没忍住闷闷地喊了一声疼，庄鹤鸣连头都没抬，只轻轻地往她伤口吹了吹。明明他的动作温柔至极，嘴上却还是不饶人，说道：“活该你疼。打个车回来哭不也一样吗？都说了我给你报销车费。”

她撇撇嘴，委屈地问道：“你怎么知道我哭了？”

“眼睛再肿点儿，我就要怀疑你是路上被马蜂蜇了。”他一边絮叨着，一边拿出创可贴仔仔细细地将伤口贴上。

周怀若摸了摸自己的脸，嘀咕道：“哪有那么夸张。”

庄鹤鸣放好药箱，坐到她对面的沙发上，正色道：“说吧。谁欺负你了？”

周怀若又把脸埋回沙发垫上，闷闷不乐的，一个字都不肯说。

庄鹤鸣随意地猜测道：“那位顾女士，还是陈立元？”

周怀若觉得他举的例子很奇怪，问：“陈立元为什么会欺负我？”

“这不是得问你吗？他跟你说了吧？”

“说什么？”

看来是没说，庄鹤鸣沉吟片刻，正寻思着要怎么糊弄过去，周怀若又突然醒悟一般，说：“啊，那个啊？说了。”

她话里的“那个”，是指两人告别时陈立元说的那句和她成为朋友很高兴的话。庄鹤鸣却心里一紧，脸色都变了，问：“那你答应了？”

答应？这种话是需要答应的吗？

她脑门上顶着一个问号，斟酌后答道：“我——我回答了。”

庄鹤鸣的脑门上也出现了一个问号：“回答了什么？”

“我说我也很高兴。”

庄老板头上的问号放大了一倍，道：“人家跟你告白，你回答说你很高兴？”

“陈立元要跟我告白？”周怀若险些惊坐起，强撑着上半身像条搁浅的小鱼，“他什么都没说，你怎么会知道的？”

“他买双新袜子都要跟我说。”

周怀若心里突然有些不是滋味，说：“那你就……就这么由他去了？”

庄鹤鸣微怔，发觉她脸色不对劲，不敢轻易回答，思量半晌，才终于答道：“这是他的自由，我没有立场反对。”

周怀若坐起身，庄鹤鸣却心虚一般，一次次将视线回避。从进门忍到现在的情绪像是感受到潮汐力般在心中涌起，她再次红了眼圈，问道：“是没有立场，还是根本无所谓呢？无所谓他告不告白，无所谓我答不答应，反正都与你无关，对吧？”

“当然不是。”

“那你为什么什么都不做？”

四周万籁俱寂，两人都沉默了近一分钟，他突然道：“我以为，这样对你才是最好。”

对庄鹤鸣来说，周怀若和陈立元就像天平的两端，他无法取舍，更无法代替他们之间的任何一个做出选择。他不能擅自要求陈立元告白或不告白，更不能擅自替周怀若回答可以或不可以，他所能做的无非是将选择的权力交到他们各自的手中，并且在送她出门的时候说一句，我等你回来。

什么都没有做不是因为不重视，而恰恰是因为他太在乎。

“什么对我才是最好？我跟陈立元在一起吗？为什么？”说着说着，她眼泪扑簌簌地掉下来，“庄鹤鸣，我从来不祈求任何人来救我，我只想自己救自己，可为什么会这么难？这么久以来我一直都在努力了，为什么你就是看不到，为什么他们就是看不到呢？”

太阳穴突突地发疼，她预感到自己今天非在这里爆发不可了，这些日子里每一个白天、每一个黑夜感受的恐惧都迎面扑来。她一直故意蒙着眼欺骗自己，骗自己那些令她觉得害怕的东西都不存在，告诉自己只要一直背负着信念往前行进，哪怕是一无所有的生活也能够渐渐地好起来。

但事实好像不是这样的。事实是任由她如何挣扎，都走不出妈妈留给她的阴影；事实是任由她如何靠近，都无法成为庄鹤鸣眼中心中那个与众不同的存在。

她还没想完，突然被抱住。

庄鹤鸣的呼吸就响在耳边，微湿的气息吐在她颈侧，将原本白皙的皮肤灼成粉色。他那样珍视地抱着她，就像正抱着一个已经在暗夜中踽踽独行很久，面对浑身淌血的伤痕再也没有力气假装坚强的小女孩。

她听到他叹了一声，用那种很心疼又很无奈的口吻道：“为什么要哭呢？你一哭，我就没有办法了。”

心脏猛地酸了一下，周怀若就这样靠着他的胸膛，听到他那句话不知为何更觉得委屈，顿时失去刚才要和他对簿公堂的气势，两只手

抓住他的大衣衣襟，“哇”的一声浮夸地哭了起来。

庄鹤鸣拿她没办法，只能更紧地搂住她，安抚地拍着她的后背。

周怀若光哭还不够，一边抽泣，还要一边抱怨着什么。庄鹤鸣没能全听懂，只零碎地捕捉到一句“为什么都不喜欢我，都不喜欢我是周怀若”……

“我喜欢。”

说这句话时他没有思考，也正是没有思考才没有克制，脱口而出。

怀里正哭得一抽一抽的人险些被这句话呛住，变脸般瞬间收回哭泣的表情，愣愣地问：“什么？”

“我说我喜欢。我喜欢你是周怀若，不管八年前还是现在，富有还是贫穷，受人欢迎还是不受人欢迎，我都喜欢。”

周怀若惊得说不出话来，湖水似的眼睛微眨，落下最后一滴泪来。

“只要你是你，我就很喜欢。”

（3）

“你说八年前是什么意思？”周怀若从庄鹤鸣怀里挣脱出来，用手随意地抹了一把脸上的鼻涕眼泪，“你八年前就认识我？”

思绪从重逢那天开始检索，她试图找出他曾表露过的蛛丝马迹。最后停留在她入住香舍的第一天，在他卧室的书架上发现的那本作业本。

她呆滞地问道：“你书架上那本数学作业本……难道是你故意留

下来的吗？”

庄鹤鸣目光中有一闪而过的诧异，问：“你怎么知道的？”

“我那天收拾书架发现的……那是我高中想给你塞情书的时候太紧张，不小心塞错的。”

这回轮到庄鹤鸣愣住了。他一直不知道周怀若的作业本会出现在他书包里的原因，以为是什么机缘巧合之下闹的乌龙，却没想到过，它是一封没机会被他拆开的情书的替身。

他一眨不眨地看着周怀若，黑色的眼睛牢牢地将她锁住。

他问：“那你不好奇，为什么我会特意留下它吗？”

“我不知道……我以为你是随手塞进去，后来忘记扔了……”所以她连问都没敢问他，生怕勾起往事，勾起那些自己一头热地喜欢他，他却压根儿不知道自己是谁的尴尬。

“从前认识的或不认识的女生送给我的书信礼物，如果攒了下来，少说也有好几箱了，我却唯独留着一个你用完了的作业本，你说是为什么？”

周怀若咬着手指，支支吾吾道：“因为你……特别喜欢数学？”

他拿开她的手，像阻止自家乱啃手指头的小朋友，同时微不可闻地轻叹一声。

“因为我一直希望，有一天能亲手把它还给你。”

只可惜，变故横生，时光如潮水般将一切冲散。

（4）

十七岁的庄鹤鸣第一次注意到那个高马尾女生，是在她刚入学参加新生军训的时候。

那天他跟着学生会一块儿给新生送清凉，她引人注目首先是因为白。那种牛奶一样的白净在一群灰头土脸的军训新生中显得非常扎眼，他甚至听到同行的其他学生会干部低声议论她是不是抹了粉底。直到亲眼见她坐到“病号连”的树荫下挽起外套衣袖，露出那截同样白皙如玉的手臂，他才想，应该没有人会无聊到连手臂都涂上那样白的粉底吧。

他无暇多想，和同学们一块儿忙碌起来。饮料一路分发到“病号连”附近，听到教官正喊了一句“小白”，余光瞥过去，她在一众蹲坐树荫下的新生中如抽枝的小树苗一般站了起来。

听闻今年带队的教官多数是从保安服务公司请来的，真材实料不知道有没有，眼下看来，作威作福倒是一把好手。负责“病号连”的教官颐指气使地指挥她道：“小白，你带着这群人围着操场活动一圈，把废弃垃圾和树叶捡起来。听清楚了吗？”

庄鹤鸣闻言心中不快，侧头看了一眼。“病号连”里女生居多，能在那儿待着就说明是身体抱恙，因此个个面如白蜡、无精打采，面对盛气凌人的教官时更是大气都不敢出。

学生都这样了，还敢强制他们劳动？

身为校学生会干部的他心火一下就起来了，还没来得及动作，听到小白脆生生地喊了一句："报告教官！"她羚鸟般清脆笃定的声线在休息时间的训练场上显得尤为抓耳，"这里都是中考全市排名前百分之三十的优秀学生，每一个都聪明绝顶，只是因为身体不适而暂时在这里休息。如果您需要我们完成什么任务，请直接指示，不需要给我们起什么昵称，因为我们……"她深吸一口气，将最后三个字说得铿锵有力，"不喜欢！"

那一刻，整个夏日的骄阳似乎全都映照在她身上，她漂亮得像一朵正在勃发的奶油向日葵，既不是鲜艳的黄，也不是娇嫩的白。天真而又明媚，盛开时带来漫山遍野的朝气美。

她是生机勃勃的花儿。

"病号连"的女生纷纷跟着她抗议起来，负责教官管理的领头发觉不对劲，火速赶来平息矛盾，安抚了学生后将那个教官带走了。"病号连"是送清凉的最后一站，准备的饮料只剩下半箱，几个女生干部一人拿上几瓶也就拿过去了，叮嘱他们男生去还堆满空纸箱的手推车。

走之前庄鹤鸣回头看了一眼"小白"，她正被几个女生拥簇在中间，大抵是在接受称赞，一张脸红得很明显。

有点可爱啊。他暗暗想。

第二次看到"小白"，是军训电影夜那晚在学校便利店，他给她买了一瓶饮料，当作安慰她偷偷哭泣的悲伤，也当作弥补送清凉错过的遗憾。

第三次见到"小白"，是正式开学后的高一体育课。他所在的高

三教学楼刚好在场地旁边，他刚好坐在能看到她的三楼的窗边。数学课，老师絮絮叨叨地讲着模拟考试的大题，他百无聊赖地转头，夏风拂过，穿着白色红边运动服的“小白”刚好在三分线上跃起，抛出去的篮球在半空中划出一道优美的弧线，稳稳落入篮筐。在他听来有些稀疏的掌声中她笑着扬起下巴，这种带点狂妄的自信不但没有引起大家的反感，反而让人觉得她天真得娇蛮。

同桌的陈立元在睡梦中转醒，见他望着窗外出神，便也探个脑袋来看，却只见到一群高一的小鬼在老师的指挥下开始绕圈跑，便问："你看什么呢？"

庄鹤鸣答非所问："我在想，这是我头一次知道，原来帅气和可爱可以同时存在于一个女生身上。"

陈立元正想细问，讲台上的数学老师突然怒喝："陈立元！不好好上课在那开什么小差？"

陈立元一个激灵立马站起，大声答道："我……我在看鹤鸣！"

"鹤鸣模拟考数学满分，你呢？一天天的就知道睡觉……"

敢情他开小差就要被喷到上辈子，鹤鸣开小差就是看风景……

课堂上学生们哄笑成一团，庄鹤鸣继续看“小白”跑步，眼睛里含着湖水一样温柔的光，对其他扰人的喧闹并不予以理会。她的体育课是每周一次，他上数学课发呆也是每周一次。就这样，他看了一学年。

在这一年里，她和他在图书馆一前一后地借过同一本书，在食堂后面于不同时间段中喂过同一只流浪狗，她在元旦晚会上用大提琴演奏的巴赫组曲，也是他最喜欢的那首。他在她上学快要迟到时故意和门卫说话给她留门，在她被别的干部抓到时，偷偷画掉她的名字。在每一节放学前无事可做的自习课上，把她的姓名隐去，当作素材写进日记或小作文里，哪怕被喜欢八卦的妹妹偷看到也仍乐此不疲。

在那时的庄鹤鸣眼里，“小白”就是周怀若，周怀若就是“小白”。是一个勇敢鸣不平的女孩儿，是一个运动神经不错，艺术细胞也相当发达的女孩，是一个可能别人看来普普通通，在他眼里却闪闪发光的女孩儿。是一个一看见他就脸红得说不出话，而他看见就会心脏乱跳的女孩儿。

直到她出现在他的雅思培训班上。那天他原本正和同学练习口语，她背着书包小跑进来，目光扫过他后一秒钟就红透了脸，用手里的书挡去半张脸，猫着腰溜到第二排的位置上坐下。

后来那成了她的专属座位，二排五座。

后来他无意间听到同组的男生低声议论，那面高三和高一之间的信息壁垒才终于被打破。他才知道她是传闻中城内首富家的大小姐。

怎么说呢？

在那之前，他在几百米开外的三楼窗边远远地看她在操场上奔跑、跳跃，物理空间上的距离遥远得让他都难以听见她的声音，但他从来没觉得她距离自己有多远。可是那之后，哪怕她就坐在他眼前，他直起腰就能听到她咯咯笑着用流利的美式英语和小组成员对话的声音，

他却觉得，她与自己仿若相隔万里。

那个时候的他还自觉很渺小，自觉只是个生在普通家庭，成绩稍好的普通少年而已。住在城郊一栋一层的小平房里，父母为了供他出国，举合家之力才贷下十来万块钱，准备做他扣除掉全额奖学金后在国外生活所必需的费用。

年少的他对父亲的行径既不满又不解，直到有一天他亲眼看到父亲在车里和一个爷爷老屋的女租客卿卿我我，那些疑惑才终于得到了解答，剩下的唯有深深的愤怒、受伤和厌恶。向来自持的他勃然大怒，直接捡了块大石头往车里砸过去，那对男女如惊弓之鸟，他冲过去想和父亲对峙的时候，却兜头挨了一拳。

“如果你不想你妈下半辈子都一个人拉扯你们两兄妹的话，最好给我闭嘴。”

数十年后，父亲龇牙咧嘴地威胁他的这句话，仍然能清晰地在他耳边响起。

当然他没有保持沉默。不忠的爱情不是爱情，不忠的婚姻更没有任何苟延残喘的必要。父母之间无尽的争吵终于因此升级为分居，不善言辞的母亲遇上香树收获季，每天埋头于工作，只有父亲会偶尔觍着脸回来哀求原谅，一个家在他高考前夕变得支离破碎。这期间能令他感到些许开心的唯有两件事，一是雅思考试前他在书包里发现了小白的作业本，打算在离校前以此为理由再见她一面；二是他一次性通过了雅思考试，凭借着 8.5 的雅思高分和高中三年积累的超高绩点，相当顺利地申请到了耶鲁大学的入学录取通知和全额奖学金。

那年的高考题目不难，下了雨，他都记得。作为实打实的高考气氛组，他进考场无非出于一些难以言明的仪式感，想要通过这场考试真正为自己的高中时光画下句点，除此以外别无他想。因此他题做得很顺也很快，是八中第一个出考场的学生。

他艰难地穿过层层包围的送考家长和采访记者，冒着雨往家里狂奔。他知道培训班今晚有课，他想拿了作业本去见小白，哪怕只能说几句话也好，哪怕只能看一眼也好。

那个奶油向日葵一样的、照亮他整个高三时代的少女。

但意外的，在家附近的某个路口，他看见雨幕中驱车而过的爸爸。他向来没有带伞的习惯，只记得那天的雨点落在皮肤上时窸窣难忍，父亲的车与他迎面擦过，副驾驶上那个浓妆艳抹的女人露出得胜般的笑容，而他的父亲把着方向盘，向他投来的眼光冰凉如雪水。

那不是一个父亲看向儿子的眼神。

那是一个人扫过一片稀疏平常的景色时，没有丝毫留恋的眼神。

雨水无声地泅入衣物，他的视线在那辆熟悉的车子消失后上移，天地间只有一张雨丝织成的大网，密密麻麻，令人无所遁形。

他继续朝家的方向跑。鸣叫着的救护车超过他往前行驶时，剧烈的不安险些将他击倒。回到家，只看到被抬上车的母亲和哭得说不出话的妹妹，他扔下背包，请求医护人员稍等，冲进母亲房里想拿上就医必需的证件和钱，却发现卧室内一片狼藉。

什么都没有了。妹妹哭着跑过来说，刚才她和妈妈回来时就什么都没有了，包括贷回来打算给他出国用的那些学费。起初妈妈还以为是遭了贼，结果在狼藉中翻出一把庄然扔下的钥匙，倒抽了一口气就倒了下去。

什么都没有了。

他拿上证件和手机，拉着妹妹坐上救护车，路上颤着手打电话给爷爷求救。那些年他们那一片的房价还没有飞涨，爷爷的租房生意也只是面向一些外来务工的工人，收的租金勉强够糊口。听完孙子的话，他大骂着庄然的不是，风风火火地拿上钱来了医院。

但爷爷年岁也大，各种病痛缠身，帮不了母亲多少。刚成年的他就拉着妹妹挨家挨户借钱凑医药费，昔日高傲少年的头颅一次次在他人面前低下。但借来的钱也仍然不够支付那每天都要重攀一次最高峰的医药费。

他就是这样走向他的十八岁的。医院，深夜，重病不起的母亲，睡在走廊长椅上的妹妹。

命运赠予他一次擢筋割骨的成人礼，将往日那个心高气傲的不羁少年整个打碎，重新锻造。在他被名为贫穷的巨手反复碾压、折磨的同时，他也看得更加清楚了，自己和那个站在金字塔顶端的少女之间的距离。

因此他再也没去见她，没有时间精力，也没有勇气。他被生活打压得瘦到脱相，原本意气风发的少年肉眼可见地变得枯槁。直到某一天陈立元的妈妈，也就是他口中的静姨来到医院，才终于在无尽的疲惫和绝望中为他带来了一点活下去的曙光。

这一切是如何一点点好转的，他也无法一一说得很清楚，只是每天按部就班地忙碌，顺着命运给出的指引坚定地迈步前行。高考成绩很快出来，他考得不错，国内 C9 大学招生办轮番来要人，学校都以他要出国去耶鲁为理由挡掉了。但他怎么可能还有机会去耶鲁呢？母亲的病尚未痊愈，妹妹还没成年，他又答应了静姨要帮衬着一起打理香林，种种情况堆砌，连离开本城的可能都没有，只能就近选一所还算不错的大学，权当是混文凭了。

回校确认志愿那天，是暑假的某个周五。他躲开所有同学悄悄地签了字，知晓一切的班主任只是沉默地拍了拍他的肩膀。

他走出高三教学楼，路过操场，阳光很猛烈。恍惚间他好像看见小白站在那里，穿着白色红边的运动 T 恤，高扬的马尾，笑得明晃晃。

那一刻，在眯起双眼导致光晕无限聚合的视线里，他头一回意识到，原来真正的告别，当真全是悄无声息的。

告别阳光下的小白，告别十七岁无可限量的庄鹤鸣。告别那份在八中的夏风中萌了芽，却无力抽枝吐绿，更遑论长成参天大树的喜欢。

那是他最后一次走出八中的校门，最后一次闭着眼许愿。

周怀若，不要在人潮的涌动中忘记我。

（5）

回首望，不过八年而已。

这八年对庄鹤鸣而言，是触底反弹的八年。他边帮母亲打理香园，边完成了大学学业，香园在他刚开始上大学时便乘上了时代的红利大船，利润暴涨，家传的制香工艺却在他临近毕业后面临无人传承的窘况。妹妹一心进军自媒体行业，母亲又逐渐年迈，只剩一个从小跟在母亲身边种香制香的他可以依靠。但幸好，这次没有那种被医药费和债主追得无路可逃的窘况了。于是他再一次放弃了深造的打算，成了一名全职制香师，同时开始着手帮母亲申请非遗项目。爷爷在他毕业后一年与世长辞，留下遗嘱指定他继承了那栋还在收租的老房子。为了方便管理租房和香园，庄鹤鸣在二者中间开了一家香舍，在售卖手工香料制品的同时偶尔承办些制香课程等活动，也算为非遗项目的保护传承做贡献。

生活就这样从指间流淌开去，八年转眼而逝。他本想这样平淡地过完一生的，可是有些人和事就这样猝不及防地出现，牵动着他的心，使他无法脱身。

而在周怀若眼中，这八年间她虽没能追赶上她的星星，但也算活得精彩而深刻，从没有想到自己当年错失的一场暗恋背后是这样繁杂而激烈的戏剧冲突。原来，那些年她以为他注意到自己的眼神、动作、神态，竟从来都不是她自作多情。

周怀若望着庄鹤鸣，良久，抬手轻抚他的脸。英挺的下颌弧线，微暖的体温，这是时隔八年后再次真切地出现在她眼前，将她从破产的泥沼中拉起，用尽所有无声的温柔保护着她的庄鹤鸣。

“庄鹤鸣，那时候你觉得害怕吗？”她的语调里满是怜惜与柔软。

“说不害怕当然是假的。”感到害怕是人之常情，这是人的本能。最重要的是，要有直面它的勇气。

“我被人从别墅里赶出来，一个人流浪街头的时候，也非常害怕。”

“我知道。一直以来你都做得很好，今天也是，就算哭了也很可爱。你有多努力，我全都知道。”

周怀若摇摇头，说：“但是我很幸运，即便是害怕，几个转角之后就遇到了你。你给了我一个无论风雨都可以回来的地方。所以我很抱歉，在你害怕的时候，我没能出现在你面前。一直以来，我好像都只是头脑发热一样喜欢你，觉得喜欢你就像喜欢一颗很远的火流星，所以把你的梦想也视作我的梦想，连去耶鲁也是因为听说你在，那四年里每一次去摄影系蹭课都幻想着说不定哪天就坐到了你旁边……可是我从来都不知道原来你也在看向我，不知道我们没有交集之后你独自一人承受了那么多。我一直以为只是我在偷偷单恋你，是我在追赶你……”

她愈说愈有要哭鼻子的趋势，他含糊地笑了一声，俯身过来，温

柔地吻在她嘴唇上，而后，吻上她的脸颊、睫毛和额角。

“那从今以后，你可以光明正大地喜欢我了。周怀若，爱你的人一直都在这里，无须追赶。”

第十章

「你也一定能够结成上等的沉香。」

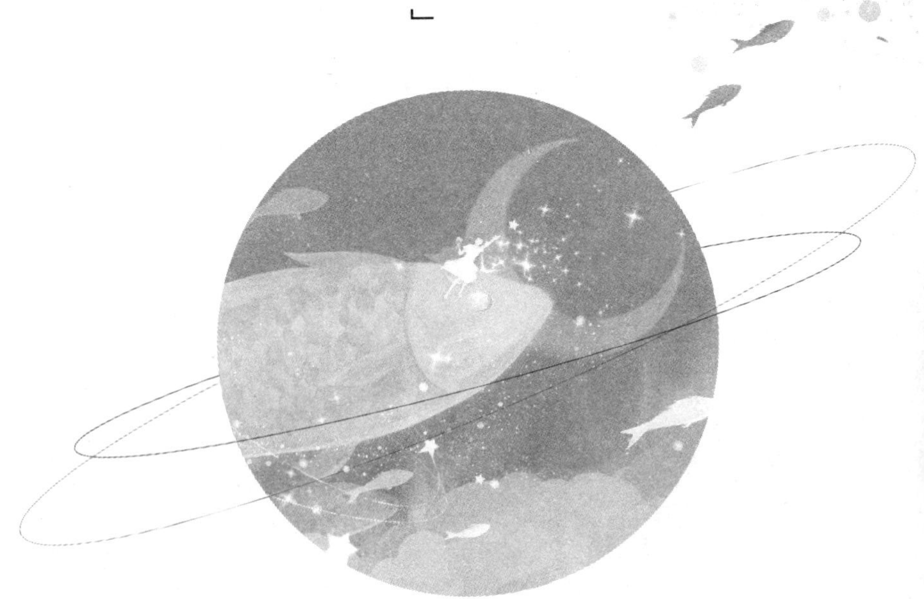

N I S H I Z H A O Z H A O M U M U

（1）

小龚外出回来，看到玄关鞋架上摆着周怀若早上穿出门的那双红底高跟鞋，心中隐有不解。再巡视一圈，原本声称一定要在家等周怀若，并以此为借口支使她去跑腿的自家哥哥也不见踪影，仅有二楼隐约传来人声，招得她体内的八卦雷达开始发动，吱哇作响。

她正准备脱了鞋悄悄地摸上二楼探探情况，身后的大门不知何时又被打开了，一道浑厚的男声疑惑地响起，问：“你在这儿干什么？回自己家还弄得跟做贼似的？”

突如其来的高音量响在寂静的一楼，荡起些许微弱回声，还顺带掐灭了二楼本就细声的对话。小龚又气又急地捏拳捶薯仔：“你快闭嘴！”这音量让她还怎么勘察军情！“你上辈子是个大声公吧！”或者就是颗顽石，专门横亘在她八卦的大路上！

向来任她欺负的薯仔往后闪了闪，赶小鸭子回窝一般催促她道：“你别把我刚买的东西捶坏了，赶紧上楼去。”

小龚不满地撇嘴，率先抱着她的跑腿成果小跑上楼。刚进客厅就正好撞上从卫生间出来的周怀若，她刚卸妆洗漱了一番，脑袋上顶着浴巾，目瞪口呆地看着各自提了一大堆东西的小龚和薯仔。

她呆呆地问：“今天……是什么大日子吗？”

“不是呀！”小龚笑得清爽，“这是特意给你准备的！”

听到声响的庄鹤鸣从房里出来，看见自家妹妹和助理的阵势，才想起自己那早被忘到九霄云外的计划。周怀若看着小龚抱着的巨大蛋糕盒，还有薯仔怀里那一大束奶油向日葵，稍一思量，从耳朵开始发红，眉眼含羞道：“这么快……就知道我们在一起了吗？”

小龚的嘴巴在惊愕之中不断张大，她用一种看外太空生物的目光望着周怀若，险些失声，问道：“你说真的？等等，你说的‘我们’是指你和我哥对吧？不是哪个突然出现的高富帅未婚夫吧？”

言情剧看太多了，实在容易留下些后遗症，例如周怀若这样比小说女主角还要小说女主角的人设，就总该在她和男主角渐生情愫准备私订终身的时候，突然有一个从国外杀回来的富可敌国且一往情深的前男友乃至前未婚夫，每天开着名贵超跑抱着九十九朵红玫瑰在她家门口，深情款款地等复合。小龚甚至幻想过，如果周怀若硬气地拒绝掉高富帅的复合请求，那位不服输的高富帅甚至有可能找上门来甩一张支票给哥哥，让哥哥离开她。等到那时候，她是要帮哥哥收下那张支票呢，还是帮哥哥开一张面额更大的支票甩到那位帅哥的脸上呢？

这个充满戏剧张力的问题困扰她许久，导致小龚当晚睡觉都做了个自家哥哥失恋哭成鼻涕虫的噩梦，醒来立马决定选择后者——不，最好是让这两种情况都不可能发生！

眼看周怀若小鸡啄米般地点头，小龚兴奋得如土拨鼠般尖叫，将手里的蛋糕一把扔到茶几上，耍军体拳似的挥着小拳头，把薯仔的手臂当成小鼓，激情地开捶，喊道："成真的了！"

庄鹤鸣早预感到小龚的疯魔，就怕无辜的蛋糕遭了殃，赶紧过去拆开检查。做成相机样式的马卡龙色系双层蛋糕精致且诱人，周怀若看后微怔，这不像是订来庆祝情侣纪念日的蛋糕呀？难道……她很快猜到订这个蛋糕原本的用意，试探性地问道："这是想订来给我庆祝试拍成功的吗？"

小龚还沉浸在兴奋中，在庄鹤鸣开口前就成功地抢答，道："对呀！钱是哥哥出的，蛋糕是我挑的！我可是专门打车到城西那边的网红店，排了一个多小时队呢！"

一旁的薯仔也不甘示弱，举手邀功道："我也有份！花是我开车去买的，这个品种我跑了大半个城市才买到！不过……钱也还是老板出的。"

周怀若感觉心头微暖，血液在刚才被凉水冻僵的手指头里汩汩流动。她揉揉发热的眼睛，低声说："谢谢……可是我没能试拍。那个顾女士原来跟我们集团有点关系，我们破产连累她亏了不少钱。她知道我的真实身份之后……直接取消了这次合作。"

小龚没想到是这个走向，她本以为按照先前的设定，未来老板初次见面就愿意花五万块钱买周怀若的作品，试拍怎么还搞出这一揽子陈年旧怨？想罢，她怒从心生，恼怒地叉腰，痛骂道："亏钱这种事哪是人为控制得了的嘛。我还以为她是个多慧眼识珠的人呢，没想到也是个脑子进水的！我看她别搞艺术了，往脑壳上插根水管，帮忙解决世界干旱问题吧！”

薯仔也附和道：“对啊！破产这种事，受到最大伤害的明明是你，她亏钱怎么能怪到你身上？”

连向来不参与集体吐槽的庄鹤鸣都启唇，冷冰冰地补了一句：“俗人。”

不得不说，在受了委屈之后能有人站在你身边替你抱不平的感觉，确实比全世界人都在你光芒万丈的时候一起称赞你要来得更加打动人心。从前她过惯了一帆风顺的日子，习惯了不管做多小的事情都有人站在她身边为她鼓掌喝彩，总天真地以为那些虚与委蛇其实是真实存在的，以为自己真的无所不能。所以当打击真正来临的时候，才显得那样不堪一击。

她低头把眼眶里的泪水揉掉，反复地说谢谢。小龚心疼她，上前来抱住她，安慰道：“别哭呀，姐姐。外人不知道你有多好，我们却都知道的。”

因此，才这样珍惜和喜欢这么好的你呀。

（2）

但要说周怀若当真能从这次打击中迅速恢复过来，那肯定是无稽之谈。顾女士的拒绝不仅代表着她失去这次拍摄电子刊的机会，更从

宏观意义上说明她进军高端摄影圈的可能性小之又小，起码现在来看是如空中楼阁。

唯有等待时间来解决。等待时间将周氏集团的丑闻完完全全地变成过去式，等待时间将人们心中有关周怀若这个名字的偏见全部抹去，把她变成一个平平无奇的本城姑娘。

但具体需要多久呢？无人知晓。

人很容易在一次关联着创伤的挫败之后陷入深深的自我怀疑，然后躲进厚厚的自我保护当中，认为只有这样一份隔绝了真实的安全才能真正庇护自己，与她心底深处的渴望做出呼应。

庄鹤鸣和小龚分别倚在房门两边，看着在床上躺了将近四天的周怀若。

小龚说："再这样下去，哪天她起来发现自己和床垫长在一起了，我都不会觉得惊讶。"

庄鹤鸣说："根据临床验证，会和她长在一起的不是床垫，而是褥疮。"

小龚拍拍自家哥哥的肩，给他看手机上搜索出来的"褥疮预防措施"，道："那定期给她擦身和涂药的任务就交给你了。"

庄老板腾地烧红了脸，赏给妹妹一个栗暴，道："说点儿人话吧。跟人沾边的事儿怎么就一点都不干？"

"我能干什么？我又不是她男朋友。"小龚噘嘴摸摸被他敲痛的脑袋，"怎么想也是你负责鼓励她安慰她，带她去散散心让她振作起来吧？”

庄鹤鸣蹙眉，若有所思道：“这样有用？”

“不试试看谁知道有没有用？不过……”小龚眨巴着星星眼凑到哥哥面前，“能带上我吗？我保证绝对不打扰你们，就是想见证一下你们的第一次约会。”

庄鹤鸣垂眸瞟她，伸出一根食指戳她的脑门，嫌弃地将她推开，道：“你以为演话剧？给你预留第一排？”

小龚的表情多少有些鸡贼，偷笑道：“你这么想也不是不行啦……”

庄鹤鸣了然地点头，抱臂似笑非笑地说道：“那以后你和男朋友恋爱，我也要坐第一排。”

小龚立马装没事人一般伸了个懒腰，边回房边打了一个长长的呵欠：“哥哥晚安！”

庄老板对着她的背影开始絮叨：“不是才刚醒吗？一天就没个清醒的时候？”

“刚在梦里遇见个霸道总裁，我得再睡一觉，把剧情续上。”

你当做梦是在拍连续剧呢，还能分集播放？

直到妹妹彻底消失在视线里，他才收回目光，走到周怀若床边，蹲下，戳戳抱着被子睡得正香的某人的脸颊道：“起床。”

周怀若扭头，继续睡。

“再不起就错过早饭了。”

周怀若翻身，顺带把被子拖过去。

庄老板绕到另一边，继续戳戳某人的脸，摸摸睫毛，捏捏鼻尖，玩玩头发……最终还是觉得戳脸的手感最好，因而乐此不疲。

正闭着眼的周大小姐转醒，闷闷地来了一句："你当我是包子吗？"

"能咬一口试吃吗？"

"你先让我咬。"

庄老板二话不说把脸凑过去，周怀若望着眼前放大的俊颜，强忍着羞赧和心动，低低地笑道："这包子看起来脸皮挺厚的。"

"是吗？那要不要我躺上来，再和你一块儿蒸会儿？"

周怀若登时弹起，顶着个鸡窝头，脸红得跟蒸过桑拿一样。庄老板得意地轻笑，牵着她的手，道："走吧。"

她仍想赖会儿，坐在床上不肯动，懒懒地问："干什么去？"

"去约会。"

（3）

于是乎，全年无休的虚谷香舍有了第一次休市，薯仔在上班半小时后火速地贴出告示，上书：东主有喜，首次约会。

而周怀若更是紧张兮兮地在小粪房里捣鼓了近两个小时妆面，才终于穿着小洋裙，悄悄走出房门。

此时庄鹤鸣正背对着她坐在沙发上看手机。周怀若在他右侧探出脑袋，朝他绽放笑容，问："看什么呀？"

他侧脸看她，目光深邃且温柔，含笑答道："在看点评软件上所有关于约会场所的推荐。"

"那你决定好去哪里了吗？"

"目前制订了两个计划。"

"嗯？"她顺势坐到庄鹤鸣身边，眼睛清亮地看着他，睫毛又黑又长，是双难得的美目。

她说："说说看？"

"计划 A：十点出发，我开车带你去吃法国料理，那家你在微博上说以前最喜欢的空中餐厅。下午一点半，在隔壁的影城看你喜欢的那部电影续集，你以前说过喜欢第一部，我看到影评说第二部也非常感人，纸巾我会备好。三点整电影散场，可以在附近散散步，去你爱去的那些美甲店或美容院也可以，我会慢慢等你。晚上七点去吃日料，九点带你去江边看看夜景，运气好的话可以上游艇夜游清淮江。如果你需要香槟，我会交代他们准备好。你觉得怎么样？"

完全是为她量身定制的约会计划，如果放在一年前，她肯定欢天喜地、毫不犹豫地答应，但眼下她心里隐隐生出一些犹豫。

或者更准确地说，是害怕。

她没有给出任何肯定或否定的回答，而是笑问："那计划 B 呢？"

"计划 B 就是，去哪里都可以。我会开车载你，每到一个路口我们随意决定要不要拐弯、朝哪个方向拐弯，或者猜拳决定也可以。如果在路上遇到感兴趣的店，我们就停下，无论高级餐厅还是路边摊，

都一起试一试。这个计划的重点是……不仅是今天，我们可以开始提前预习往后的每一天，一起去体验安排好或没安排好的大事小事。你想选哪个？”

“B！”周怀若差点蹦起来，眉欢眼笑地挽住庄老板的手臂，像复读机一样不停地重复她的答案，“BBB！”

他低低地笑起来，另一只手捏捏她的脸颊，说：“你是 BB 机吗？不过还是恭喜你，这是满分答案。”

（4）

大冒险似的踏上前路未知的征程，天空高远，云层犹如被撕碎的棉絮，洋洋洒洒地漾了满天。近二十分钟的车程，五个回合的猜拳，每回庄鹤鸣都借口说要顾及方向盘而后出，每回都存心让她赢。

停靠的第一站是平价冰激凌店，周怀若翻了翻价目表，略带讶异道：“十块钱真的能买到一个牛奶圣代？这也太幸福了吧。”

庄鹤鸣付过款，接过店员递过来的小票，侧身告诫她道：“太凉了，吃几口就好，不然又闹肚子。”

周怀若领命，准备腾空双手迎接圣代。连衣裙上没有口袋，她顺手把手机放到庄鹤鸣的外套口袋里，双手接过小票。

等待出餐之际，又看到门口摆有卖关东煮的小摊，于是她撒着娇央庄老板给她买。庄鹤鸣拗不过她，安顿不懂事的小朋友一般反复叮嘱她在原地等，独自小跑着过去挑了几串不辣的丸子。

庄鹤鸣转身往回走时，周怀若在雪糕店旁的一个小角落蹲成一朵小蘑菇，边挖圣代边像向日葵似的望着他。那一瞬间，看着他逆着光而来，她忽然想起一段台词：总有一天，你的心上人会身披裙带菜，脚踩牛肉丸，手持风琴串找到你，你要等。

她笑眯眯地接过他递过来的关东煮纸杯，把吃剩的圣代交还给他，挽着他的手臂眼睛亮亮地笑道："怎么办啊？你一给我买吃的，我就觉得自己真的好喜欢你。"

"只是买吃的才喜欢？"

"当然不是！平时就是牛市了，只是这时候直接涨停了嘛。"

庄鹤鸣含糊地笑了一声，深知她是故意抱大腿，但还是觉得无比受用，抬手宠溺地捏捏她的脸。

消灭完关东煮，周怀若已然有些撑了，摸摸小肚子打了个饱嗝，将手伸到庄老板眼前，摊开。

他有些莫名其妙，抬手开始摸索身上的各个口袋，问："要什么？纸巾？口红？"

她指指他右边的外套口袋，刚巧他的右手正晃过那附近，在她的示意下动作微微一滞。

然后，他红着俊脸将手伸过来，覆上她的手，再慢慢地十指相扣。

本意是问他要手机的周怀若呆住，感受到他手心微暖的体温，心里仿佛一下炸开无数朵粉红色的焰火。

这是第一次，两人认认真真地牵手。

牵的是，十几岁那年，最初让她心动的少年的手。

（5）

车辆径直绕过商业区驶往边缘地带，本就不算晴朗的天空逐渐阴沉，积雨云汹涌而至。庄鹤鸣远远看见了离城的收费站，特意放慢了车速，说：“再开下去就出城了。”

周怀若兴致勃勃地握拳：“来来来，我选出！”却连猜三局都打成平手。

周怀若笑倒在副驾上，庄鹤鸣含笑望她，沉声问道：“出了城，有什么想去的地方吗？”

周怀若摇摇头，道：“我对这附近也不是特别熟。”

“不一定是这附近，远一点也可以。”

“真的？”

“真的。”

尽管得到肯定的回答，周怀若心中还是有些迟疑。直到抬眼对上庄鹤鸣的目光，那双黑曜石般的眼睛平静深邃却又干净纯粹，温柔得犹如一片能无限包容她的海。

她深知自己可以无条件地信任他。

“我想，去看我妈妈。”

（6）

陪着周怀若站到会见室那块巨大的隔音玻璃前，庄鹤鸣第一感觉是如释重负。

首先庆幸的是，今天并非什么法定节假日，否则他哪怕是神仙也没法儿满足周怀若这个毫无征兆的愿望；其次，庆幸自己当初留在本市上大学且修读了法学专业，虽然自己并没有从事这个行业，但积累下来的人脉让他不费吹灰之力就预约到了合法探视；最后……

最后也不知道想庆幸什么，他侧头看着周怀若因紧张而发白的脸，便本能地将所有想法抛诸脑后，下意识地握住她的手。本就瘦软的小手如今更加无力，掌心凉得惊人。

他低声地安抚她：“不怕。肯定能见到的。”

周怀若与他交换了一个眼神，轻轻回握当作回应。

其实她并不是害怕见不到妈妈，而是害怕“妈妈”本身。

作为一个他人眼中“一出生就在罗马”的小孩，周怀若的前半段人生旅程开启的理应是“简单模式”。一出生就是家族里的长孙，哪怕很长一段时间都被八卦媒体称为“周氏私生女”，但在后面永远都会再加上“未来继承人”的头衔。但事实上是，遵循宇宙本质的守恒定律，物质上的简单模式里永远随机附赠精神层面的艰难模式，里面隐含着难度系数炸裂的“大 BOSS”，即她母亲本人。

如果要让周怀若用一个词来形容她母亲周沅，她首先想到的绝对是“凉薄”。如果还能在前面加上一个修饰副词，那么所有表程度的

词语都会在周沅身上黯然失色，周怀若思来想去，觉得也许这就是她母亲的天性。

就像有的人生来就温柔，有的人生来就好动，周沅生来就是冷血的生意人，讲不了什么温情不温情。她爱海只爱海的山肴海错，爱天只爱天的晴空万里，她必须从事物中得到某些好处，凡是不能直接有助于她获得利益的，她就都将其看成无用之物，弃之不顾。

据照顾周怀若的一个帮佣阿姨说，直到周怀若出生的第三个月，终于有点儿白白胖胖的可爱婴儿模样时，周沅才肯伸手抱她。在此之前，周沅哪怕是经历了剖宫产躺在妇产科病床上，看到周怀若的第一眼都是无比嫌弃。她拒绝了和自己刚出生的孩子的第一次肢体接触，给出的理由是："又丑又皱，跟个核桃似的"。

周怀若六个月时，才终于见到爸爸。据说，周沅当场拒绝了她爸爸的深情求婚，只扔下一句："孩子是我的，我怀了36周零3天，挨了一刀生下来的，随我姓，我养得起。你只是贡献了几条染色体和一些可能和我形成互补的优质基因，除此以外再没有别的用处了。"

周怀若长大后听说这些话时，觉得传言还是过于温柔了点儿，她母亲当场说的话绝对比这可恶上万倍，才逼得她父亲人间蒸发，从此再不顾她们母女俩的死活。

周怀若上幼儿园后，和周沅约定好每个月第二个周五接送她一次，但一年至少有七个月周沅会忘记，直到天黑才遣秘书来把玩滑梯玩到快睡着的她接回家，第二天继续像没事人一般踩着高跟鞋去上班，全然不理会一个小孩儿从满心期待到大失所望要经过多痛苦的煎熬。

周怀若上小学时，开始对学校周边小店里的零食感兴趣，特意攒了满满一书包想拿回家跟妈妈分享，结果周沅只是在翻文件时瞥了一眼，嗤笑道：“你是物极必反了吗？遗传到的净是些劣质的艺术基因也就算了，人怎么也越活越寒酸呢？”她那时没听懂，只感觉到妈妈不喜欢，强忍着眼泪走出书房，躲到帮佣阿姨的怀里哭。

到了高中，周怀若已经被周沅训练得很听话。她已经很清楚地认识到，妈妈的爱绝对不是无条件的，如果她想要，就必须亲手挣来。她和周沅之间已经形成一种非常明确的关系，她的筹码是成绩、名次、外貌、特长、社交能力等能给周沅带来额外赞誉的东西，而周沅的筹码是零花钱、纪念品、名贵礼物、公司股份和偶尔对她展露的温柔笑意。尤其是最后一项，对周怀若有着至高无上的吸引力。她们各自积攒筹码，公平交易，但这样的公平是建立在大资本方的绝对优势之上的，也就是说，周怀若作为周沅的附属品，她的资本之所以拥有价值，是因为周沅允许她有价值。周沅宠她是没错，但绝对没把她当一回事。

周怀若认识到这一点，是申请大学之后，留学中介把经由周沅审核过的耶鲁的录取通知转达给她。

隔音玻璃后的铁门忽而打开一条缝，里面透出些许刺眼的白光，瞬间将周怀若从回忆中拉出，返回现实。看到门后一个酷似周沅的身影，她几乎是下意识地往后退了一步，庄鹤鸣以为她是紧张，忙扶着她坐到

仅有的一张椅子上，而他站在她身旁，一只手安抚般轻揽她的肩。

周沅从门后走出，一身宽松的蓝色囚服显得空空荡荡，昔日海藻般的黑色卷发剃成了露耳短发，一张脸白得很可怕，是那种病态的、暗青色的白，透过青花瓷裂纹般的皱纹显出些许无能为力的老态。

起初，周怀若还能稍微控制着，只是无声地掉眼泪。直到周沅坐下，她颤抖着手扶住庄鹤鸣递到她耳边的话筒，里头传来周沅那一声很熟悉又很陌生的“好久不见”，那些压抑在胸膛里的声音终于一点点迸发出来。

周沅没哭，只是颤抖着唇，一动不动地盯着对面的周怀若，握住话筒的手因为太过用力而发白。她力图轻描淡写地发问，道：“哭什么？妈妈不是好好地在这儿吗？”

周怀若仍旧没有搭话，只是眼泪在噼里啪啦地掉，惹得在一旁递纸巾的庄鹤鸣有些手忙脚乱。周沅仔细地端详了周怀若一番，问她：“你今天穿的是什么？哪个牌子的定制春装吗？怎么感觉这设计师的品位有点下降了。”

周怀若抽抽搭搭地回答道：“我哪里还有钱买什么牌子的春装？这是我在淘宝上一个独立设计师的小店，购物节打折买的。”

周沅的表情仿若吞了苍蝇，眼里的不甘熊熊燃烧，呵斥道：“我教过你多少遍？我生下你，是为了让你享福，你穿这打折货是想侮辱谁？”

周怀若一边哭着，一边声音非常孱弱无力地问她：“这么久没能见面，你不问我过得怎么样，不关心我有没有地方吃住休息，只关心我有没有穿大牌的高定春装吗？”

周沅被这句话噎住，觉得体内的血液全部化作具有腐蚀性的强酸，四处奔突侵蚀着五脏六腑，眼眶里充满了如滚烫的岩浆一样厚重的液体，但不知为什么偏偏就是哭不出来。早在很多年前，她的泪腺就已经退化了，她最不需要的就是这种在生意场上毫无用处的器官。在周怀若看不见的地方，她狠狠地掐住自己的掌心，呆滞地笑了一声，不知是安慰女儿还是安慰自己，说：“你一个二十三岁的成年人了，怎么会没有地方吃住，没有地方休息呢？”

周怀若哭道：“这不是我有没有的问题，是作为妈妈，你应不应该关心的问题。”

“又来了。”周沅露出那种了若指掌般的笑，“你明知道我不是普通的妈妈。”

周怀若实在没有力气和周沅辩驳，这也是她一直没敢来探望周沅的原因，她知道无论自己再怎么在妈妈面前展现脆弱、显露委屈，周沅都不会分给她一丝一毫的心疼和怜悯。妈妈只会说，做得好是你应该的，做不好就是你的错误，怎么要我来补偿你呢？

但庄鹤鸣可是连她皱一下眉头都会心疼得不行的存在。眼下看周怀若哭成这样，他也顾不得其他了，直接半蹲下来给她擦眼泪，将她抱进怀里，让她趴在他的肩上。周沅这才注意到庄鹤鸣，从侧脸看倒是长得周正，脸部轮廓非常美，光看脸型和身材倒有些秀场名

模的味道，只是那一身深色系的低调着装，怎么看都看不出几个名牌的标志来。

她便念叨一句："你现在选秘书的眼光倒是变了，从前不是说，只看能力不看外表吗？"

会见室里很安静，听筒就在周怀若耳边，抱着她的庄鹤鸣毫不意外地听到了这句话。周怀若明显感觉到他背部僵了僵，但始终没有做出什么反应，大概是怕让她难堪。

她的眼泪一下子就收住了，难以置信地反问周沅道："你说什么？秘书？"

周沅问："他不是你的秘书吗？"

"他是我的男朋友。"

周怀若坐正，直直看着玻璃后那张略显枯槁的脸，一手拿着话筒，一手紧紧握住庄鹤鸣的手，语气坚定："他是我喜欢的人。是在我难过时会接我回家、我出门时等我回来的人，是真的珍视我和尊重我的人。你说他是我的秘书？"

话音入耳，就像久旱的月球表面突降甘霖，雨水沿着地面的缝隙径直深入星球的核心。庄鹤鸣听得连心都变得柔软。

周沅被周怀若的话噎住了，又抬了眼皮重新端详庄鹤鸣，那种只看衣着的上流人眼光没有变，因为好看的皮囊在他们的世界实在算不上什么稀缺资源。末了，她轻蔑地笑一声："你喜欢他什么？以前认识的那些男人呢？和这种男人在一起，你打算一辈子穿打折货吗？"

气氛彻底僵滞，会见室里落针可闻。周怀若原本因为哭泣而有些失控的表情突然变得平静，她迎上周沅的目光，两人就这样对看了很久。原本灼热的眼睛逐渐漾成漆黑寂静的湖泊，把那些因为母亲的不近人情而产生的泪水统统吞噬干净，到最后，平静到一点儿涟漪，一点儿响动都没有。

“妈妈，我以为你在里面这么久了，会有所不同。我以为这个地方、这段时间足够让你清醒，让你想明白自己都做错了什么。”周怀若的声音中多了一丝沙哑，“但是现在我才发现，你没有，而真正如梦初醒的人是我。从前我像生活在云端，做什么都轻飘飘的，以为一切都很简单，以为世上没有我做不成的事，直到破产那个冬天才发现，原来我没了你的钱之后什么都不是。我才发现我一直都不是我，只是生活在你的庇护下的一个小小的影子，你一落马，我险些魂飞魄散。你不在之后，我独自面对自己的人生，才知道真正的生活是什么样的，才知道原来我就按照我的样子来生活，也有人会愿意成为我的挚友、会真心地站在我身边为我着想，哪怕我根本什么都给不了他们。我现在就是这个样子，没有工作、没有存款，穿着你看不起的打折货，住在几平方米的出租房里，还是有人来给我很好的爱情，告诉我，‘只要你是你，我就已经很喜欢’。我居然一直到现在才知道，原来凡事都不是唾手可得，我应该学会珍惜，原来最普通的生活才最需要勇气。”

她说得很平静，长长的睫毛微颤，像被晨雾打湿翅膀的蜂鸟，正站在花瓣上微微发抖。

一直强装镇定的周沅脸上终于淌出泪来，透明的眼泪冲破眼眶，干裂的唇轻微颤抖，一连串的呜咽最终化为喉间无声的吞咽。良久，她才哽咽着，说："可是妈妈不是为了让你过普通的生活，才把你带到这世界上的……我答应过你爸爸的呀……"

"托你的福，我前二十三年过得很深刻。"周怀若侧脸看看身边人，迎着对方的目光嘴角微微上扬。她的人生因为某个人的出现，早已光芒万丈。而那些在过程中遭遇的小小损失，就当是陨石穿破大气层时擦亮的火花，是来到这个世界所必经的代价。

周沅说："是。但没有这些东西的生活就像深渊，你得靠它们才能……"

"我不怕深渊，我怕的是浮于表面的肤浅。"

周沅再一次沉默了，泪水化成深重的叹息，眼底一抹悲伤的暮色异常分明，深沉且浓郁。她本想一生都让这个孩子生活在自己的庇护之下，外人如何评说都无所谓，因为这是她周沅的小孩儿。但眼下又还能怎么办呢？作为母亲，她反而成了那个将女儿抛入万丈深渊的罪人。

探视的最后，周沅要求和庄鹤鸣说几句话。周怀若站在他身侧，只看到母亲的唇在张合，而庄鹤鸣低低地应答。最后，母亲沉吟片刻，缓缓地道了一句"谢谢"，然后缓缓将电话挂掉，在狱警的带领下离开会客的小单间。

周怀若一直注视着她的背影，直到铁门开合，视线也因泪水再次模糊。

庄鹤鸣轻轻将她拉进怀里，低头吻了吻她的额头，说：“怎么还哭呢？想来的地方来了，想见的人也见到了。”

周怀若靠在他胸前，眼泪吧嗒吧嗒地掉，抽噎道：“我真的没想到能见得到的……”

“那你对我的期望值可要提高一点了。不对，应该说，你可以对我抱有更多的期待。”

“可是别人都说，期待太高会落空的……”

“在我这里，你的期待永远不会落空。”

走出大门时，雨正绵密地下着，荡尽川岳。庄鹤鸣撑起伞，周怀若依偎着他往停车场走去，他一路将伞往她那边斜，身体也微倾，为她挡住雨里疾驰的风。坐到车上时周怀若几乎毫发无损，他却淋湿了一大片。

她有些内疚地拿纸巾帮他擦拭水迹，又想起刚在会面时妈妈奚落他的话，更加难过。

“对不起……”

庄鹤鸣有些不解，揉揉她的脑袋，轻笑道：“怎么，是你派它们来淋湿我的？”

“不是……是我妈妈刚才那样说你，我觉得很抱歉……”

他的手仍放在周怀若头上，神色坦然，道：“她不了解我，站在

为人母的角度，那样质疑我也情有可原。我虽然不喜欢她那样，但我和她在某些角度上确实可以达成一致的战线。”

“为人母的角度吗？”

庄鹤鸣的手滑下来，捏住她的脸颊往外拉，以作她存心调皮的惩罚：“以你为中心的角度。为你好，关心你，希望你过得幸福的角度。”

周怀若挣扎着拽开他，忽然又想起通话的最后妈妈那满是忧伤的眼睛，便问庄鹤鸣：“我妈妈最后和你说了什么？”

他笑着收回闹她的手，说：“她拜托我照顾你。还叮嘱我说，不能让你同时喝冰饮料和吃凉性水果，否则容易犯肠胃炎。”

她蓦然想起在庄鹤鸣面前耍酒疯那次，几大杯鸡尾酒和免费果盘惹出的急性肠胃炎。

即便是再冷酷的妈妈，也有些不得不叮嘱的关心。只是有的人说得直白明确，有的人说得细致温柔，而有的人隐忍内敛，沉默记挂。

周怀若蓦地觉得眼睛很酸，和刚才雨水打过来的刺痛不同，这一次，是温柔的眼泪。

（7）

回到香舍，雨渐渐地停了，天色将暗未暗时，有灰蒙蒙的光亮从阳台的窗帘外慢慢渗透进来。周怀若洗完澡，脑袋包着毛巾往沙发上瘫，蓦地瞥见放在电视柜上的她的单反相机。

如她所言，这是妈妈纪念她参加舞会的礼物，这还真不是夸张。

因为那次是她首次以周氏继承人身份亮相国际舞会，从妆发到举止与舞技，她的表现堪称完美，博得了满堂彩。那时她还不敢在妈妈面前表露对摄影的喜欢，拐了很多弯暗示妈妈自己想要台专业单反相机之后，妈妈直接拆穿她道："你还真是不遗余力地向你爸靠近啊。"

"才不是为了他才这样的……"

坐在书桌后的周沅翻了一页纸，漫不经心道："我也没说不许你靠近。"

"什么？"

"我之所以选他做我孩子的生父，就是因为那家伙艺术天分很高，情商也不赖，恰好和我的基因互补。"

周沅是天生的商人，欣赏不了美。艺术品对她来说，唯一称得上"美"的就在于它的价格标签，以及收藏后成倍上涨的估价数值。她从不反对周怀若靠近那些与她父亲有关的艺术创造，这是她决定生下这个孩子时就有过的觉悟。实际上，周沅也从未刻意避讳过周怀若的生父，但这绝不是出于什么爱护，而是她对周怀若找不到他而必须回到自己身边这件事，太有信心。

三天后，周怀若就收到了这部当时在单反圈可谓相当专业的相机，礼盒中还附上了那张父亲拍的周沅和她的合照，周沅在贺卡上写道：靠近他，但不要成为他。

周怀若以为自己得到了同意，那一刻简直欣喜若狂。

周怀若正沉浸在回忆中，听到身后有熟悉的脚步声，转身回头，看见捧着一块沉香木从书房出来的庄鹤鸣，估计是一天不工作心里难受得紧，正想找点事儿做。

周怀若朝他笑，眼神软绵绵的，四目对视时的温柔是拥抱甚至亲吻都不能及的亲密。庄老板不自主地走近她，站到她身侧时，盘腿坐在沙发上的周怀若拿着相机微微靠在他身上。庄鹤鸣发觉她手中的相机甚至都没有打开镜头盖，便问："在想什么？"

周怀若轻轻地拍了拍单反相机："它的故事。"

庄鹤鸣想起她说过的这部单反的由来，问："关于你母亲？"

"嗯。你记得我当年军训那会儿吗？电影夜那晚，我在学校便利店遇到你，你说你那天当值，要记录和报道新生观影的事。"

庄鹤鸣将手中的香木放下，柔声道："记得。"本是路过，却因为看到她在哭而不自觉地就扔下工作变换方向走了进去，这种几近渎职的事，在他人生中算头一回。

"那晚你跟我说，你在书上看到，一个镜头讲足一个故事，这是摄影的魅力。说这句话的时候，你侧脸特别好看，我就是从那时候开始喜欢你的。"周怀若有些骄傲地微仰起脸看他。

庄鹤鸣眼底漾着笑意，一副早已了然的模样，勾唇答道："我早知道你是垂涎我的美色。"

"我现在也是啊。"她答得理直气壮，"总之，那之后我特意想去找你说的那本书来看，在找的过程中才开始接触一些摄影的基础知识，渐渐地觉得，原来摄影也挺有趣的。妈妈给我买这部相机的时候，我真的特别高兴，以为她同意我学摄影了，因此更加努力地去学理论、练拍，高三申请大学的时候也是奔着耶鲁的摄影系去的。结果一直到录取通知发下来，我才发现留学中介那边根本没有帮我递交摄影系的申请，而是按照我妈妈的意思，给我申请了经济学系。”

那天她气冲冲地跑到妈妈的办公室找她理论，得到的答复是：“这三年来我在你身上投入了这么多成本，让你练外语、提绩点、准备额外的加分材料，才终于把你的简历写得漂漂亮亮。这么好的资质去申请一个摄影系，回报率是不是太低了呢？”

那一刹那她才醍醐灌顶，原来她在周沅那里，一直是一个投资项目。

周沅把“周怀若”这个身份视作一个具体的投资项目，将自己视为高高在上的有限合伙人，而周怀若本人却更像一个拿着有限合伙人的资金对项目进行具体投资行为、最后和周沅进行分成的普通合伙人。在周沅眼里，周怀若不是她无条件宠爱的孩子，更像是体现她优越基因和教育能力的工具。只要“周怀若”具备了申请名校的条件，周沅就会毫不犹豫地不顾她本人的意愿，让“周怀若”这个项目走向一个更高回报的方向。

这一切，都是以让她周沅营利为目的的，而不是为了让周怀若成为更好的人。

那天周沅对她说：“你的路很简单。要么你就去美国无忧无虑地玩上几年，拿个耶鲁大学的学士学位回来，准备接手我的生意；要么

你就留在国内参加高考，考上哪儿去哪儿，过几年自己养活自己的日子，再看看要不要回来求我原谅你。”

说没被唬住是假的，但那时的周怀若并不是害怕后面那条路会很艰辛，而是害怕那条路通往的未来恰恰与她心中那颗星星的去向相反，害怕她就此被淹没在人山人海当中，再也无法追逐到那颗行进速度本就飞快的火流星，再也无法与他并肩而立。

“你喜欢摄影我不反对，你去了国外还想继续玩相机，我也可以由你去。但你必须明白，爱好和生活是截然不同的两部分，从小到大你不必取舍，只是因为你是个有钱人家的孩子。你出生在周家，锦衣玉食地长大，那么成为周家所需要的人，就是你所能产出的最高回报率。”

这是妈妈在她妥协前说的最后一段话，入情入理，无懈可击。如果说走进办公室前她还在为自己是个投资项目而愤怒，那么那天她走出办公室时，已经亲手在项目计划书上签了字。

她会成为周氏集团的继承人，成为一名或成功或失败的女企业家，成为被这个家、被妈妈所需要的人。只是可惜，项目才刚完成孵化，她从北美大陆飞回，甚至都还没正式入职周氏，周沅手中苦心经营多年的商业帝国便轰然坍塌。

周怀若说完这些，揉揉眼睛，看向一直在她身边听得很认真的庄鹤鸣。他那双如暗夜般漆黑的眸在看向她时总像悬了弯月，散发的光又清澈又温柔。她笑说：“早知道这样，我还不如和她作对算了。留在国内说不定还能早点遇到你，靠自己生活的话，说不定现在也已经小有成就了。但我当初总以为去国外才是对的答案。”

庄鹤鸣说：“有什么对和错？又不是做数学题。我们只能在当下的情况中选一个最能成全自己的答案，它是相对的，没有对错这种绝对之分。就像我当初留在本市读法学，也只是在那样的境遇中选一个能完成自己心愿的方法而已。”

“你没想过真的去当律师吗？”

他没有点头亦没有摇头，只是沉着声，道：“律师也好，摄影师也好，其实想成为的从来不是某个身份，而是成为你所向往的自己，拥有属于你的生活。”

言语间他目光又触到桌上的香木，信手拿起，问她：“你认识它吗？”

周怀若答得爽快：“你的宝贝香木。”

他又问：“是什么香？”

周怀若试探性地给了个答案：“沉香？”

“沉香中的哪一种？”

她投降了，耍赖道：“我要是认识，你早就失业了。”

庄鹤鸣眼睛里有些许笑意，温情地看向手中大概一捺长的木料，细看，像飞奔的骏马。他说：“这是野生的奇楠香。所谓‘三世得见一奇楠’，奇楠是香中瑰宝，比普通沉香更加温软，是沉香中最上品的香料。”见她一副似懂非懂的模样，庄老板决定换个解说角度，“每一克野生奇楠香的市价至少是五位数。”

周怀若当即伸手过去护住，生怕他捏坏或摔了。

“好东西，好东西。”

庄鹤鸣无奈，按下她的手，随意掂掂那块奇楠，问：“你知道它是怎么来的吗？”

“买来的呗。”

“……”

为什么她每个答案都恰好能横亘在对与不对的边缘……

周怀若看看他的眼色，又猜了几个答案：“树上结的？树上砍下来的？”

“沉香不是木头，更非树木的名称，你们这群人成天和我待在一起，却连沉香与沉香木的概念都分不清。”庄鹤鸣吐槽她，顺带连小龚、陈立元那群笨蛋也全部拉下水，就是这群人最爱说他喜欢木头，却不知道制香的重点从来不在木料上。

他耐着性子给她解释道：“沉香作为一种香料，是沉香树在受到诸如雷击、风折、虫蛀之类的自然伤害或遭到人为破坏后，豁口受到真菌感染，本能地分泌出油脂进行自我修复，随后逐渐形成的膏状结块。这种在香树豁口上凝结的分泌物才称之为沉香。”

周怀若再次露出那种半懂的神情，自家男朋友这突如其来的科普让她有种打开了科教频道的错觉，但好在主讲人长得足够好看，轻易就留住了她这唯一的无辜观众。她接了一句：“所以呢？”

“沉香是置死地而复生的灵树结晶。香树在受到无数伤害之后凝结出这么珍贵的宝物，让我有理由相信，我们所遭遇的一些不如意或是伤害，其实都是为了结出自己的香脂，拥有更高的价值。所以你不用怕选错，也不用害怕受伤或是挫败……”

他就坐在那里看她，没有特别耀眼的笑意，却如手中的奇楠香一般淡淡地弥漫出一种奇特的温柔，不着痕迹地将她笼住。

“怀若，我相信，你也一定能够结成上等的沉香。”

第十一章

「就由我来给你最大胆也最明确的偏爱。」

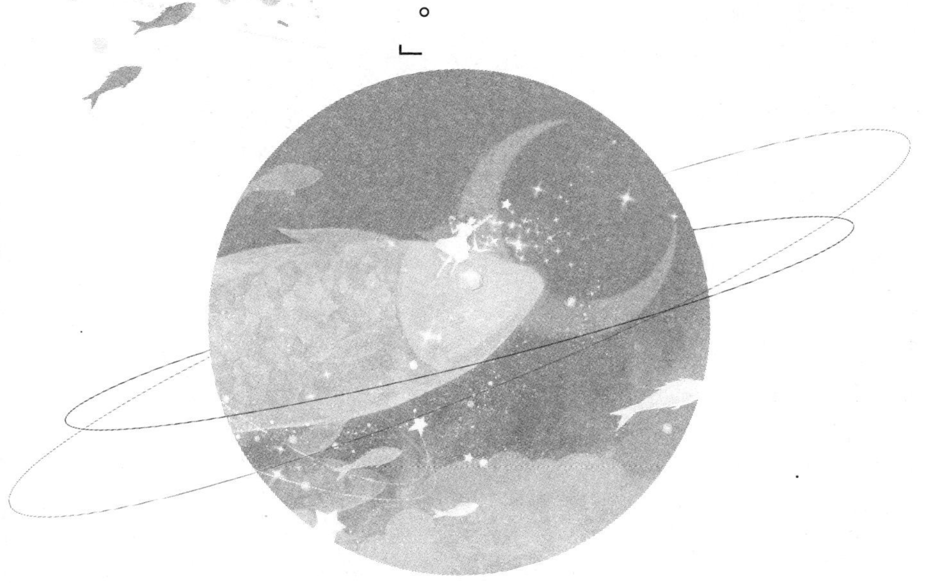

N I S H I Z H A O Z H A O M U M U

（1）

无数群飞鸟从高远的天空中飞过，翅膀划过天空时带走了冗长的夏天，以及那永远和夏天是孪生一般的秋。暖温带的气候总有些不讲理，长久地生活在那里，渐渐就分不清四季，认知里只剩下“热”的天气与“不热”的天气。

周怀若继续勤勤恳恳地投身摄影事业，一面接着线下的约拍单不断结识新的客户，一面在各大线上平台上经营她的个人 IP，逐渐摸准了方向，往摄影技巧分享型博主发展，渐渐地也吸引了一些优质的资源找上门来，甚至有些网红同行来找她掌镜拍短视频。就靠着相机吃饭的她当然是来者不拒……

她想了想，觉得还是有的，比如说庄鹤鸣。只要和他有关，哪怕钱给得再到位，她也不会愿意将他拱手相让。

这是她作为一个生意人对另一个人最高程度的偏爱了。周怀若自己都觉得有点儿感动，忙伸手想去握坐在身旁磨香粉的庄鹤鸣的手，哀切道：“宝，你是我的良心啊良心。”

庄鹤鸣像预判到她的动作一般，轻一抬手就躲过了她的魔爪，再

不着痕迹地护住他的宝贝工具，轻飘飘地道："前天和我抢肉吃的时候，你说你的良心已经挖出来腌好烤熟了。"

周怀若噎了噎，道："不是，说不定它是可再生资源呢？"

他只瞟她一眼，说："那你多攒几个，下回烤肉我们就不用特意去市场了，专烤你的良心吃。"

周怀若笑眯眯地凑过去撒娇："我的良心就是你呀。烤了你我不得守寡吗？"

"你是那种会守寡的人？"话是这么说着，他眼里除了忙碌显然多了几分笑意。

"看情况咯。如果你死之前把你名下所有的资产都写在遗嘱里指明给我，那你死之后我可能忙着搞事业没空找别人，为你守个三五十年也未尝不可。"

他听后没觉得有什么不妥似的，反而似笑非笑地挑眉，道："不错。"

"什么？"

"这么快就想被我写进遗嘱里。还要为我守寡。"

她知道他是故意打趣自己，但在一起这些日子了，脸皮厚度多少也长进了些，怎么能这么轻易被得手？于是她继续脸不红心不跳地追问他："那你成全我吗？"

"成全你得有个前提。"

"什么前提？"

“得先让你有个能为我守寡的身份。”

周怀若：“……”

完了完了，输了，她耳朵开始烫了。

庄老板嘴角有些许可见的得意，却还继续装得若有所思，道：“那要不就下个月吧。”

周怀若失声问：“什么？你要干什么？这是另外的价钱！”

“下个月回家，捎带上你。”

“我们不是在家吗？”她环顾一圈香舍一楼。

他的答案言简意赅：“回我长大的那个家。”

一个月后，农历的小雪节气。天地积阴，温则为雨，寒则为雪。时言小者，寒未深而雪未大也。对庄鹤鸣来说，每年的小雪节气都有独一无二的含义，即是沉香收获季节的开始。今年意义尤甚。传承人的申请仍在进行，无论是官方还是投资方，都非常希望他能借此次收获季再打响些名号，因此皆不遗余力地在为龚家的香林宣传。

周怀若问清了缘由，眼睛忽然就亮了，急忙问：“我可以去？真的可以去？”

他的声音里含着轻轻的笑意：“就这么想和我回去见家长？”

周怀若忙不迭地点头，说：“对啊，而且我最近正打算挑战一下长时长的视频拍摄和剪辑，就类似小型纪录片那种，就是还没选好题材呢。你这现成的物料，我怎么能错过？”

庄老板不悦道：“我的重点可不在拍物料。”

周怀若凑到他身旁，像小猫一样用脑袋拱拱他，顺势往他怀里钻，说：“那肯定呀，拍物料只是顺便。”

庄鹤鸣故意考她：“那什么才是重点？”

“重点是和你一起。”

这答案颇有抱大腿之嫌，不算令人满意，他撇撇嘴，说：“没有感觉到诚意。”

周怀若略一思考，稍一偏头，靠过去轻轻啄了他一口。两人的唇瓣只贴合了片刻，她羞赧地往回躲，庄鹤鸣伸手将人往回一捞，低低地笑问：“你干什么？”

她天真无邪道：“这样感受到诚意了吗？”

庄鹤鸣没预料到这招，更没预料这招杀伤力会这么大，笑得眉目都软了，只得答应。周怀若这才眉开眼笑地站起身，欢快地跑上楼说要去写脚本。他看着她欢脱的背影，道：“我明天可能又不觉得有诚意了，可能还需要你再证明一下……”

已经远去的声音答得慵懒随意：“那就明天再说啦！”

他这才收回目光看向手里还没完成的工作，笑意怎么收都收不住。

想要每天都让你证明一下，喜欢我这件事。

（2）

出发那天起了个大早，天空阴云密布。庄鹤鸣站在阳台驻足观望半天，往周怀若的行李箱里添了把雨伞。她半夜踢被子，早上起来声音有些发瓮，他发现这个情况，又蹙着眉往她行李箱里添了一大包药。

周怀若疑惑地问道：“你家香林不就在市郊吗？你这阵势像是我要被发配去守皇陵。”

一旁正喝酸奶的小龚闻言冷笑一声，一副嘲她太天真的表情，问：“是不是光听‘香林’两个字，你以为就是一小片树林，走几步就过了？”

周怀若认同地点头，小龚亮出答案：“很多年前才是那规模。现在？两百多公顷，六万多棵香树。别说走几步就过，你徒步一天之内能往返就算个英雄。”

周怀若多少有些惊讶：“所以你才不回去吗？”

庄鹤鸣路过小龚，顺手敲了下她的脑袋，警告一句：“别乱吓她。”说完掂掂手里的花露水，对周怀若说，“不是多可怕的地方，就是收获季忙些。她天生是油瓶倒了都不扶的懒。”

周怀若捂嘴笑道：“你看我像是会扶油瓶的样子吗？”

他满是宠溺地揉揉她的头顶，语言动作间全是疼爱，说：“周大摄影师不是要拍物料吗？油瓶我来扶就行。”

周大摄影师笑得眼睛弯成月牙，恃宠而骄般问道：“一边扶油瓶一边给我当模特，可以吗？”

他想起她的“诚意”，眼底的和煦转浓，简直什么都想答应。

“好，都听你的。”

小龚朝她哥翻了个白眼：“啧啧，让你在我的视频里露个脸，这么多年了也没见你答应。”

庄鹤鸣抱臂看她，答道：“你这次敢跟我回去，我也让你拍个够。”

小龚回想起前些年的经历，每一次光是帮忙干活儿就已经累得叫苦不迭，更别提要面对妈妈二十四小时不停的耳提面命，变着法儿地诱拐她回家学种香。今年哥哥是主角，又恰巧她接了新活动，好不容易有借口逃过一劫，她才不想为一张自己天天看得见的脸送人头。于是她立马起身佯装去扔酸奶盒子，挥挥小手道：“想要点儿流量而已，不是想送命。”

庄鹤鸣无奈地目送她远走，正准备把花露水塞进周怀若的行李箱，她忽然主动请缨道：“我自己收拾吧，你的都还没动呢。”

他眼神中稍有质疑，问：“你确定？”

“少看不起人。你要是不在，我可是生活小能手。”

庄老板听到那句“不在”，笑着打趣她：“这么快就开始为守寡的日子做准备了？”

压根儿没那意思的周怀若迷惑地看向他，说：“你好像格外喜欢咒自己？”

“没觉得是咒，因为我大概率不会英年早逝。”

她笑起来：“这你又知道？”

庄鹤鸣看着她，眼睛里有一些十分柔情的颜色透露出来。

他说：“因为我有了一个想共度余生的人。”

（3）

中午时分准备出发，周怀若把行李箱从三楼拎下来，庄鹤鸣也刚好收完他的行李。他接过她的箱子，倏忽想起什么一般，问她："相机的备用电池带了吗？"

周怀若急忙跑上楼去拿电池。

等她匆匆回来时，庄鹤鸣已然坐到沙发上，以手支颐，淡然地问："镜头笔？"

周怀若想想，点头，他伸手去拿车钥匙，不经意道："要去一个月呢，护肤品全部带齐了？"

"啊，还差个乳液。"说罢，她一溜烟再折回去取乳液。

来回三次，她终于回到他面前，庄鹤鸣沉默半晌，问："你确定东西都带齐了？"

小周斩钉截铁地点头："绝对的！"

他对她的生活技能向来存疑，起身道："还是再检查一次，免得遗漏什么必需品。"

她着急道："能有什么必需品现在买不到呀？我们到时候……"

他已经打开行李箱，随意地扫了一眼，道："相机呢？"

周怀若心里"咯噔"一下，说："本来想着最重要的东西还是随身带着，就没放进行李箱，放床边上了。我现在去拿……"

他抬头似笑非笑地看她，说："不知道这种必需品市郊能不能买到呢。"

周怀若：“……”

她现在真的开始怀疑自己没了他是不是会活不成了……

（4）

抵达市郊时已是将近下午四点，驶过熙熙攘攘的香市，穿过一座大理石碑便到了龚家香林。

周怀若先一步下车，见隐在郁葱香树后的精致小楼，显然翻新过，与庄鹤鸣的香舍风格类似，沉稳大气的同时还散发着某种神秘的气息。

她提着帮庄鹤鸣分担的一些小包小袋走进前院，地面很干净，微风习习当中，瞥见后院里探出头来的各种色彩明艳的植物，有淡色的秋海棠、木槿花，也有拥簇着开了一片的白色夹竹桃、风铃草和飘带蓝。阳光在那一刻炽烈地照下来，前院简洁大气，后院生机满满，一切明亮而温暖，她瞬间被一份完满的美好击中。

推门走入正厅，周怀若才真正开始紧张起来，亦步亦趋地跟在庄鹤鸣身后，搜肠刮肚地想着开场白。但她的目光触到那位笑容满面地迎过来的妇人时，她霎时就明白了庄鹤鸣身上那种淡如秋水的气质究竟源自何处。从前她觉得庄然那种市侩气质养不出庄鹤鸣这种遗世独立的清远品行，而眼前的这位妇人芳兰竟体，已然有些花白的发梳得很是整齐，盘在脑后别上一根翡翠簪子，没有一根乱发。脖子上戴有一条光泽丰润的珍珠项链，一双从未老去的眼睛，望进去时给人一种敬畏感。

“妈妈，介绍一下，这是怀若，我常跟您提起的。这些礼物都是她特意去给您挑的，我说不用买那么多，她非要给您买。”庄鹤鸣似乎寒暄完了，将话题往周怀若身上一引。

周怀若像个被提问的小学生一样，后知后觉地瞟了一眼他那满手的礼盒，心道她买的礼物不就在她自己手上吗？什么时候……

又是惊慌又是心虚，她问好的时候差点来了个九十度鞠躬，脑子里的“庄妈妈您好”到了嘴边忽然就变成了一句响亮的：“妈妈您好！”

话音落下，她自己都惊呆了，赶紧解释道：“不是不是，我是想说，庄鹤鸣的妈妈……”

“没事儿。”妇人走近她，一双有些年岁的手亲热地覆住她的手，笑容温暖和蔼，“就叫妈妈也行，以后就免得改口了。”

周怀若又羞又臊，羞是因为庄鹤鸣的妈妈竟这么主动和亲热，臊是刚才自己居然犯了蠢，这事儿肯定又要被他拿来当笑料调侃。她用余光去瞧庄鹤鸣，见他颇为满意地勾着嘴角，露出那种惯常是他成功使了什么小手段后才有的表情。

她这是进了什么套吗？

正觉疑惑，她手里蓦地被庄妈妈塞了什么东西，低头一看，入目一个红灿灿的红包，又大又厚，上面的烫金字体写着大大的“百年好合”。周怀若彻底晕了，连忙推辞道：“不不不，阿姨，我不敢收，这怎么一见面就……”

庄妈妈仍是那个笑容，乐呵呵道：“不许跟妈妈客气。这是我们这边的传统，很多街坊都特意叮嘱过我的，说新媳妇第一次上门一定要给大红包。你不能不给妈妈这个面子吧？”

怎么就成了新媳妇了……她和庄鹤鸣之间是有什么步骤被快进了，而她还完全不知情的吗？

几番推辞不成，周怀若只得先收下红包，盘算着离开之前再找机会还给庄妈妈。

庄妈妈如了意，提着礼物欢欢快快地进厨房准备做饭。

周怀若收起红包时，庄鹤鸣仿佛读心一般，忽而说道：“我们这边收了的红包是不能还的，否则会有血光之灾。”

周怀若：“……”

能不能编点可信的，这又不是什么多偏远的地方，都还属于本市范围好吗，她就是本市人。

他又说：“走的时候我妈还会再给你包一个。”

周怀若笑得无奈，说：“我怎么像来这儿过年似的……”

庄鹤鸣伸手揉她的头，顺势将她捞进怀里，低低地笑道：“过年可不用百年好合的红包。”

“我也是第一次收到……”

庄鹤鸣笑得很满意：“我喜欢，寓意好。”

百年，极言时间之长；好合，道尽良缘之深。

（5）

简单地吃过一餐午晚饭后，庄鹤鸣开始忙碌着准备晚上的祭祀。在丰收季节的最开始，香农们会举行祭祀仪式，焚香奉神，祈愿山神能够保佑今年香树的好收成。周怀若跟在他身边观摩，寻思着要不要从这里开始采镜头，却被庄妈妈误以为她想来帮忙，三两下又把她送回了客厅。

此时客厅简直人满为患，全是平日里和庄妈妈一起打理香园的香农街坊，有的甚至连孩子都带过来玩耍，好不热闹。

庄妈妈拉着周怀若的手，刚走出厨房没几步就被一位街坊拦下，用方言笑问：“哎，这就是鹤鸣的女朋友吗？生得这么水灵！”

庄妈妈笑得见牙不见眼，毫不谦虚，道：“那可不止长得好！她又聪明又会做生意，世界一流名校毕业，现在自己创业做独立摄影师！”

不远处的一位阿姨也插进话来，几个人三言两语，整个客厅就响成了一片。

周怀若呆呆地站在庄妈妈身后，看着庄妈妈眉梢间掩不住的骄傲，心头热热的，既幸福又有些难过。换作以往，换作她的妈妈，在这种情况下早就用交际话术开始自谦了，绝不会像庄妈妈这样大方承认，甚至毫不掩饰地向外人炫耀她的好。她知道周沅是为她骄傲的，但她从未亲耳听过，通常是别人越夸赞她，周沅就会越起劲地说她的缺点，似乎这样才能换来对方更猛烈也更真实的称赞。

以至于她到现在才感觉，原来自己真的是那种可以令人骄傲的存在。

恰巧庄鹤鸣端着一盘待客的水果出来，路过她，笑问："怎么样？我和小龚轮番输出的结果。"

"输出什么？"

他穿着白衬衫搭黑毛衣，简简单单站在那里也是万种风情，就像从艺术画报中走出来一般，内敛稳重，沉甸甸的魅力。他含笑低声道："你以为我会什么准备都不做就把你带回来？当然是要确定了妈妈只会给你爱和善意，才会有所行动。"

为此他所施行的措施就是，联合小龚，或抽丝剥茧、或旁敲侧击、或正大光明地不断在妈妈面前塑造周怀若的正面形象。说到后来庄妈妈得知她是周氏集团大小姐，都不觉得有什么不能接受的，反而心疼她家破产吃了苦，叮嘱庄鹤鸣要好好对待她。

周怀若听得直愣，忽而又有些没底了，说："可我真的有那么好吗？"

庄鹤鸣失笑："你以为我们是随便编出来一个你吗？有一说一罢了。"

周怀若的目光里仍有些不自信，看得他心里发软，腾出一只手轻轻将她圈入怀中，两个人的心跳在吵闹的大厅中无声地重叠在一起。他的声音又轻又柔，道："怕什么呢？有我在。别人不知道你有多好，我可以负责告诉他们。"

就由我来给你最大胆也最明确的偏爱。

周怀若跟着庄妈妈社交了一圈，最后被庄妈妈安置在客厅的沙发上，任由慕名前来看龚老板未来儿媳妇的街坊们参观。寒暄了一批又一批，擅长社交如她都觉得有些累了，趁着人稍少时戳了一块果盘上的火龙果解渴，还没尽数入嘴就被一个路过的小孩撞倒，紫红色的果肉掉到浅色的沙发布上，洇出一片刺眼的紫。

闯祸了！

她瞬间头皮发麻，再看看乱成一团的客厅，罪魁祸首早已经消失在人海中。她绝望地望天，拿出手机给庄鹤鸣发信息：客厅遇险，等待救援！

救援者在一分钟内抵达，看看沙发上的污渍，再看到她吓得满头大汗的模样，松了一口气，笑道："我还以为怎么了。"

周怀若急得不行："这还不够可怕吗？我把沙发弄脏了呀！通常女主人都很爱惜自己的沙发的！如果被你妈妈……"

"谁说是你弄脏的？"他打断她，环顾一圈，发现妈妈果然从厨房出来寻他，当真是一秒都不让他消停。

庄鹤鸣随手拿起一块火龙果在唇边划了几下，留下"作案痕迹"，然后把"凶器"扔进嘴里，意在丑化吃相，却还是仪态非凡，令人觉得看着他吃都是种享受。他指指周怀若又指指沙发上的污渍，对赶过来的妈妈说："看看，你宝贝儿媳连火龙果都不会吃。"

庄妈妈气得捶他:“还赖人家小周!人家穿着白裙子干干净净的,你吃得跟只花脸猫似的!”

庄老板气得笑了,语气恳切道:“真是她。”

“行了你!”庄妈妈把他轰开,絮絮叨叨地念他,“两兄妹都跟小癞皮狗似的,一不留神就闯祸……”说罢要把儿子拎回厨房,走之前还特意好声好气地叮嘱周怀若道,“小周别跟他一般见识,妈妈帮你收拾他。”

周怀若被自家男朋友这一系列操作唬得呆了,目送他们远去时,看见庄老板还特意回头朝她眨了眨右眼,表示:救援成功。

她终于忍俊不禁,一颗心像融化的棉花糖,甜甜腻腻。

(6)

祭拜仪式的第二天便是开林庆典,全国各地的香农、爱香人士、媒体络绎不绝,龚家香林中高朋满座。周怀若没好意思坐在主要席位上,只低调地在后排装路人,远远地望着领头那个风姿翩翩的身影,她的心上人。

这片香林曾是几百年前的皇家香林,现代化种植园的建成很好地保护了这里的香树遗产。开林后的一个月里,从播种、育苗、断根移植到成熟收获,龚家香农完成了包括移植、折枝、断根、开香门、育香、采香、理香、拣香、窨香、合香等三十余道工序,延续了数百年的种香制香技艺得以在这片数百公顷的土地上缓缓展演,被周怀若的镜头如数捕捉。成熟香树的每一部分都不会被浪费，未被感染结香的沉香木可被雕刻成艺术品，而成功结香的那一部分则可用以制香。

制香是庄鹤鸣的重头戏。将结香的香木研磨成粉,进行干燥和窖藏，再以龚家绝对保密的配方制出独一无二的香品。工序繁杂且细致，极需耐心和专业知识。香品成型后还要经过反复的阴干和窖藏，耗时近一年才能形成一流的香气。

收获季忙到后半段，已经很少有外人来参观，每天都只是园子的相关工作人员一块儿忙活，周怀若的拍摄自由度也慢慢加大。云薄雾轻的清晨他们一起出门入林，他一袭宽松清爽的白衣，不带妆发，浑然天成，在苍郁的林间缓慢踱步时，隐在雾中宛如仙人。周怀若兴致大起，举着相机从远景一路拍成怼脸照，最后被他轻笑着圈进怀里。

她满意地欣赏着显示屏上自己的作品，叹道："真好看。"

"真人就在你面前，建议你用肉眼好好欣赏。"

庄鹤鸣的怀抱很暖，像初夏到来时和煦的风。她说："我每天都欣赏呢，每天都觉得自己捡到宝，像在做梦一样。"

"肯定不是梦。"他低头吻她的额，"抱在你怀里，就是你的了。藏宝的职责，就由你来肩负。"

她娇笑不已，说："感觉任重而道远。"

"不远。到自然死亡就好。"

他从不相信什么来生，若是爱就爱在活着的每一刻。世间万事都很匆忙，唯有你我可以放慢脚步，用尽余生，慢慢地喜欢。

（7）

离开香林的前一天，周怀若通宵整理物料，把处理好的视频和照片都仔细地拷到庄鹤鸣的电脑里，以备他继续补充提交非遗传承人的申请资料。她洗漱收拾好后下楼，见庄妈妈和街坊们一起大箱小箱地把庄鹤鸣的车子后备厢塞爆，像是要送他们出远门一样，个个依依不舍。

庄鹤鸣正在楼上检查她的行李，庄妈妈趁机又给周怀若塞了个大红包，跟初次见面时给的红包样式一样，掂在手里却觉更重更厚了。

周怀若正要推辞，上次拆红包时她已经被里面的大数额惊呆了，这次决不能再收下。

庄妈妈摁住她，假意严肃地说道："不许跟妈妈这么见外，听见没有？你一个女孩子家家的，自己在外面打拼，没点钱傍身怎么行？我最看不得自己家孩子吃苦了。"

这话不假，在这些天的相处中，她是打心底里开始拿小周当自己家的孩子，那种无论周怀若是不是鹤鸣的女朋友都愿意疼爱她的欣赏。此前那些从兄妹俩那儿听来的优点在周怀若身上都一一得到了验证，瞧着人畜无害的小姑娘身上总有用不完的能量似的，一拿起相机眼睛就变得星光闪闪，工作时全副身心都投入进去，哪怕周遭再吵也仿若进入无人之境，只一门心思地执行她的计划，不达目的决不轻易罢休。

最重要的是，这孩子直心肠，没有所谓富人出身的那种弯弯绕绕，野心和娇憨都写在脸上，正适合鹤鸣那种闷葫芦性格。

“你和鹤鸣在一起，我特别放心。你总说鹤鸣照顾你，其实更多的是你改变他。他自打我生过那场大病之后，做什么都小心翼翼的，瞻前顾后，把所有事都憋在心里。你瞧着他挺正常，也能言善辩、巧舌如簧的，但心里的墙比长城都高。”庄妈妈唠家常似的跟她吐槽，初见颇有威严感的妇人在念叨起自己孩子时也是一副妈妈们通用的无奈又宠溺的模样，“但你来了之后，他开始爱笑了，也会向人表达他的感受和真实想法了，给我的感觉就像是终于活出个人该有的样子。所以，真该谢谢你啊，小周。”

“谢我什么？”她有些受宠若惊。

“谢谢你和鹤鸣一起，变成了更优秀的人。”

谢谢你让一个踽踽独行了很多年的孤独男人，变回一个有血有肉的温柔少年。从此他的心不仅细腻柔软，还触得到风的温暖，也听得见海的宁静，为你甘心将拒绝的长城拆卸，组装成守护你的堡垒，与你互相扶持，共御风雨。

（8）

中午时分两人回到了香舍，一楼正营业着，陈立元和小龚凑在一块边下棋边看店，薯仔在二楼做着饭。听到他们回来的声响，薯仔拿着锅铲走到二楼楼梯口处，红黄相间的围裙花纹和他手臂上腾云的青龙形成对比，竟有种强烈的反差萌。他朝陈立元吼了一句：“蹭饭的，

别装神弄鬼的了，麻溜儿地帮老板把东西搬上来！”

陈立元杀得正酣，懒得起身搭手，便大声答道：“你能别打断人吗？下棋很讲究一气呵成的好不好。”

庄鹤鸣一手提着一个行李箱进了屋，瞥他一眼，说：不知道的还以为你在练什么神功，还一气呵成。

小龚立马见缝插针地说道：“欲练神功，必先……”

陈立元打断她：“呸呸呸！”

……

熟悉的笑声和打闹声在弥漫着令人心安的檀香空气中飘散，依旧是古色古香的一楼，摆满晾香架和测温仪器的工作室，传来颠勺声的满是烟火气的二层。

每个人都希望在这充满未知和危险的人类世界中找到一个无论如何都可以回归的地方。在那里，她不需要是好的，不需要是对的，甚至不需要是正常的。在那里，她可以放心地做自己，不必担心会被任何人所不喜欢。

周怀若想，现在，她找到了。

第十二章

「我是你的。」

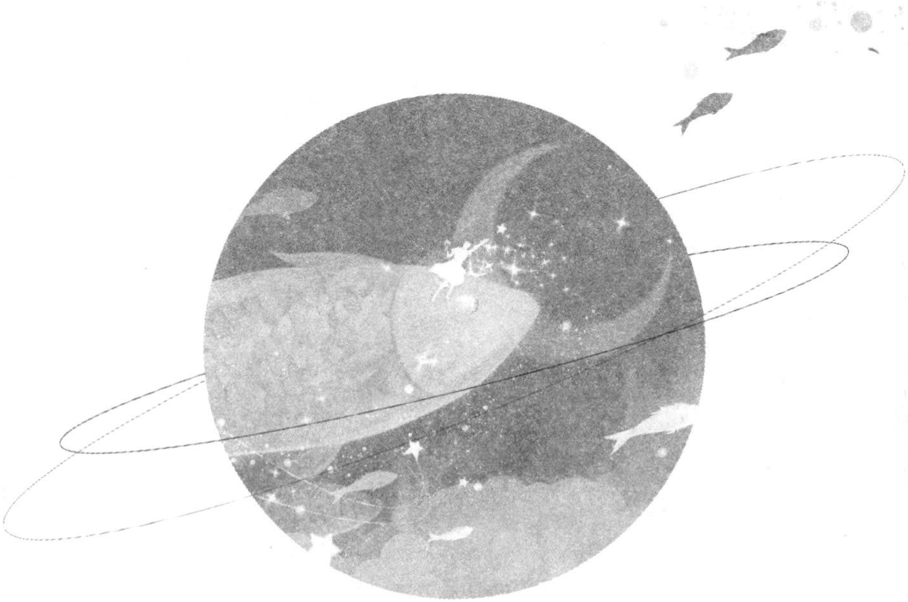

N I S H I Z H A O Z H A O M U M U

（1）

薯仔还记得自己初次来香舍面试时，那会子庄老板的生意刚起步，性子又孤傲，在本城的制香师圈子里还只是个无名小卒，连收租都要专门雇他这种瞧起来凶神恶煞的花臂硬汉代劳。这个家里唯一能和“名人”这个词沾边的就只有小龚这个十八线小网红，她搬进来之后人气一直稳步增长，后来甚至偶然带周怀若也火了一把，也不可谓是不神奇。但她俩距离“名人”这两个字的距离毕竟还十分遥远，那围绕一定数值上下波动的人气也可以被归类为唯物辩证法的发展观的具体体现。

但时至今日，薯仔翻翻实时热搜榜上数条和庄鹤鸣相关的词条，再看看因记者和粉丝围堵而不得不歇业的香舍，他必须得承认——这栋房子里，真的出了一个实打实的、现象级的名人。

一切都还要从本市官媒买走周怀若在香林里拍的视频和写真版权开始说起。原意是为本市旅游业以及种香制香业宣传造势，加之国家印发了新的非物质文化遗产保护规划，各种传统非遗项目备受瞩目，所公布的物料流量大增也绝非怪事。但庄鹤鸣的相关视频和写真发布之后，官媒的后台数据出现了断崖式的增长，单条点赞数就超过了三百万。原以为又是昙花一现的热度，结果时间一天天过去，热度未减反增，包含“庄鹤鸣”这三个字的各种词条已经在各大平台的热搜榜上连续挂了十三天，最高频率时每天有六条相关词条同时出现，各种经纪公司、文化公司几乎踏破了香舍的门槛，甚至许多权威官媒都看中其省级传承人的身份，加入了这“全民造星”的阵势。

最夸张的是，连非遗传承人的申请进度都得到了这拨高人气的推进，老板顺利地获批了国家级传承人。

老板确实长得“惊为天人”，这是他一个五大三粗的糙汉都认可的。薯仔坐在闭门谢客的香舍里，再次打开那条让老板一炮而红的视频。

白衣乌发，身形颀长，缓慢地行走在林间时，干净得宛如森林之子。视频里的他有一种属于光明的特质，干燥而洁净，仿佛无色无味。风的不羁、树的挺拔、土的沉着、雾的朦胧，在他身上完美地杂糅，一双如月的清眸在交换运行的镜头下缀满柔和的笑意，仿佛镜头中是他深爱且眷恋的整个世界。

世上英俊的男人很多，但这种毫无攻击性的干净气质，他是独一份。

世上有气质的男人也很多，但这种从骨子里透出来的强大与温柔，一个眼神就犹如一片海般顷刻能将一颗女人的心攻陷，他又是独一份。

再加之摄影师独到的运镜手法和剪辑节奏，虚实相生的柔焦镜头和满是叙述感画面构造直接把艺术感推到顶峰，初次观看甚至会错觉

这是一部出自大师级导演之手的艺术电影预告片。

庄鹤鸣的走红，糅合了以上所有因素，似乎是意料之外，而又在情理之中的事。正如某个官媒所评，庄鹤鸣不是网红，而是一个文化符号。他身上凝聚了东方人的审美观念，聚焦了在这片土地上传承了数百年的香文化的缩影。

“真是被老天爷追着喂饭吃！”薯仔没忍住慨叹出声。这回老板铁定是名利双收了，搞不好日后真的进了娱乐圈，满天飞行程忙得不行，这小香舍就完全交给他来代为打理了，那时候再让老板加点薪水不过分吧。

一旁正窝在沙发上吃零食的小龚闻言，第一个不乐意：“饭都喂给他了，我们还活不活了？那些粉丝连我的小号都扒了……”

小龚是庄鹤鸣的妹妹这件事，是粉丝们从庄鹤鸣的微博关注列表中发现端倪的。毕竟那里拢共也就关注了两个账号，第一个是摄影师若谷，第二个就是网络红人鹿吟。有自称熟人的网友发帖，证实了鹿吟的身份确实就是庄鹤鸣的亲妹妹，一夜之间，整个互联网上到处都是小龚的“嫂子”。而至于摄影师若谷，其身份与庄鹤鸣之间的关系，则一直众说纷纭。

从前的客户纷纷在私人账号上询问周怀若，要么是疯狂地打探庄鹤鸣相关消息的小女生，要么是合作过的商家旁敲侧击地问她能不能帮忙请庄鹤鸣带带货，消息列表没一刻消停过，甚至连一些新的约拍单子都成了想借她接近庄鹤鸣的钓鱼单。她实在无力应付，只好一概回绝。

再者说，她是周沅女儿的这层身份如果真的被曝光，她眼下又和庄鹤鸣同住一个屋檐下，这样的状况不知会惹来多少流言蜚语。

于是她深深叹了一口气，拍拍小龚，道："没办法了，再这样下去我们只能去拍视频了，你表演啤酒浇头，我表演水泥蹦迪……"

而此时罪魁祸首还相当淡定地坐在沙发上翻书，一脸凡尘俗世与他无关的样子，搭腔道："给我预留一下现场观看的座位，首排但不要表现出我们认识那种。"

周怀若气呼呼地瞪庄鹤鸣，说："现在全国不知道多少女人喜欢你，你一来，不得交通堵塞？"

他倏忽从书里抬起头来，眼睛里仿佛汇聚了亿万年的星际银河，睫毛颤动的间隙里，有温柔也有明亮。

他说："她们喜欢我是她们的事，我是你的。"

猝不及防的示爱，薯仔和小龚都比女主角先反应过来，发出起哄声。周怀若登时红透了脸，不自然地抱住沙发靠枕，半张脸都埋进去了："干吗这么突然？"

庄鹤鸣轻笑道："不是你问的吗？我是你的，所以，你去哪里，我就去哪里。"

她心底溢满了柔软的甜，仿佛一瞬间春天就来了，所有不安的情绪都在暖融融的春风里，直到他补上最后一句："拍土味视频这种名场面更不能错过。"

周怀若直接把枕头丢过去，吼道：“立马取关我！”

他笑盈盈地接住枕头，顺手塞到背后当背垫，简单地答复两个字：“不要。”

“为什么？”

“本来就是为你注册的账号，它存在有它的意义。”

一句话将周怀若噎住，不知该怎么回复，只能撇嘴委屈道：“但是你一直关注我的话，她们就会一直来问我那些问题，我现在单都不敢接了……”

庄鹤鸣看她那可怜兮兮的样子，明知她是装出来的，但还是一招就扣中他的命门。他无奈地叹息，问：“她们想知道什么？”

“我是谁。还有，我和你的关系。”

“如实说就好。”

他不在乎外界的眼光，更不需要这么多热情的关注，他想要的无非是她的笑容。只要她觉得开心，人气高不高的事，他压根儿不放在心上。

周怀若有些欲言又止，蹙了眉看着他，不安的情绪隐隐蛰伏。四目相接，他明白了所有。

“好，我来处理。你只需要负责安安心心地拍片，开开心心地待在我身边，就够了。”

其余的，无论是流言蜚语，还是荆棘丛生，都由他来背负。

（2）

周怀若不知道庄鹤鸣打算怎么处理，但本能地感到安心。他本就是实干多于言辞的类型，当他实实在在地把话说出口了，她就知道，自己绝对可以信任他。

但不得不说，在她浑浑噩噩睡了个午觉起床，看到各大平台上所有消息列表都被冲爆，处处都有人给她发“恭喜”“羡慕”“长长久久”等不知所云的信息时，她真的以为自己梦游了。

根据各种信息里的蛛丝马迹，她点开微博，首页一刷新，系统直接显示关注列表里热度最高的微博。

是从没更新过动态的庄鹤鸣，难得发一条长篇幅的微博，眼下转赞评都已经过了百万。

第一行，直接将她圈了出来。

他写：

于我而言，与其说是自己意外走红，倒不如说是有幸成为她的作品主角，才受到了大家的关注。

喜欢是八九年前，盛夏树荫中，烈日骄阳里。很平凡的我们，也是很特别的我们。

作为一名古法制香师，寻找和鉴别是我的天职，我必须在世间浩繁的香木中寻得真正属于我的沉香，但我能找到她，实在是一种奇迹，因此她是比世间任何沉香都更珍贵的存在。

我本是极其普通的人，没有野心，只是枯燥地重复着我的生活，

是她拯救了我濒临绝境的心。是她的镜头赋予我光环，是她的存在使我在望向镜头时，连眼神都变得不一样。

她曾说我是她宇宙中一颗行色匆匆的火流星，但我常想，渺小如我，不过是一颗光芒微弱的短周期彗星，围绕着她这颗太阳，以终生为单位进行周期环绕。

一生很短，但我很坚定。

周怀若几乎是冲进庄鹤鸣房间的，直接撞开门，像是跨越了千山万水，终于将他抱住，树袋熊似的陷在他怀中。此时庄鹤鸣正好站在书架前翻书，原本视若珍宝的旧诗集在她扎进怀里的那一刻意外从手中掉落，砸到地上，散了一地。

他也不心疼，只是浅浅地笑，宠溺地问她："怎么了？突然这么黏人？"

两人离得那样近，呼吸可闻，周怀若抬起头，看见庄鹤鸣英俊利落的下颌线条，她不由自主地攀上去，环住他的脖子，以一种充满怜惜与柔软的语调呢喃他的名字："庄鹤鸣……"

他笑着俯身吻她的额头，低低地回应道："在呢。"

她说："你发的我都看到了。你怎么可以这么好……"

"这不是我好，而是你应得的。"

这短短的十几天里，"庄鹤鸣"这三个字因为周怀若的作品而盈满业内，无人不知。面对纷至沓来的名利赞誉，一般人早已冲昏了头脑，他却在全国观众都对他的动向翘首以盼的时候，事不关己般沉默。所有人都以为他在憋什么大动作，这种一出现就拥有顶级流量的设定，也许哪天就突然公布签约了哪家娱乐公司，正式进军演艺界也未可知，况且有传闻说庄鹤鸣本身就是个隐形富豪，想来根本不缺资本铺路。

却不知道，他心里想的念的，自始至终都只有周怀若一个人。

他本无意成为什么名人，更不需要世俗的头衔加持，意外走红这件事说到底，红的不是庄鹤鸣，而该是周怀若的摄影作品。

就连他本身，也只是幸运地得到了她的加持。

庄鹤鸣说："你曾经说，你从不奢望任何人救你，因为你就可以拯救你自己。只想在下雨天时为你撑把伞，只想在你努力向前走的时候，有幸能站在你身旁，与你并肩而立。"

我们都是很普通的人，普通地相遇、相爱。我们也是很特别的人，特别在你出奇地好，好到让我愿意喜欢这个有你存在的世界。

"明明站在你身旁是我的幸运才对……"周怀若的声音瓮瓮的，有些将哭的预兆，"如果不是遇到你，我的人生可能倒霉得一塌糊涂。"

他抱着她站在明亮的地方，背后是黄昏和灯火，漂亮的眼睛里是足以将坚冰融化的温柔，俊美如临世的神祇。

"那就一直留在我身边吧，我会让你永远地幸运下去。"他说着，松手放开她，俯身将地面上散落的纸页捡起。被递到她眼前时，才看清那是夹在诗集中多年的陈旧作业本，代替那封她没能递出去的情书，那次他没来得及赶到的会面，一直被小心翼翼地珍藏着。

“现在，物归原主。”

他拉起她的手，变戏法一般从掌心处变出一枚精美的宝石戒指，连同他拿着的作业本一起放到她小小的掌心中间。

“往后余生，它、婚戒和我，都是你的。”

窗外有烟火升腾，璀璨的光球划破夜幕，目及之处所有暗色都被点燃，少女的无名指被深爱的人以指环加冕。

番外一

纵使晴明无雨色

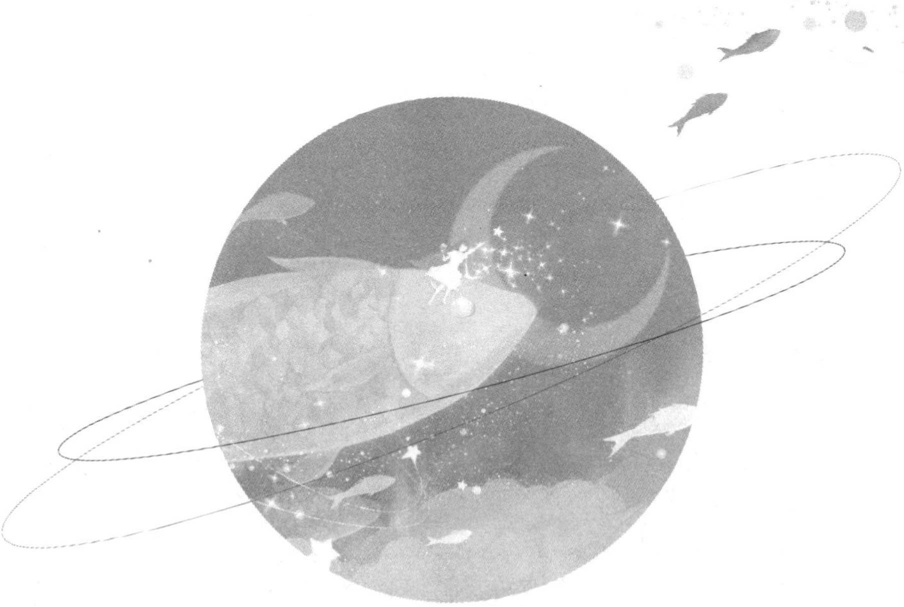

N I S H I Z H A O Z H A O M U M U

周怀若的父亲拥有一个一听就能令人想起夏天的名字，唤作萧晴明。

周沅遇到他时，二十三岁，那时她整个世界里只有钱、排队和极限运动。

与传言中相反，萧晴明不是什么倒插门都没人要的摄影浪荡子，而是国内第一家以光学为核心的相机设备制造商之孙，家族财产雄厚到连周沅站在他面前都活像个突然得势的暴发户。

只是也因为如此，才注定了她与他之间，只能是一场虚无。

（1）

夏威夷的欧胡岛北岸，世界顶尖冲浪运动者的华山论剑之地。周沅乘在一个完美的大浪上滑行，上岸后却一头栽进一双比海还深的眼睛。

那双眼睛长对了，黑得就像秘密本身。周沅注意到他，是因为这个高瘦的亚裔男人在一众比基尼沙滩裤的夏威夷海滩上，还长袖长裤裹得严严实实，撑一把黑色的伞，不苟言笑。

他的眼神实在令人太难以忽视，周沅蹙眉，抱着冲浪板一深一浅地踩进细软的沙中，走到他跟前，警惕地开口：“你在看什么？”

“你肩带掉了。”

他用中文答得直截了当，眼神很冷，冷到让人无法觉得他是有什么图谋，那一瞬间周沅只感到尴尬，几乎落荒而逃。

她不知道为什么他能判断出她是中国人，也不知道为什么离开海滩后自己会恋恋不舍地回头，看他仍独自一人站在沙滩上，一动不动的，竟有些心生恻隐。

那清瘦的身材线条修长，仿若一幅笔墨清浅的国画。

他一个人，就像一座孤岛。

（2）

再见面，是纽约某个时尚舞会。

她一袭鲜艳的红裙，宛如奔跑在荒林中的红色蔷薇，开遍沉睡的城堡。他一身宝格丽高定西服，聚光灯中朝她轻举水晶酒杯。她的心犹如杯中酒，在他掌中千回百转。

国内相机巨头的幺孙，父亲是无人不知的商界大腕。哪怕他只是个庶出的幺子，但衣食无忧、英俊非凡，也足够成为无数女人梦想当中的高枝。

他向她请求跳一支舞蹈，所有不能宣之于口藏于衣裙的繁复中。步步交错、身姿紧贴的舞池中央，神诅咒了她。

她的心跳沉没在那双漂亮得能杀人的眼睛里。

（3）

第三次见面，在周沅久病的老爸那里。遗嘱将立，根据律师团的眼线透露，最小的她分到的股份也最少。在这场夺嫡般的股份斗争中，她手中握着的棋子实在太过有限。

她必须亲手为自己制造胜利的筹码。

结束虚情假意的孝顺戏码，她踩着高跟鞋到医院花园抽烟，他撑着黑色的伞，穿着一身病号服出现。

“借根烟。”他浅笑着说。

她白他一眼：“我虽然没什么道德底线，但给病人点烟这种事还是不会做的。”

他伸手直接夺过她指间的香烟，咬住沾了口红的烟嘴，在迷蒙的烟雾里微微闭眼。

“无妨的。抽不抽，都是死。”

周沅在猛烈的日光中侧脸看他，问：“怎么，绝症？”

“他让我活我就活，让我死我就死。这是什么症？”

她嗤笑一声，答：“是软骨病。”

但同样的，她心里很清楚，生在顶豪之家，不是天堂就是地狱。如果不幸有几个怎么都追赶不上的兄弟姐妹，在父母这把庇护伞倒下之后，生死富贵就是握在别人手里。

而萧晴明说，他的出生无非是父亲为了争夺继承权所精心编造的局。他的使命在出生那一刻便已经完成，剩余的，生老病死，父亲说，那都是他萧晴明的命。

他父亲要的不是一个孩子，而是能替他在遗嘱里多分一份股权的工具。

而这恰恰也是如今的周沅所费心追求的。

她的思绪千回万转，心计定音时，她问他："你不介意吗？"

"如今的事已经不是我介不介意的问题。"他的目光一直凝在她身上，温柔而清澈，纯净如暖春的泉水，说，"但谢谢你这样问。"

因为，哪怕是最应该在乎他是否介意的人，都从未这样问过他。

"我想，我应该没有什么可介意的。"萧晴明说。

周沅心里有什么已经凝聚成型，她望着身侧清瘦的男人，微笑着说："不介意就好。"说罢，踮脚吻了上去。

萧晴明。

这样一个光是启唇念出声，就能感受到铺天盖地的暖色日光的名字，它的主人却终生都生长在金钱权势堆砌的暗夜当中，何其嘲讽。

但是，你来了。

带着救赎与宽恕，只是一个吻，我便忘却了所有时间的荒芜。

爱意如藤蔓般疯长。

（4）

周沅怀孕四个月时，萧晴明已经是纽约某私人医院高级病房的长住客，也是她无数绯闻男友中，赫赫有名的存在。

不得不说，她周沅真是天生的操盘手。数月前还在继承权争夺战中处于下风，眼下已经通过炒作私生活成为国内最具话题性的富二代之一，放眼整个周氏，没有任何人能比她更有公众影响力。

俗话说，黑红也等于红。对于女人，周沅深谙其道。

那天，她照常飞过去看他。

暮色悠远，萧晴明站在病房阳台上作画，古典主义的轮廓之下，色块昏暗而压抑，那种她只在顶级的博物馆里才见得到的画作。

这不知是她第几次发掘他的艺术天分，现存所有艺术门类，从乐器到摄影到绘画，那些她丝毫没有天分的事，却没有一件是他不擅长的。

于是周沅当即就决定了，像决定晚餐究竟需不需要甜品一样。她说："就你了。"

萧晴明有些摸不着头脑，侧脸看她，问："什么？"

"我孩子的爸爸。"

他首先并不是惊讶，因为这压根儿不是周沅对他说过的最疯的话。他只是有些哭笑不得："开什么玩笑？"

"我从来不拿孩子开玩笑。"

"周沅，"他放下画笔，一板一眼地教她，"喜欢一个人的时候，可以直接说‘我喜欢你’。”

“我要是不说呢？”

“我可以等。”

周沅没答这句话，沉吟片刻，突然又问：“你想要男孩儿还是女孩儿？”

萧晴明怔了怔，有些不解，但看她眼神相当坚定，就知道这是个他不回答她绝不会罢休的问题。

“我会希望是个男孩儿。他能代替我保护你，心疼你，在你步履蹒跚的时候，还能背你回家。”他浅浅地笑着，他爱她爱出半条命去了，除了她，对他来说，世界上再没其他女人。但与此同时他又非常清楚，自己是绝对无法成为那个陪她共度余生的男人的。

“你可想好了，我只生一个。”

萧晴明想，她果然在开玩笑，便配合她，问：“为什么？”

“因为我不会让我的孩子再经历你我经历过的继承权争夺。我会亲手得到一切，然后把最好的都留给他。”

萧晴明柔柔地笑，眼神很暖，那种当她在闹却还是被她感动的温柔。他俯身轻轻吻她，说：“好，都听你的。”

（5）

周沅就是这样决定成为一个母亲的。

她会借由腹中周氏长孙的出生一步步得到整个周氏，她会借由资

本的魔法操纵权势的触手，她会将所有阻碍她高升的杂草拔除，她会把所有世人眼中不该由女孩拥有的一切都拿到手中。

她会成为周氏集团第一位女继承人，成为人中翘楚、先驱人物，所有光环的聚集地。

而不是任何一个男人的附属。

至于萧晴明，她看得很清楚，他一生都只能生活在家族的乱斗之中，甚至很有可能会因为身上的恶疾年纪轻轻就死去，除了一个贵公子的头衔，其余什么都无法拥有，更遑论为她和孩子贡献什么。

因此她也不打算让他拥有什么，无论是她，还是她腹中的孩子。

他说过的，他不介意。

（6）

周怀若半岁时才见到父亲，这是真的。

但周沅没有对他说任何绝情的话。面对一个光是呼吸都要依赖仪器的人，她又还有什么话可说的呢？

周沅安静地走进病房，萧晴明还在沉睡。她抱着这一刻出奇乖巧的孩子，站到病房阳台上遥望黄昏中的曼哈顿，光影在各座大厦身上诡异且悄无声息地变化着，她预感这将是她最后一次站在这里。

快门的响声将她唤回，原本面白如纸的男人不知何时起了身，举着一部小巧的口袋相机，氧气罩下的脸正漾着湖水般清澈的笑意。

她才明白，原来世上真的有回光返照这回事。

萧晴明对她说谢谢，说身为前男友还这样贸然找她来做什么临终关怀，不知道孩子的父亲会不会介意。

她看着他，用那种只有他而没有想起任何人的眼神。她轻笑一声，说：“显然他是不介意的。”

萧晴明想抱抱周怀若，但无奈身上管子太多，也实在没有力气。

周沅就这样陪他坐了很久，直到夕阳彻底坠下，黑夜浓重得似乎要将整个世界压垮。

“沅沅，我很高兴。”

“高兴什么？”

“有她在，你以后再也不会是孤身一人了。”

那个拥有太阳一般名字的男人，死在夜幕初降的他乡里。

番外二

宇宙仅由你一人组成

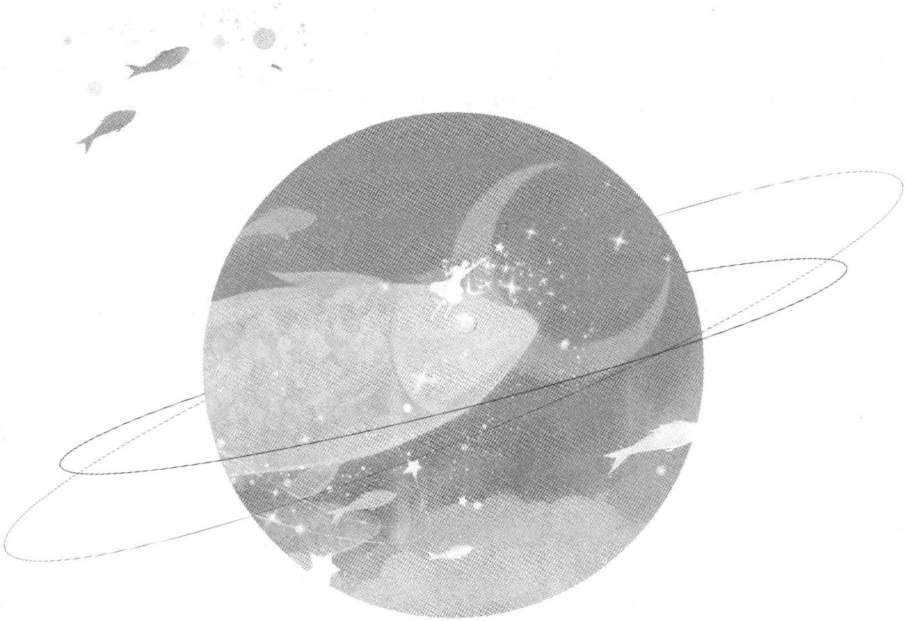

N I S H I Z H A O Z H A O M U M U

（1）

有了庄鹤鸣的成功引流，周怀若的事业再次得到巨大推力，堪称一飞冲天。大大小小各种拍片把行程全部约满，她忙成一个小陀螺。

难得空闲的周末，原本说好是约会日，结果刚睡醒香舍就来了客人。

庄鹤鸣急急下楼去处理，周怀若慵懒地起身冲了个澡，发现消息列表里也堆积了不少紧急工作。

无奈，两人只得各自忙碌起来。

庄老板再回到楼上时，看到她正跪坐在沙发旁边敲电脑，就猜到是怎么一回事。安抚了她满是歉意的眼神，他走到她身边，拿了个抱枕让她垫着，怕她膝盖磨破。

周怀若在那修不完的图片海洋中抬头，委屈地朝他撇嘴。

庄鹤鸣被她逗笑，低下去吻了吻她噘起的小嘴，柔声哄道："好了，不着急。我又跑不了。"

周怀若哪里是怕他跑了，是怕自己一忙起来，又冷落了他，让他受委屈。她说："要不你再去休息一下？睡个回笼觉？"

庄鹤鸣眼神很软，说："你不用顾虑我休不休息，只需要考虑想

不想我陪你。”语毕，盘腿坐到她斜后方，随手摸起茶几上那本他还没看完的书。

周怀若问他：“我想，你就陪着吗？”

“当然。”

“多久都陪？”

“多久都陪。”

周怀若笑着靠进他怀里，又暖又宽阔的人肉靠背。

世间有太多美好的事情，比如久别重逢，比如有惊无险，比如失而复得，比如前程似锦、万事胜意。

却都不如，陪着你。

（2）

周怀若二十六岁那一年，发生了很多事。比如，她拍了人生第一刊杂志封面，是为西班牙某时尚艺术杂志的中文版创刊号掌镜，模特是时下当红的男演员。那组作品在圈内广受好评，她新生代女摄影师的势头锐不可当。又比如，她用六位数密码保护着的个人存款也终于突破了六位数，再比如，她结婚了。

细说起来，后面二者密不可分。六位数的存款在日日攀升的房价面前宛如杯水车薪，开独立工作室的梦想也因此始终有些可望而不可即。周怀若二十六岁的最后一天，约了庄鹤鸣在棚里碰面，打算收工后和他一块儿去看可租作工作室的房子。

庄鹤鸣如约而至，远远就看到正在棚里拍片的周怀若。

一袭干练利落的纯黑长裙，裙摆处的开衩设计完美勾勒出身材曲线，举起相机时是浑然天成的自信沉着，当真美艳不可方物。

他不自觉地翘起嘴角。这样美好的人，是他的。

还没得意几秒，有两个女生提着饮料经过他，他听到她们议论：

“天天拍男模男演员，真的羡慕死了。”

“但我听说她不是有男朋友了吗？”

“是啊，但不是还没结婚吗？再说了，男朋友会老的，嫩模可是层出不穷。”

“搞得我都想转行当摄影师了……”

两个女生你来我往地小声谈论着，一同踏进周怀若所在的摄影棚。正巧周怀若拍完一组，她收回镜头，福至心灵般一回首，恰巧看向庄鹤鸣所在的方向。

那一刹那，两人视线相接，她仿佛看到世间最为美好的风景，春风融化冰河般的温暖，夏日暖阳初见般的悸动。

庄鹤鸣走向她，周怀若大大方方地牵起他的手，对在场人员说道：“介绍一下，庄鹤鸣，我的未婚夫。”

她笑眯眯地举起那只牵着他也戴着他送的订婚戒的手，毫不掩饰地骄傲幸福。在众人一片带着善意的起哄声中，庄鹤鸣补充道：“很快就会成为合法丈夫那种。”

周怀若蒙了：“啊？”

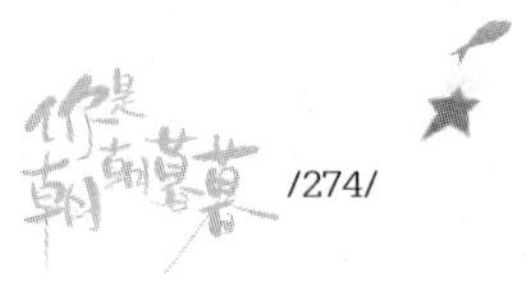

“我们结婚，就今天吧，我一分钟都不想等了。”

周怀若怔忪三秒，对一个从懂事开始就游走在交际场的人精来说，这三秒停顿所代表的震撼不言而喻。然后，她在众人的注视下，不动声色地将场面圆了回来，笑眯眯地道：“可以呀。只要你准备好了，我随时愿意嫁给你。”

庄鹤鸣看着她，唇边慢慢浮起温柔的笑痕。

他听到了，这个他梦寐以求的答案。

（3）

言出必行如庄老板，在周怀若收工后当真直接驱车到了民政局门前。

周怀若看看窗外，又看看正在车内翻找着什么的庄鹤鸣，问：“你是不是受什么刺激了？”

他的动作微微一滞，完全停下，望向她的眼神深不可测。

庄鹤鸣说：“你听好了，接下来我说的每一句话、每一个字，都是经过深思熟虑、慎重思考的，绝对不是受了什么刺激，一时兴起。如果你需要，可以录音，我愿意为我说的每一个字承担法律责任。”

周怀若这下是实打实地吓到了，他甚少拿法律说事，这回居然直接说愿意承担法律责任，可见事情之严重性。她看着他正色直言的模样，不由自主地也严肃起来，挺直腰杆，坐正。

她说：“好，你说。”

庄鹤鸣从翻出来的文件袋中抽出一个小本，递给她："首先，这是你的生日礼物。"

周怀若接过，一眼看到封面上赫然印着的"房屋租赁合同"六个大字。

庄鹤鸣说："我会把香舍一楼分成两半，将另一半划给你做摄影工作室。送给你也好，租给你也罢，租金那点小事，你来决定。"

周怀若难以置信地望向他。

他深知她不会平白收下，便继续说道："如果你想知道租是什么形式的话，我可以告诉你：和现在一样，不收押金，但租赁期限必须是六十年。如果你半途违约，我说不定会收你巨额违约金。"

她有点后知后觉地问道："要付这么久吗？"

庄鹤鸣笃定地点头，不容置喙："对，并且只能逐月支付，不提供全款服务。"

"可如果我活不了六十年那么久呢？"

他给她看文件袋里整齐叠放的户口本等证件，笑道："那你可以选择成为庄太太，将那整栋房子变成我们的共同财产。"

周怀若的理智彻底出走了，她呆在原地，忘了点头，也忘了摇头。

"这是送给你的生日礼物，现在交到你手中了，无论你选择哪一个方案，我都会爱你，并且自始至终地陪在你身边。婚姻对我来说，讲到本质，无非是财产的保护法之一，它不值得我期待。但是，你值得。"

庄鹤鸣深吸一口气，控制住胸口涌动的热血。语速很慢，但一字

一句都十分笃定，他说：“我想和你一起生活，有一个属于我们的家。一楼是我们日常工作的地方，但只要踏上楼梯，走进客厅，我们就忘掉工作的琐碎，回到属于我们的生活里。我们可以一起养几只猫，可能会生小孩，也可能不会，这都听你的。你说过你喜欢冬天的壁炉，我会把我卧室的书架移出来，为你装一个。冬天的时候我们就可以关掉所有的灯，一起在壁炉前烤火、看书、喝热茶，当作一次约会。我们会每天一起醒来，你给我做早餐，我在夜里为你点一盏灯，无论风雨都去接你回家。你跟我说工作很累的时候，我会吻你，然后问你，那我做饭给你吃好不好？这些日子本来稀疏平常，但如果有你参与其中，我就会觉得充满期待。我希望你知道，这世上有很多形形色色的人，好的，不好的，但能带给我这种感觉的，唯独你一个。”

这是他花了无数个夜晚斟酌出来的对白，是他所能想到的，最发自肺腑的情话。

“周怀若，和我结婚吧。我想成为你的合法丈夫，真的想了很久很久了。”

周怀若坐在副驾驶座上听完庄鹤鸣的话，忽然想起某个周末他们一起在客厅里，她坐在沙发前修片，他坐在她身后，一边给她当人肉靠枕，一边安静地看书。这样互相陪伴的时候，哪怕都在忙碌，空气里也流淌着温柔和爱。

她突然意识到，在往后漫长的余生里，她将拥有无数个这样美好的瞬间，就是当她深深爱着他、当她也需要被爱的时候，他就在那里，同样专一且真诚地爱她，彼此都心甘情愿地为对方倾尽所有。

她笑起来，从莹然如泪的目光中流出温柔和坚定，问他：“我在棚里回答的那句话，你没有当真吗？”

庄鹤鸣愣了片刻，说：“我比任何人都希望它是真的。”

“那我再说一遍。如果你需要，可以录音，我愿意为我说的每一个字承担法律责任。”她故意学他刚才那种严肃的腔调，然后，庄重地、坚定地望进庄鹤鸣的眼睛。

深邃的、剔透的、温柔的，她的爱人的眼。

她说：“只要你准备好了，我随时愿意嫁给你。我曾说我害怕肤浅的生活，宁愿坠入深渊，但是遇到了你，我才知道，原来有一个人，他的存在就是我生活的最深的意义。”

她在他的吻中闭上眼睛，窗外成群的候鸟缓慢地朝北方飞去。

何其有幸，在如此漫长而又短促的年岁中，所有爱意如约而至。

—全文完—

后记

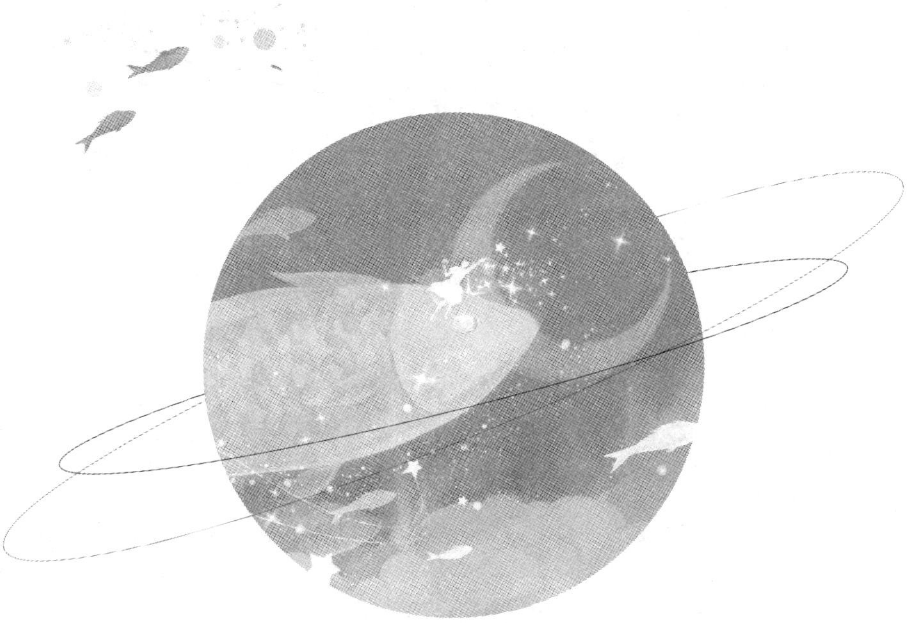

N I S H I Z H A O Z H A O M U M U

现在是盛夏子夜，漫长岁月中某一天的最开始，我写完了这本书。

这个故事中最先出现在我脑海里的人物，是周怀若，为她我费尽心思，甚至取名都花去了将近两天的时间。

我对她的期望，正如书中庄鹤鸣的形容那样，理应是一位“披甲奋战的屠龙少女”。一腔孤勇与不服输的信念是她的宝剑，砍下的是名为偏见的恶龙的头颅。她不需要任何人拯救，因为她自己就可以拯救自己。

我最爱这样的人物，也正是这样的人物才会拥有书中那样美好的爱情。当然，这句话也可以反过来得证，即当我们拥有足够的爱和安全感时，我们有机会看到，并且成为最好的自己。

这是我认为“爱情”之所以称得上“美好”二字的原因。爱让人变得温柔与勇敢，我们可以从一份美好的喜欢里得到力量和快乐，无论这份喜欢是他人对我，还是我对他人。周怀若和庄鹤鸣，一个从天堂坠落，一个从地狱爬出，相遇人间，互相救赎。因此八年前的错过都不能称之为遗憾，所有失之交臂的时光都成为最后美好结局的黏合剂。缘分是需要努力的没有错，但在天各一方的时候各自前行，也不

失为另一种相互靠近。

所以，希望捧到这本书的你，现下也无须彷徨。生命中有太多美好都需要等待，每一个人物也都有他应有的出场时间。待他如约而至，你会发觉从前所有孑然一身的等候，全都那么值得。

这个故事，就先讲到这里了。我常觉得，无论是看书还是写书，最好的结果都不只是坚持到了最后一页，而是书中的人物都真正地在你心里鲜活了起来、行动了起来。在那时，每个人物都会在你心里的某个时空里继续存活下去，那么书本最后的结局是怎么样就不再重要了，因为任何故事都是没有终点的，人物不会因为故事结局而消失掉，爱也一样。

一本书就是一个时空，每个时空相互平行而又彼此衔接，组成独属我们的小小宇宙。

那么，亲爱的你，我们下一个时空再会。

N I S H I Z H A O Z H A O M U M U